私たちの生涯の最良の時

アントーニオ・スクラーティ
望月紀子 訳

青土社

私たちの生涯の最良の時　目次

私たちの生涯の最良の時

抵抗する人に。いまもそしてつねに。
そして読むことを学びつつあるルチーアに。

最良の時

1

一九三四年一月八日、レオーネ・ギンツブルグは「ノー」と言った。まだ二五歳にもなっていなかったが、「ノー」と言って、彼はみずからの最期へむかって歩みだした。握っていたのは一本のペンだけ、フェンシングの選手が拳をティエルスに、つまり剣を水平にかまえるように、優雅に、力強く、決然と、あの最初にして最後の一歩を、踏みだした。

「令名高き教授殿、私は今月九日一一時、一月三日付の、高等教育統一法典の定める形式にしたがって宣誓を促す学長回状を受領しました。ご承知のように、私はある時期より、大学教授職の道を断念し、自分の公平な教育に技術上もしくは学問上の条件以外の条件が付与されることを望んでいません。ゆえに宣誓する意図はありません」

若きロシア文学教授資格者は一本のペンを手にし、実際には座してそれを走らせたのだろうが、座してなお、死の象徴に、高くかまえた、不動の対決姿勢で立ち向かった。ギンツブルグは短い文章を紙に記す、ロマン主義の高らかな鐘の音も、ドラマチックな演出もいっさいない。存命する身近な恩師たちから伝授した理想としてつねに残るだろうあの、青天の空からなお汚れを一掃しようとする行為だけだ。にもかかわらず彼がそこからフェルディナンド・ネーリ――彼の卒業論文指導教官である文学部長――に宛ててわずかのことばを発した研究室には、他の恩師たち、遠い、亡き恩師たち、剃刀の刃で動脈を切り裂いておのれの存在を封印した者たちのこだまが満ちていた。ギンツブルグが彼の「ノー」を記していたとき、研究室には、遠い世界からそこまで届いた昔日のフレーズが響いていた。宣誓する意図はない。確固とした拒否は名誉だ。身を低くせずに従うのは名誉だ。人生の美しさを感じるのは名誉だ。

いずれにせよ、高らかな鐘が鳴ろうが鳴るまいが、ギンツブルグがペンを置いたとき、剣は折られた。この拒否によって、約束されたキャリアと、ある意味で、人生を折ったレオーネ・ギンツブルグは、二五歳にならずして、他のすべての者の生存がかかっている者たちの濃密な共同体にはいった。

レオーネ・ギンツブルグが「ノー」を発したのは、大学教師のファシズムへの宣誓義務が施行されて二年四か月後のことだ。一九三一年八月に国民教育相の哲学者バルビーノ・ジュリアーノの進言で発布され、同年十月に義務化、一九三三年夏には教授資格者にまで適用された。宣誓を拒否した者は失職である。年金なし、賠償金もいっさいなし、孤立の宣告。以下がその宣誓文である。「私は王に、その実質的継承者およびファシズム体制に忠実で、イタリア王国憲法および国家の他の法律を忠実に遵守し、勤勉実直に祖国とファシズム体制に身を奉じる市民の育成を目的に教育し、あらゆる学問上の義務を果たす任務を遂行することを宣誓する」

ファシストの法令発布からギンツブルグの服従拒否までの二八か月で、国立大学教授のわずか一三名が宣誓をきっぱり拒否して、教授職、年金、給料を失った。約一三〇〇名中の一三名である。彼らの名前は記憶されなくてはなるまい。

彼らは、エルネスト・ブオナイウーティ、マーリオ・カッラーラ、ガエターノ・デ・サンクティス、ジョルジョ・エッレーラ、ジョルジョ・レーヴィ・デッラ・ヴィーダ、ファービオ・ルッツァット、ピエーロ・マルティネッティ、バルトロ・ニグリソーリ、エンリーコ・プレスッティ、フランチェスコおよびエドアルド・ルッフィーニ親子、リオネッロ・ヴェントゥーリ、ヴィート・ヴォルテッラである。うち三名はユダヤ人、トリーノ大学四名、ローマ大学四名、ナーポリ大学一名、ミラーノ大学もピエモンテ出身のピエーロ・マルティネッティのみ。彼らのなかに近代史教授資格者も文学教授も一人もいない。三〇歳になったばかりのとりわけ若年のアルド・ルッフィーニ以外はみな高名な、壮年もしくは高齢の正教授である。数か月内に全員が追放された。

この一三名以外は全員が宣誓をした。反ファシズムを公言する者も。ある者は自由思想家である自分たちの権威が大学から奪われないように、自分たちの「闘いの場」にとどまるために。彼らは頭を下げたが拳を握りしめた。共産党の方針とベネデット・クローチェ、偉大な自由主義思想家にして、体制に抗する知識人の旗頭、ファシズムが、その公言する不同意を認める唯一のイタリア人の助言にしたがった。大学をファシストの手にわたすな、と彼はすすめた。

だがさらに闘うために屈した者は少数だ。圧倒的多数は、言っておかなくてはならないが、おおむね、惨めな卑しい動機に押されるがままになった。彼らは頭を下げた。それだけだ。宣誓し、署名し、同意した。卑劣さの汚名を浴びるのと引きかえに、知識人階層の永住権を得た。リストのなかで認定され、教壇で守られて、学識ある者たちが裏切ったのだ。彼らはほぼ全員、傑出した法哲学者で無数の反ファシストが恩師とあおいだジョエーレ・ソラーリが、戦後の一九四九年に、自分について語ったことに該当する、「わたしは勇気がなかった、模範を示さず、犠牲も払わなかった」

一方、レオーネ・ギンツブルグが自分の研究室で、ロマン主義の高らかに鳴る鐘もなく、座して、ファシズムに「ノー」を発したとき、外では、大学や世界の廊下で、勝鬨をあげる大騒動が起こっていた。

まさにその年一九三四年に学年始業式が改変された。従来の式辞が廃止され、式は新種のスペクタル、ファシスト組織に組み込まれた学生の軍事パレード中心となった。ギンツブルグが自分の研究室で「ノー」を発していたその数メートル先の大学中庭で、大学ファシスト青年団が黒シャツに「本とマスケット銃」を組みあわせたバッジをつけて行進していた。学長のシルヴィオ・ピヴァーノが機を見て、大講堂の「ファシスト大革命の殉教者」にささげた碑板の覆いをとる。石に刻まれた祝福のことばが過去と現在の栄光、そして未来のそれを輪でつなぎ、「未来の数世紀にむけて発せられた時代、ファシスト時代」の開始を告げる。「数世紀にわたるローマ帝国風の書体」を復活させたもので、世界の地平線に、三つの時代の興奮のなかに、ファシズムあるのみということだ。

文言の起草者は、ローマ進軍の四司令官のひとりでファシスト軍指揮官、いわゆるイタリア領ソマリランド総督にして最後の植民地建設者、文学部がリソルジメント史の教授資格を認めたばかりのチェーザレ・マリーア・デ・ヴェッキである。ほどなく国民教育相になる男は、彼自身が爆撃手らしい繊細さで定義する「国民文化の改良」を先導するだろう。一九三三年に、体制の望む「正常化」で拡張されたローマ中心街の大工事現場を視察したさいに想を得て、大学について、「つるはしの一撃が必要だ、〔……〕すべての水が大河に流れるように、新開地に水路の再開を」とメモを記した。デ・ヴェッキは、大学に「国家の敵の最後の小砦」を見出し、「国民生活の死角をさらにファシズム化する！」よう命じたムッソリーニにならって、大学を切りひらき、改良するだろう。

そしてこのように、チェーザレ・マリーア・デ・ヴェッキが大学を有毒水脈にたとえてつるはしを手にしたとき、それらの死角のひとつで、レオーネ・ギンツブルグはペンを手にノーと答えるのだ。と同時に彼は、聖人の遺物や遺品の信奉者たちがあふれ、英語よりサンスクリットの講座が好まれ、溝を掘って、そこにうずくまって自分のことだけに専念していれば生きのびられるという幻想を抱いた卑小な世界、その卑小な、卑屈なくせに傲慢な、尊厳なく生きのびられるという幻想を抱いた世界を捨てた。その世界の死臭を、たぶん彼も嗅ぎつけていたのだ。

また、この一九三四年には、ヨーロッパのいたるところに死臭がたちこめていた。フランスでは、アクシオン・フランセーズのファシストたちが「二月六日」クーデタを企てたが、突破しようとした政府庁舎の前で阻止され（死者一六名）、スペインでは、農業法案にカタルーニャとバスクが反旗をひるがえし、いずれも多数の死者を出したマドリード、バルセロナ、アストゥーリアスのゼネストは未来の市民戦争を予告し、それがまた世界戦争を予告するだろう。オーストリアでは、やはり二月に、ドルフース首相が社会民主主義派の蜂起を鎮圧してみずからの破滅をはやめ（七月に、ドイツへの併合を準備するナチストに暗殺される）、ドイツでは、ヒンデンブルクの死後、ヒトラーが政府の長にとどまりつつ、国家の長となる。いまや総統だ。

ファシズム発祥の地イタリアでは、その脅威がヨーロッパ全土に拡大されるなか、一〇年来権力の座にある独裁者が自信満々、三月の選挙を準備して自分の満場一致の権威を固める。こうしてムッソリーニへの同意は頂点へと向かう。ムッソリーニはそれを知っていた。「反ファシズムは終わった」と彼は宣言した、「その試みは個人的で、ますます散発的になっている」ムッソリーニは正しい（「ムッソリーニはつねに正しい」）。彼は正しい、だが、同時に正しくない。彼がこのことばを発したとき、レオーネ・ギンツブルグは、彼のもはや自由《リーベロ》でない、つまりもはや教授資格者《リーベロ・ドチェンテ》でない教授資格者研究室で、それらの試みのひとつをしていたから。「私は自分の公平な教育に技術上もしくは学問上の条件以外の条件が付与されることを望んでいません。ゆえに宣誓する意図はありません」

おそらく、宣誓拒否をすることによって、ギンツブルグが解任される最後の教授資格者となるゆえにムッソリーニは正しい。イタリア人の統領はしかし、ノーと言う最後の男レオーネがまた最初の男でもあるがゆえに正しくない。彼は新世代の最初の男なのだ。他は、先にみたように、彼以前に拒否していたが、エドアルド・ルッフィーニ以外は壮年もしくは老人である。偉大な価値ある者たちだが、それでもファシストたちと同じ食卓につきながらファシズムの悪魔祓いをすることができるという幻想をいだいた古い自由主義世界とともにはやばやと老化した者たちだ。すでに失われた戦いで斃れる闘士たちだ。

レオーネ・ギンツブルグはちがう。彼は若い。一九〇九年に生まれ、改良者のつるはし工チェーザレ・マリーア・デ・ヴェッキがベニート・ムッソリーニと並んでローマに殴り込みをかけたとき、まだ少年だった。ジョルジョ・ボアッティが書いているように、宣誓を拒否したことによってレオーネはひとつの誓約を解消し、別の誓約を結んだ。彼の「ノー」は追悼するのではない、開始を祝うのだ、未来に向かうのだ。乾いた、決然とした彼のことばはもはや敗者のそれではない。

たしかに、一九三四年当時、レオーネ・ギンツブルグ——ユダヤ人反ファシストで、ファシストと反ユダヤ主義者、あらゆる旗をかかげる国粋主義者たちの勝利の進軍に転覆されたヨーロッパで市民権をもたない者である彼——がいたその時点から、研究室での彼の視点からは、いかなる未来も予見されていない。にもかかわらず、レオーネ・ギンツブルグはありえない未来を視野に、現在の日々に「ノー」と言う、当時の偉大なロシア人詩人で、ギンツブルグがロシア文学に献じた多くの文章のなかで名前こそあげていないものの、彼はその愛読者だったとぼくが勝手に楽しく想像しているアレクサンドル・ブロークがつねに、そうせよとぼくらにけしかけたように。あのサンクト・ペテルブルグの夜、ボルシェヴィキたちの雪中の革命行進をたたえた詩人は、そのボルシェヴィキ兵士たちに軽蔑され、疎外され、ついに一九二一年の飢饉のさなかに四〇歳で餓死した。

抵抗することは喜びをもたらすと言われる。試練にあって抵抗した人たちが、いまだそれに直面したことも、おそらく決して直面することもないだろうぼくらすべてにその証言を残している。彼らはこの世での希望がことごとく滅じてゆき、肉体の苦痛がきみを苦しめ、生命が苦悶のうちに薄れてゆくと思われる日々について書いている。友人たちは遠く、おそらく彼らを忘れ、おそらく彼らを裏切ったであろう日々。そしてそれらの人たちがぼくらに証言するのだ、そんな日々でさえ、いやまさにそんな日々にこそ、悪に、苦しみに抵抗することが彼らに「はげしく渦巻く内なる喜び」をもたらしたと。

はたしてギンツブルグはあの抵抗の手紙を書きながら喜びを感じていただろうか？　かがやかしいキャリアを断念し、約束された青春をつぶして、喜びを感じただろうか、レオーネは？

あれこれ妄想はするまい、彼の精神状態について、いかなる分析もするまい、いかなる推測もするまい。安楽な、保護された世界の片隅に生まれる運命にみまわれたぼくらは、あのとき彼がなにを感じたのかわからない、おそらくこれからもわからないだろう。もしもレオーネ・ギンツブルグがあの朝断念しなかったら、彼の大学でのキャリアがどうなっていたか、あるいは、もしもあの朝それを運命への抵当に入れなかったら、彼の生活がどうなっていたか、それもわからない。

あの始業の日の「ノー」ゆえに揺りかごのなかで圧死した彼の研究生活についてぼくらが知っているのは、一九三三年三月の大学での初講義の題目がプーシキンで、翌年はゲルツェンだということだ。あらゆる時代をとおしてロシア最大の詩人であり、だて男との決闘がもとで陰口と寝取られ男の噂のなかで死に、全ロシアの皇帝と永遠に対立し、それでも皇帝を愛し皇帝にも愛されて生きたプーシキン。詩人で冒険家、決闘士のプーシキンは、ロシア魂に忠実で、歴史に呑み込まれたが人生には呑み込まれなかった。また貴族の大土地所有者の息子で、ナポレオンがモスクワを占領する数日まえの一八一二年四月六日にこの街の家族の家で生まれ、成人になってから父親を否認し、自分の特権も領地も捨てて、生涯、みずからすすんで亡命者としてヨーロッパじゅうを彷徨し、アナーキズムと民衆の自由を説き、先祖が農奴から搾りとった金を落伍者や無頼漢、文無しの革命家などに与えたゲルツェン。最後に、敗北と苦渋の放浪の旅の果て、最後の力、最後の息をふりしぼって、息子と未来にささげる遺言書を書いたゲルツェン。「サーシャ、友よ、おそらくぼくがこれまで書いた最良の本であり、おそらくこれほど美しい本は二度と書けないだろうから、これをおまえにささげる。ぼくらは建設しない、破壊するのだ、新しい啓示を告げるのではなく、古い虚偽を駆逐する。現代人、悲しき《ポンティフェクス・マキシムス》（教皇）は、橋を架けるだけだ。それを渡るのはほかの者、見知らぬ者、未来の人間だ。たぶんおまえはそれを見るだろう……《古い岸辺》にとどまるな」

レオーネ・ギンツブルグが一度もしなかった授業でゲルツェンについてなにを教えようとしたのか、彼が息子に語ったこのことばについて解説をしたのかどうか、ぼくらは知らない。母親宛てのある手紙から、ギンツブルグにロシアの革命家とイタリアのリソルジメントの男たちとの関連性をあつかう意図があったことがわかっている。ガリバルディとゲルツェンについて彼が書いているものから、半世紀前から裏切られた革命に幻滅したロシア人亡命者のとりわけその苦渋を愛したことがみてとれる。それがすべてだ。いかなる他の仮定も、ありえたかもしれないこと、ありえなかったことをぼくらに返してよこさないだろう。だがぼくらが確信をもって知っているのは、トリーノ大学の学生たちにギンツブルグはプーシキンの話をしたが、ゲルツェンの話はできなかったということだ。ぼくらは前者の行為は完了し、後者の不作為は強制されたことを知っている。それ以上のことは知るよしもない。しかしぼくらはまた、ギンツブルグもプーシキンのように歴史に呑み込まれたが人生には呑み込まれなかったこと、そしてゲルツェンのようにぼくらのほうに橋を架け、それから彼もまた古い岸辺にとどまったことも知っている。

スクラーティ家の人びと
ミラーノ、一九三四年

レオーネ・ギンツブルグがトリーノでファシズムへの彼の「ノー」を発した朝、ルイージ・スクラーティはこの世に生まれたばかりだった。おそく生まれた子だった。

一九三三年七月一九日に彼が生まれたとき、両親のアントーニオとアンジェラは、そろって新世紀の生まれだが、すでにキリストの死んだ三三歳を過ぎていて、それでもこの最初の子どもを待っていた。一九二六年に結婚したから、もう七年も待っていたのだ。七年は、統領ベニート・ムッソリーニが彼らの結婚の数か月後の一九二七年五月二六日に下院でおこなった有名な「キリスト昇天祭の演説」で出産推進キャンペーンを発し、前年に独身者に課した税のほかに、子どものいない夫婦への税をもうける脅しをかけるような国で、子どものいない夫婦にはあまりに長かった。ファシズム期イタリアでは、子どもがいないことは犯罪とみなされかねない社会悪だった。

一九三四年のイタリアの人口は四千万人。その多くは悲惨な状況にあったが、ムッソリーニは「わが国は人口が過少だ」と宣言する。イタリアは、彼の頭では、繁殖させるべき動物で、彼はみずから「人口増加の鞭」をふるう。単純で粗雑な、基礎的理由をあげる。「国力は人口の力にかかっている」と多産の神プリアーモス統領は言う。そして力は零落をはばむ唯一の解毒剤だと。「あらゆる国家、あらゆる帝国は自国の出生数の低下を目の当たりにして、自分たちの零落の兆候を察知した」増大なくしては零落、繁栄なくしては貧困化、力を得なければ無力。ここから、当然の帰結として、直接的な呼びかけ、イタリア人の睾丸への鞭打ちとなる。「諸君」と、統領は下院に、子どものいない夫婦の寝室にむかって叫ぶ、「イタリアは、なにごとかをなすためには、今世紀半ばまでに人口六千万以下であってはならない」二〇年間で二千万人。ファシスト国家はその国民の生殖器官からそれ以上少なくは搾りださないということだ。

統領の拍車はミラーノの場合は弾劾となる。「都市はどこも不毛だ」と、すでにジョヴァンニ・パピーニ〔国粋主義の作家〕が表明していた。「大都会ほど少子で天才はほぼ皆無。都市では楽しむが創造しない、愛しあうが産まない」ミラーノはさらに、不妊都市中の最不妊都市だ。ヨーロッパ全土でストックホルム、ベルリンとともに出生率が最低。ファシズムの揺籃の地ミラーノの揺りかごは空っぽなのだ。統領は容赦なくミラーノを鞭打つ、「ミラーノ市民の誇り高く高貴な公徳心はつまりこの凋落と死の記録を甘受したのか」

八〇年後に、七年間子どものいなかった父親のアントーニオと母親を少なからず当惑させただろう自分のおくればせの誕生の情況を思い出して、ルイージ・スクラーティは、その辺を少し歩いてから、肩をすくめてその問題に決着をつける。「つまり、わたしは到着していなかったということだ」

ともあれ、ついに彼は到着した。しかもまさに不妊都市ミラーノの門口に。つまりルイージ・スクラーティはロンバルディーアの州都ミラーノから数キロ北方のポー川平野、紀元前二二二年にローマの軍団によってガリア・ロンバルディーアから強奪された周辺領地の小都市クザーノ・ミラニーノで生まれたのだ。彼がそこで生まれたとき、市は自分の領地内に、かつて一八七九年にイタリア初の、世界でも最初のもののひとつである消費組合の推進者ルイージ・ブッフォリが世紀初頭にイギリスにならって建設したイタリア初の庭園都市ミラニーノ（小ミラーノ）を迎えいれたという記録を誇ることができた。

ここに、ながらく待たれたすえに、ルイージ・スクラーティが到着した。彼は一九三三年七月一九日に生まれた。その前の週の金曜日には、ドイツが単一政党国家を公式に宣言した。ナチス党である。

2

レオーネ・ギンツブルグは父親の実子ではないようだ。世紀初頭からすでに黒海からバルト海沿岸まで、コモロからハルまで名を馳せていたギンツブルグ商会は彼の先祖のものである。創業者はテオドーロ・ギンツブルグだが、テオドーロは本名ではない。

「一九〇五年三月一七日付ペテルブルグ控訴院の裁決のための本証書に記載されているタンチュン・ノトコヴィチ・ギンツブルグに、オデッサ、ユコフスカイア街、エリザヴェツカイア家在住のペテルブルグの第一級貿易業者フョードル・ニコラエヴィチ・ギンツブルグを名乗る権利を認める」

まさにロシア艦隊が対馬で日本軍にほぼ全滅させられ、戦艦ポチョムキンがオデッサ港で反乱を起こしたときに、この決議で皇帝の司法官たちは、商売上の理由から、イディッシュ語の名前をフョードル（イタリア語でテオドーロ）に変更することをタンチュン・ギンツブルグに許可したのだ。

テオドーロは、ヴィルノ――現リトアニアのヴィルニュス――総督行政区の、モスクワへの途上に位置する町で、百年前にナポレオンが首都制圧の帰途、一夜を過ごしたズヴェンツィアニでタンチュンとして生まれた。テオドーロの父、レオーネの祖父は、のちにレーニンが一九一八年に中央同盟諸国と講和条約をむすんだ現ベロルシアのブレスト＝リトフスクの要塞でながらく働いた。レオーネの母親、母親だけがつねにそうだが、実の母親は、偶然ではなく真実《ヴェーラ》という名前である。ヴェーラ・グリリチェス。だが彼女の場合も、それが生来の名前ではない。つまり、一八七三年にペテルブルグで生まれたとき、そこではイディッシュ語でカヴァ・ゴルダと名づけられ、そこで、あの堂々とした都市で、テオドーロとの結婚まで暮らしていた。ヴェーラは幼少時から、母方の伯父の、織物工場経営者である小企業家ゴルダルバイター家の人たちの教育をうけていた。というのも、はやくに母親に死なれ、父親はその後ほどなくアメリカに渡ったきり帰国しなかったから。

一八九四年に結婚して、テオドーロとヴェーラは黒海沿岸の町オデッサのユコフスカヤ街二三番地に移った。一七八七年にエカテリーナ大帝が自分の帝国に取得した南部地方の視察のためにドニエプル川を航海しながら、ファサードだけの、つまり見せかけの典雅な家が立ちならぶ美しい村を楽しめたというトルコ人村のある地点に再建された町で、それらの家はポチョムキン公爵がわざわざ大帝のために急遽建設させたものだ。

二〇世紀初頭にギンツブルグ一家が着いたとき、オデッサはすでに豊かな繁栄を誇る国際都市で、あらゆる港町、国境の町のつねで、進取の気と自由奔放、暴力が激烈に混在していた。どの街路にもアカシヤの木とライラックの茂みが二列に並び、大階段が港へと降り、ウィーンのブルク劇場をそっくりまねた、プーシキンが韻文小説『エウゲニー・オネーギン』で描いているイタリア・オペラの出し物でとくに有名なオペラ劇場のホールは優雅な観客であふれていた。ギンツブルグ一家も属するユダヤ共同体は、周期的に虐殺にさらされたものの、啓蒙主義の風潮の影響をうけて、よく融合していた。正真正銘のゲットーは存在していない。オデッサの街路と埠頭沿いのヘブライズムは異質な文化、特別な運命であることをやめ、他の宗教のような一宗教に変貌しはじめていた。

ギンツブルグ夫妻は深く愛しあっていた。ヴェーラは猫の目のように黒く光る目をもち、商売のために頻繁にペテルブルグや外国に行くテオドーロは彼女に愛情のこもった手紙を書き、そのなかで彼女を「ぼくのすべて《マイン・アーレス》」と呼んでいる。幼少時にドイツで一〇年間過ごしたテオドーロは彼女にドイツ語で手紙を書き、彼女はロシア語で返事を書いた。結婚してほぼすぐに、二人の子ども、一八九六年生まれのマルッシアと一八九九年生まれのニコーラに恵まれた。彼らは愛情あふれる環境のなかで育ち、近代的な教育をうけた。

そのころのロシアのはげしい政情不安のなかで、テオドーロはカデット政党（リベラル）を、ヴェーラは大土地を接収して農民に分配することに賛同する政党を支持する。ニコーラは社会民主主義者、マルッシアは革命的社会主義者となるだろう。ヴェーラはモンテッソーリ方式に導かれてオデッサの貧困ユダヤ人の子どものための保育園を運営し、マルッシアはのちにペテルブルグの大学へ行くだろう。ギンツブルグ家では女性たちは差別されなかった。それからほどなくイタリアがこの幸福な家庭にはいるだろう、イタリアと革命が。革命は、腐った食品の問題で反乱を起こした船員たちの主導のもと、一九〇五年六月二六日にオデッサ港に錨をおろした伝説的な戦艦ポチョムキンというかたちで、イタリアは、マルッシアとニコーラの家庭教師で、一九〇二年からユコフスカイアに住んでいるヴィアレッジョ出身のマリーア・セグレーというイタリア女性をとおしてはいってくる。両方とも運命的なことであることがのちにわかるだろう。

つまり、マリーアの話に誘われて、ヴェーラは当時ヨーロッパ屈指の名避暑地のひとつであるイタリアのヴィアレッジョで一九〇八年の夏を子どもたちと過ごした。そこでヴェーラはマリーアの兄弟のレンツォ・セグレーを知ったのだ。ヴェーラはオデッサに帰り、翌年四月四日にレオーネを産む。彼女の愛する夫テオドーロは生物学上の父親がだれであれ、その子を受け入れ、自分の第三子として自分の家で育てるだろう。

しかしレオーネはその家ではその先数年しか暮らさない。一九一四年八月にヴェーラはふたたび子どもたちとヴィアレッジョにいた。夏を過ごし、ロシアへの帰国を準備していた。だが六月二八日にサライエヴォで民族主義者の学生カヴリロ・プリンツィプが東ハプスブルグ家のフランツ・フェルディナント皇太子を暗殺し、オーストリアがセルヴィアに宣戦布告をし、ロシアはバルカン同盟を援護して総動員令を発した。第一次世界大戦が勃発したのだ。

戦争に直面してヴェーラは動揺した。多くの帝国が動揺したのだ、三人の子どもをかかえた母親の動揺はいかばかりだったろう。彼女は末っ子の身の安全のために彼をわが身から引きはなす決心をする。戦時下、ヨーロッパを横断しての帰国の旅は五歳の子どもにはあまりに危険で苛酷だった。レオーネはヴィアレッジョの、おそらくそこで母親の胎内に宿った家に残る。こうして世界大戦とともに、置き去りにされた天才児の物語がはじまる。

秋に、マリーア・セグレーの手にゆだねられたレオーネは、彼女とともにローマに行く。そこ、首都で、子どもは戦争の最初の二年を過ごす。アルドブランディーニ館に収容された重度傷痍軍人の盲人たちにつきそった。彼らの手を引いてやった。六歳になったばかりだった。彼も視力減退に襲われた。母親には十歳になるまで会えなかった。

一九一六年にマリーア・セグレーがヴィアレッジョにもどり、レオーネは地元の小学校に入学して、はやくもそこで『新米記者の思い出』という小新聞を発行する。早熟すぎるほどの文章力は才能というより天資、なにか本性の必要とするところに侵入するものだ。レオーネは子どもだ、そして母親は遠い。彼らを結ぶものは、やむなく、手紙だけだった。母親が恋しければ、手紙を書くしかない。「いとしいロリーノ、きょう、あなたのイタリック体のうれしい手紙が届きました。上達していることはわかりますが、こんなに美しくうれしい手紙をママに書けるほどきちんと教えてくださっているのがどなたなのか、まだ書いてくれませんね」とヴェーラは一九一六年二月一六日に文法のまちがいの混じったイタリア語で書き、彼の実父を思ってか、「あなたの髪はずっと茶色ですか、それともいまは金髪？　今回はあなたに千回だけキスします。愛していますよ、わたしの坊や」と結んでいる。

翌年四月一八日付のもう一通の手紙。「これで、あなたが週に三回先生に来ていただいていること、寒いこと、あなたがとてもママのことを思っていることがわかりました。わたしもあなたのことをとても思っていますよ、わたしの宝物のあなたのことを。そしてあなたの写真をいつも見ています、すべての写真を」

だが戦争だけではない。打ちのめされた母親と遠い子どものあいだに革命まで立ちはだかる。「わたしの宝物のいとしいロリーノ、どこにいるの、わたしの坊やは？　もうだいぶまえから、なにもわかりません。あなたにいっぱい愛情をこめて送った美しい絵葉書がみな紛失するなんて考えられません、いとしいロリーノ。きょうはこの小さな贈りものをします。あなたと同じレオーネという名前のこの有名なトルストイという人がどういう人かは、おばさまが話してくださるでしょう」

ヴェーラは一九一七年六月にオデッサからこの手紙を書いている。十月革命直前である。母親は息子に彼と同名のロシアの大作家の本を送った。そのあいだに、二月に帝政が崩壊してレーニンとトロツキーは労働者と農民の名のもとに全権力をソヴィエトが掌握するための一斉蜂起を準備していた。「いとしい坊や、わたしの宝物のロリーノ、ロシアに起こったことはとても悲しく、わたしたちが負けたことがとても残念ですが、わたしたちのことは心配しないでね、わたしたちはきっと勝つでしょうから。これからまたドイツ軍を追い出す道のりは少し長くなるでしょうけれど、見てらっしゃい、いとしい坊や、わたしたちは彼らを追い出すわ！　いとしいわたしの宝物のあなたのかわいい頭に大きなキスをいっぱい。ママ」この手紙はオデッサからユリウス暦一九一七年一〇月二六日に出されている。ヴェーラはまだ第一次世界大戦でロシアがドイツ軍のせいで敗退したことを嘆いている。彼女にとってはまだそれがその日のニュースなのだ。当然ながら、その日の朝二時に、ペテルブルグでボルシェヴィキが冬宮殿を攻撃して占領したことは知るよしもない。

ヴェーラは、家族全員とともに、ほどなく彼に再会するだろう。ギンツブルグ一家は革命闘争の初期には戦線にいた。八月には、皇帝に忠実な将校に瀕死の負傷を負わされた革命社会主義党代表で市協議会メンバーの友人ベルンフェルト技師を助けている。一九一七年二月にペテルブルグにいたマルッシアはネフスキー大通りのはずれの兵営に駐屯していた蜂起軍兵士たちに食事を配っていた。

しかしその後、ボルシェヴィキが権力を握り、すべてが急変する、ギンツブルグ一家の世界も。一九一九年一二月二四日、ギンツブルグ一家はレーニンのロシア港から出航する最後のロイド・トリエスティーノ社の船の乗客となる。「わたしたちはなにもかも置いてきた」と、ずっとあとにマルッシアは語るだろう、「家も、当然、中にあったものも。ほんの少ししかもち出さなかった。家にはおじがひとり残ってしばらくは家を守ってくれた」その後だれひとり二度とロシアに足を踏みいれていない。代わりに、イタリアに踏みいれた。ギンツブルグ一家はトリーノで合流し、レオーネの兄のニコーラはトリーノ工科大学に入る。トリーノにも、いっしょになったギンツブルグ一家は数か月しかとどまらない。遍歴が、いまや彼らの運命だった。

一九二一年三月に全員がベルリンに移住し、テオドーロはそこで仕事を再開する。そこは左翼右翼の革命前夜で神経がたえずピクピク痙攣している国、激烈な内部抗争の国だった。ビヤホールでクーデタが計画されるかと思うと、ザクセン人工員が実数五万人の「赤軍」を編成し、超国粋主義の義勇団《フライコープス》が正規軍と組んで、正当な政府からいかなる命令も発せられないのに蜂起を弾圧していた。まさにギンツブルグ一家がその国で避難所を探していたその数か月のあいだに、アドルフ・ヒトラーが国民社会主義党党首となり、のちに権力闘争において彼の私的軍隊を代行する行動隊を創設した。

そのドイツで、レオーネはベルリンのロシア人中学校のギムナジウムに二年間通った。イタリアの状況の情報をうるために毎日『コッリエーレ・デッラ・セーラ』紙を読み、友人といっしょに『ぼくらが考えること』という新聞を発刊して、それをトリーノの元級友たちに送り、小説や、ダンテの没後六百年記念の記事を書き、「自由の使徒」マッツィーニについて公開の講演をした。レオーネ一二歳である。

三〇か月後、ギンツブルグ一家はふたたび移住。事業管理のためにドイツに残る父親以外がトリーノに移る。だが一九二三年秋に彼らが見出したイタリアは、一九二一年春に後にしたイタリアではなかった。一〇月二八日と三〇日をふくむ週末に、ベニート・ムッソリーニの前で、ローマ進軍一周年が祝された。それを記念して造られたコインの両面にそれぞれ王とファスケス〔小枝の束で斧を巻いた図。ローマ元老院の権威のシンボル〕が刻まれた。このふたつがいまや国家の礎であり、イタリアにはもはや他のものの場がないといわんばかりに。誇らしげなデモ隊の歓喜がそれを証言しているようだ。『ニューヨーク・タイムズ』は《歓喜の熱狂《フェヴァー・オブ・ブライト》》に沸くローマのようすを報じている。一九〇五年と一九一七年の革命後数年の第三の革命であり、ギンツブルグ一家はそれを、しかも今回はファシズムのそれを身をもって生きる栄誉をえたのだ、たぶん断念することもできたのだったろうが。

一九二四年夏、レオーネはトリーノのマッシモ・ダゼッリオ高校の編入試験に合格した。その夏、統一社会党書記長ジャーコモ・マッテオッティがファシスト党が圧勝した四月の選挙結果について議会で糾弾し、「わたしは演説を終えた。さあ、きみたちはわたしのための弔辞を用意してくれ」と党仲間に言って議事堂を出たのち、ムッソリーニの刺客に拉致され、刺殺された。レオーネは、同世代の男女とともに大人の年齢にむかうが、彼の関心はスポーツや映画、夏の恋物語ではない、政治的悲劇の痛ましい展開だ。

「別世界から来たような男」

トリーノの名門マッシモ・ダゼッリオ高校Aコースの仲間に一五歳のレオーネはそう映った。そこに足を踏みいれたときはまだ一六歳になっていなかったが、彼はすでに少年ではなかった。「黒い剛毛のいがぐり頭、すでに顔じゅうを黒ぐろとおおっている頬ひげ、褐色の落ちくぼんだ目が非常に濃い二本の眉毛のせいでさらに深くくぼんで見え、静かで冷静なまなざしが気づまりとともに尊敬の念を起こさせる。はっきりした造作、青白い、まるで闇のように暗い顔、脆弱な胴体に比べて大きな頭、まるで過剰な重さを支えなければといわんばかりにやや曲がった脚」背が高く、縮れ毛で、毛深く、大きな眼鏡をかけ、両手は赤く、胸幅が狭く、脚が湾曲しているレオーネはたしかに美男とはいえないが、どもらないように、ゆっくり、だがまるで印刷された本のような話し方をし、高名な知識人の教師で、反ファシストとして知られるウンベルト・コーズモがクラスに難問を投げかけると、いつもレオーネがみなの代わりに答えて仲間の困惑を救った。そしてその「みな」のなかに、いまクラスの記録をひもといてみると、作家や哲学者、法律家、企業家、政界のリーダー、パルチザン指揮官、戦後イタリアの建国の父などがずらりと並んでいる。レオーネは彼らのクラス仲間であり、すぐにみなからクラス一と認められた。教師たちの満足げな承認、仲間たちの賞讃と驚きと、当然ながら羨望にかこまれて高校の数年を過ごす。「ぼくは彼より年上だったけれど、彼には少し気おくれがした。だがみなそうだった」と、かなり若いころ、ダゼッリオ高校で彼の教師をし、のちにカフカやプリーモ・レーヴィの出版人、レジスタンスの指揮官、共和国上院議員となったフランコ・アントニチェッリは言う。そしてつけ加える、「彼は学校仲間も教師も唖然とさせ、刺すような羨望の念を、瞬時の怒りすら引き起こした」

まだ少年ながら、レオーネはなによりもまず性格が強く厳格主義者で、はやくも一五歳で人生をおそろしいほど本気で考え、ノルベルト・ボッビオ〔思想家。レオーネの親友〕が言うには、「あらゆる挫折、あらゆる放棄を新たな力でとり返すべき損失とみなした」最初の一瞥で級友や教師の弱点や卑小さ、妥協ぶりなどを見抜く、絶対に過ちを犯さない異端審問官だ。だがよき友でもある。レオーネは人を許し、人から許されることのできる人間だ。きみに任務とともに返礼を差し出す男なのだ。

若きレオーネの性をめぐる証言はまちまちだ。ダゼッリオ高校のBコースにひしめく「お嬢さんたちの誘いにまったく無関心というわけではなかった」と言う者、好みの友人でも好きな女の子でもいつもベネデット・クローチェの著書で説得しようとしたと言う者がいれば、また同じく学校仲間で、のちにレジスタンスの闘士、すぐれた音楽学者になったマッシモ・ミーラは、レオーネは性にかんしても厳格な禁欲主義者だったと言う。「レオーネ・ギンツブルグはぼくらのグループきっての堅物で、ぼくの家の近くのヴィーコ街の『牛の家』〔外壁の装飾柱に牛の頭部の彫刻があるので、そう呼ばれた〕に住んでいたので、相談事があって行くことがあったが、彼の部屋の窓はマッセーナ街の娼館の真向いだった。それがいつまでも絶対的な禁欲主義の友人にたいするぼくらの騒ぎや冷やかしの原因になった」

そのころの彼の文学的なサロン趣味を育んだヴィアレッジョでの休暇先からほかの友人に宛てた手

紙のなかで、レオーネはわずかながら自伝的な手がかりを提供している。「ぼくについては、例年の海水浴生活――どちらかというと享楽的だが、それほどでもない――というところだ」友人の返事はもっと直截的で、具体的だ。「アキーレ・カンパニーレについての噂も書いてくれ、こっちで大流行だから。彼がなにをし、なにを言っているか、泳ぐのか、冗談を言うのか、女と寝るのか、タバコを吸うのか、自分の原稿を読みなおすのか、などなど」この休暇での文通相手はチェーザレ・パヴェーゼ。メランコリックな作家で、戦争から平和へ、破壊から再建への時代のおそらく同世代のもっとも影響力のある作家になるだろう。

たしかに、ダゼッリオ高校の教室でレオーネと「チェザリート」の友情が生まれた。本質的に、二人を結びつけているのは文学への情熱である。彼らはいろいろな本を読んでは議論した。だがチェーザレは詩を書き、レオーネはなんでも――短篇、長篇、エッセイ、記事――書いたが、詩は一篇も書かなかった。ポルタ・ヌオーヴァ駅のカッフェ・ラッタッツィや、ミッレ街の画家ストゥラーニのアトリエの屋根の下で、もしくはレアリエ村のパヴェーゼの丘の家で仲間に合流した。だがとりわけ彼らは仲間からはなれて二人でトリーノの通りを果てしもなく歩いた。トリーノの郊外がつきるあたりの、最後の工場群と最後の住宅群の倉庫のあいだに、フィーアット社の工場群が「歴史のある瞬間に聖なるものの探求を終結した大聖堂」のようにそびえていた。朝、その巨大な塀とケーブルの下で、工員たちが無言で始業を待っていた。

だが二人だけの散歩のためにギンツブルグとパヴェーゼが選んだのは、産業と工員のトリーノや、企業家たちの造った建築物よりも、少年の悩める心によりふさわしい、サンゴーネ川が合流するポー川の淵だ。パヴェーゼはすでに苦悶をかかえはじめていて、死に言い寄るように女たちに言い寄り、しかもその両方に魅せられて、釣りボートから身を乗りだして腕を肩まで川底に伸ばしては、ため息をついて言うのだった、「毎年ここで一人は溺死する」レオーネとチェーザレの高校最後の年だった。

一方で、その一九二六年には、死が路上に降りていた。一〇月三一日、ボローニャで、ムッソリーニがその年の四度目の襲撃の標的になった。車で中央駅へむかう途中に無謀なピストルの一発にみまわれた。かすり傷ひとつ負わなかった。発砲したのは、アナーキストのマンモーロ・ザンボーニの息子で、少し知能が低かったために「じゃがいも」の綽名がついたアンテーオ・ザンボーニということになった。アンテーオはわずか一五歳だった。ファシスト行動隊員たちがその場で彼を刺殺し、激昂した群衆がその死体を傷めつけた。その二か月後に、国家防衛のための特別法廷が制定された。ファシストが自分たちの敵を睡眠中に襲い、彼らの家で、彼らのベッドで、フィレンツェのガエターノ・ピラーティの身に起こったように、妻子の目の前で、彼らを撲殺しつづけるのに役だつだけだろう。そして早くも一九二七年。レオーネとチェザリート、大学に入学。

レオーネが入学したとき、大学はまだファシズム一色ではなかった。だが、レオーネはすでに決然たる反ファシストだった。

たしかに、一九二七年には教授陣はまだ、闘いを避けて歴史の流血の側面から距離をとり、みずから思いえがく学問の自立、みずから思いえがく世の狂熱への無縁性に逃避できるという幻想をいだいていた。だが実際には、共生体制が確立しつつあったのだ。教授たちは、自分の理念で、理念をもっていたとしてだが、まだ弾圧されなかったり許容されたりし、むしろ適応し、妥協していたのだ。

ところが一八歳のレオーネは、ある親ファシストの家――ボッビオ家――に入って、絵入り雑誌の表紙のこれ見よがしの統領の大型写真に目をとめると、大声で、きっぱりと、確信をもって、軽蔑のことばを吐いた。それでも大学在学中にレオーネは意思表示をしなかった。彼にとって反ファシズムは彼の道徳上の確信の自然な発露、彼の審美主義の表現なのだが、それでもこの自然な反ファシズムは政治闘争を遠ざけていた。彼にとって反ファシズムは、ゴベッティが書いているように、貴族性、高貴さ、様式の問題であり、おそらく、まさに正面衝突の避けがたい荒っぽさが彼をそこから遠ざけたのではないだろうか。どうだろうか。事実、レオーネはそこから遠かった。勉強し、書いたが、闘わなかった。公然とは。

まだ高校生だったころ、じつに早熟なレオーネは数篇の短篇とトスカーナのファシスト行動隊を題材にした長篇を書いている。一九二七年には長めの短篇「誠実さ」と短めの長篇『一家の娘』に没頭(いずれも未刊)。同年、ゴーゴリの『タラス・ブーリバ』を完成させて翻訳家としてもデビューし、あの記念碑的な『アンナ・カレーニナ』にとりかかり、『バレッティ』誌に同じく『アンナ・カレーニナ』について最初の論評を発表して、評論家としても公にデビューした。その『バレッティ』は、自由主義革命のこちらもじつに早熟な予言者にしてトリーノの文化および政治生活の灯台であり、一九二六年にわずか二五歳で、病弱とファシストによる度重なる暴力行為のために亡命先のパリで死んだピエーロ・ゴベッティが一九二四年に創刊した雑誌の最終号である。すでに友人や教師たちがレオーネを彼になぞらえだしていたそのゴベッティよりも長生きした雑誌に掲載されたのは、ギンツブルグがその数年間に発表する五五篇の歴史とロシア・フランス文学関係の論文の初期のものである。さらに他の雑誌への寄稿や出版社との協力、そして新たな翻訳が加わる。これらのことを考え、書き、翻訳しつつ、レオーネはつねに明確な旗印をかかげた知識人反ファシズムの洗練された流儀にこだわり、直接的な政治行動への参加はつねに避けていた。

一九二八年四月初旬、友人の家で、彼の知的偶像であり、社会生活や政治抗争に比して、学識ある人間の優位性を堂々と主張した大理論家のベネデット・クローチェ本人に会う。そのときナーポリの哲学者が彼に政治活動を控えるように助言したのか、その出会いののちレオーネは法学部をやめて文学部に移り、スラヴ文学界での研究生活の計画を練る。クローチェの助言にしたがって、いわゆる「文化のひらかれた陰謀」の文学研究に完全に没頭し、闘争的反ファシズムを控える。自説をまげず、意思表示をしない。

レオーネは意志表示をしなかった、黒シャツの学生たちが、最初は口頭だけだったが、自由主義者の教授ルイージ・エイナウディとフランチェスコ・ルッフィーニの授業を暴力で中断させた行為に反ファシストの学生たちが抵抗したときも。またそれにつづく殴り合いにも加わらなかった。レオーネはまた、ファシストの暴力行為が真っ向から、ベネデット・クローチェ個人に加えられたときも、意思表示をしなかった。それは議場が騒然とするなか、ラテラーノ協定〔一九二九年の国家と教皇庁の和解。ヴァティカン市国が成立〕を批判した有名な演説を発表したときに起こり、ムッソリーニ本人が、演説がつづくあいだずっと議会の特別議長席から真正面に彼と対峙して、罵倒し、彼を「歴史の兵役忌避者」と定義して、はげしく反論した。この定義は、的外れではないし、まったく根拠がないわけでもないことは認めざるをえないが。

その数日後、トリーノで、ウンベルト・コーズモの発案で、クローチェに連帯の公開書簡を送り、多くの学生の賛同をえた。だがギンツブルグはまだ意思表示をしない。ムッソリーニなら兵役忌避と言うだろう。パヴェーゼと他の友人たちとともに署名を拒否する。一九二九年五月のことだ。署名をした学生仲間の多くが逮捕、収監、訓戒。コーズモときては五年の流刑を宣告されたが、レオーネは意思表示をせず、勉学にもどる。

しかし勉学は終了となる。レオーネ・ギンツブルグは一九三一年一二月二一日にギィ・ド・モーパッサンについての卒業論文を書いて卒業。その年の一〇月八日にイタリア国籍を申請して取得し、前年四月には成人にたっしていたが、その一二月にベルリンから父親の訃報がとどいていた。レオーネにとって選択の時となった。彼は選択するだろう。


「春になると、それが見せかけの春でも、ただひとつの問題は、どこで過ごすのがもっとも幸福かということだった」こんなふうに、ヘミングェーは両大戦間のパリ、自分がそこでとても若く、とても貧しく、とても幸福だったすばらしい都市のことを回想するだろう。

そしてその同じ都会で、同じころ、同じ季節に、レオーネ・ギンツブルグも自身の幸福に出会った。それに出会ったのは、一九三二年四月のある朝、《場末《フォブール》》のひどく寒いミルクホールで、ファシストの迫害を逃れてフランスに亡命していた高校の同期生のアルド・ガローシが彼をつれていき、カルロ・ロッセッリとガエターノ・サルヴェーミニに引き合わせたのだ。

レオーネは、卒業論文のモーパッサン論を増幅して完成させるための奨学金をトリーノ大学からえてパリにいた。本を書き、そこから研究生活の基礎固めをするつもりだった。だがそのミルクホールに行ったのはモーパッサンを論ずるためではない。社会自由主義の理論家で、体制側が流刑にしたリーパリ島からモーターボートで劇的な脱出をして、一九二九年からフランスに亡命していたカルロ・ロッセッリは、共産党の勢力圏外の主要な反ファシズム組織である「正義と自由」の創設者のなかでももっともカリスマ的な人物だ。また、ガエターノ・サルヴェーミニは二〇世紀のもっとも悲劇的な人物の一人である。

著名な歴史学者でイタリア社会主義の先鋭的な代弁者、連邦主義の理論家で南部主義者、一九一九年から下院議員で活発な反ファシストのサルヴェーミニは、いまや五〇歳になっていたとき、大学の廊下で、衆目のなか、二〇歳の行動隊員たちに棍棒で袋叩きにされた。ファシスト警察に逮捕され、のちに恩赦で釈放されてパリに亡命し、彼の元学生のロッセッリとともに「正義と自由」の活動を始めた。

だがサルヴェーミニを悲劇の主人公にしたのは歴史や政治だけではない。自然であり、地震である。早熟の天才にして子だくさんの父親は一九〇一年にわずか二八歳でメッシーナ大学の近代史教授となり、妻と妹と五人の子どもとともに赴任した。才能と幸運に恵まれた彼は、このころ義理の姉妹に書いている、「ぼくの家庭生活はこわいほど幸福です」

その数日後の夜、ガエターノはおそくまで大学にいて、家族全員が寝静まったころに帰宅した。夜の静寂のなか、窓辺でタバコを吸った。にぶい物音が海岸のほうからあがった。その数秒後、サルヴェーミニは妻と妹と五人の子どもを失った。

彼がメッシーナ地震の瓦礫の下で死んだものと、世の哀悼の意に同調して、のちに彼を殴らせ、逮捕させる若き闘争的社会主義者ベニート・ムッソリーニは、遺族に弔電を打った、「ガエターノ・サルヴェーミニとともにイタリア社会主義のもっとも傑出した人物が消えた」

だがサルヴェーミニは瓦礫の下ではなくその間にいた。家ごと道路に投げ出されたが、窓の上枠に守られた。半狂乱で、何日も家族を探して素手で瓦礫を掘った。末っ子のウゲット以外の全員の亡骸を掘り出した。世界の半分の大学での数十年の亡命生活ののち、いまや老いたサルヴェーミニは、道で出会う若者のうちにその失った子どもの面影を生涯、探してきたと告白する。

ぼくらはロッセッリとサルヴェーミニとギンツブルグがパリでの出会いでなにを話しあったのか知らないし、サルヴェーミニが若いレオーネの毛深い顔のなかにも失った息子の面影を見たのかも知らない。しかし、当時の彼の友人たちの証言で、イタリアに帰ったとき、そのレオーネの顔に新たな光があったことは知っている。彼は行動へ、森へ向かう。そしてこんどは意志不表示の森ではない、反逆の森なのだ。

ギンツブルグはまずは半身だけ、非合法活動にはいる。組織のなかでアルド・ガローシの後を継ぎ、前年の逮捕と特別法廷が「正義と自由」に下した刑罰のために解体した謀略網を再編する。イタリアの反ファシズム組織の全容は絶望的だった。圧倒的に多数で、闘争的でよく組織された共産党員は処刑や逮捕、亡命、流刑、禁固刑などで文字通り壊滅的被害をうけた。「正義と自由」の細胞はわずかな部隊に縮小され、それも少人数からなるものだ。ムッソリーニと「カトリック行動団」の執拗な腕相撲とそこから派生するファシスト行動隊による「カトリック青年団」や「イタリア・大学カトリック連盟」本部の襲撃後、カトリック組織まで打撃をうけ、縮小された。

レオーネは自身のすべてを、その知的カリスマ性のすべてを、はやくからの名声がもたらしていた広範な人間関係を、闘争に投じる。カルロ・レーヴィがのちに書くだろう、「彼はあらゆる問題をみずから再提示し、あらゆる経験を直接やり直し、生活と教養で証明する義務を感じる者の幅のひろさで闘争をする」幅のひろい生活感、これがレオーネをみちびく北極星だ。彼が闘争を決意した理由については、彼自身が語ってくれる、「いまやだれも正当化しようとも望ませようともしない未来まで政治闘争を先延ばしすることは、不在の信仰を前提に、偶像を活性化させるのと同じだ」

未来への希望は、ときに、もっとも卑劣な欺瞞となることがある。レオーネはそれを知っており、もはや、空っぽであることを真っ先に知った聖体安置の壁龕を崇拝する意図などない。それに、ジャーイメ・ピントールが書いているように、「せっかく生まれたのに意思表示をしないとは、自分を殺すようなもの」なのだ。

文化を生活の試金石にするという意図に沿って、トリーノの「正義と自由」の賛同者勧誘の軸は労働者層から知識人層に移行する。亡命幹部たちはパリから、闘争への新規加入者に流血の襲撃活動をさせよと圧力をかけてくる。レオーネと仲間たちはそれに怒って、闘争における武器の使用はせいぜい示威的な性格にかぎるのが好ましいと表明する。一九三二年末、エルネスト・ロッシ〔一八九七―一九六七。欧州連合運動推進者〕をピアチェンツァの刑務所から脱獄させようとしたが、その試みは失敗した。たしかに、彼らは直接的な暴力行為より、理念と計画の準備に没頭していた。彼らの活動は主として、プロパガンダと新聞、反ファシズム出版物への協力として展開した。レオーネが説得して確保した知識人の多くが毎木曜日の夜、名門夫人の有名作家であり、リソルジメント仕込みの反ファシストとして知られるバルバラ・アッラソンのサロンで、社交界風の楽しい談論という枠のうちに会っていた。

そんな枠にもかかわらず、レオーネは政治闘争に、学問の場合と同じ指導力、同じ義務感、同じ非妥協の判断を駆使する。バルバラ・アッラソン当人が回想記のなかで、ある象徴的なエピソードをあげている。彼女の息子が帰宅せず、彼がフランスから届く非合法印刷物をうけとりにアルプスのモンジネーヴロ峠にいると知って、アッラソンは友人たちの家に電話をかけて消息をたずねまわった。電話の件を知ったレオーネは「冷たくぴしゃりと」、彼女を非難した、「情緒不安定では陰謀はできません」

レオーネは遠慮がなく、ためらいもなく、束縛されない。だが薄情ではない。一九三三年三月の『正義と自由ノート』で、体制が大工場労働者や公務員にファシスト党への入党を課した自由を抑圧する法について解説している。見込まれる強制的新入党者は七〇万人。

より若い者たち、金利や年金で生活できない者たちを念頭に、回避不能の入党が自分の良心にとっての最初の妥協、最初の後悔となるべく放りだされる膨大な数の同世代の若者たちに思いをはせて、レオーネは慈悲の権利を要求する。権利である、まちがわないでほしい、義務ではない。「ぼくらはこれらの若者たちのそばにいたい」と書く、「より困難な道を選び、すべての者のために働こうとするぼくらは、ぼくらをとらえた彼らにたいする深い慈悲の念を表明する権利と、できるかぎり彼らを支援する義務をもつ。ぼくらは彼らがこれ以上自己を貶めることを許さない。彼らにたいしてぼくらは服役者や流刑者にたいするのと同様に慎重に配慮する」その配慮をレオーネはほどなく自分のためにせざるをえなくなるのだ。

しかしその間に、半身をまだ公的、市民的生活の喫水線上に浸けたまま、レオーネは大仕事をすることになる。ある日、ダゼッリオ高校の元同級生がヴィーコ街の彼の部屋を訪れて、出版社をつくらないかと提案したのだ。彼は自由主義思想の第一人者で大土地所有者、王国上院議員ルイージ・エイナウディの息子である。上院議員の息子は痩せぎすで繊細な、冷たい青い目をもつ青年だ。ジューリオという名前だが、高校では、赤くなってよく泣くので、ジュリエッタと呼ばれていた。パヴェーゼといっしょに出版物を考え、運営してもらいたい、自分は必要な資金の調達と実務にかかわるという。まずは歴史ある高名な学術誌『ラ・クルトゥーラ』を復刊させ、それを新思想発信の中枢と未来の出版社の基礎固めとしよう。

レオーネは引きうける。才能を発揮し、稼ぐ必要があった。母親に書いている。置き去りにされた子どもだったころ、革命のロシアへ希望のない手紙を書きつづけて以来ずっと失われていない習慣だ。「愛する母上、ここ数日手紙を書いていませんが、ぼくのことは心配なさらないように。『ラ・クルトゥーラ』は万事順調です。三月一五日から毎月刊行されるでしょう。主幹はほぼまちがいなくチェザリートで、ぼくはいわゆる編集長でしょう。雑誌購読者が五百人以上になったところで、ぼくに給料が、つまり年間利益の四パーセントが入ります。当初は財政赤字となるでしょうから、社長は単行本の出版も望んでいます。ぼくには確実に二百―三百リラの給料が入るでしょう」一九三三年一一月一五日、アルチヴェスコヴァード街七番地に本部を置く「ジューリオ・エイナウディ出版社」が個人会社としてトリーノ商工会議所に登録される。こうして、三人の友人と月給三百リラの約束で、二〇世紀のもっとも重要な文化事業のひとつが誕生した。

当時のギンツブルグは、のちに簡潔な拒否の書簡で表明するような大学でのキャリアを断念する意図はまったくなかった。それどころか、いつもの傑出ぶりで出世街道を走っていた。一九三二年五月二九日、前年一二月に卒業したばかりの若き知識人は「ロシア文学大学教授資格」の受験を申請する。試験は一二月に実施された。三人の構成員からなる委員会はイタリアのスラヴ文学研究の設立メンバーに彼を加える。「一九〇九年四月四日オデッサ生まれの志願者レオーネ・ギンツブルグは質問の主題について広範にして正確な知識、確実な方法論、そしてまさに際立った判断の独自性を示した」この好意的な評価によって、レオーネ・ギンツブルグは一九三二年一二月三一日、正式にロシア文学教授資格を獲得した。二三歳である。

二か月後の一九三三年二月、レオーネはプーシキンの授業を始める。開講講義の題目は「プーシキンとその時代のヨーロッパ文化」その開講講義は一大事件だった。「教師の出席は多くなかった」とバルバラ・アッラソンはのちに書くだろう、「大講堂は彼の友人や崇拝者、その若きリーダーの慶事に参列しようと駆けつけたトリーノじゅうの反ファシストであふれ、全員の心は彼の話に聴き入り、全員の注意は彼のことばに釘づけになった」それから一年もせずに、レオーネはこのもはや自由でなくなった授業に「ノー」を突きつけるのだ。彼は自分にとってより困難な道を選んだ。プーシキン、ゲルツェン、マッツィーニ、ダンテ、彼らはみなこのときただひとつの理由のために存在し、その理由とは若きレオーネ・ギンツブルグである。ロシア・ロマン主義、イタリア・リソルジメント、ヨーロッパ人文主義、過ぎ去った世紀のこだまが大地の無言の振動となって彼にとどく。こんどは、遠くから来たものを、ひとつの生きてきた線に貼りつけるのだ。

一九三四年三月一一日夜、レオーネはポルタ・ヌオーヴァ駅正面のホテル・ボローニャでヴィットーリオ・フォーアと会う約束だった。約束の時間は午前零時。フォーアはギンツブルグが反ファシズム闘争に勧誘した多くの若き知識人のひとりだ。

二人はダゼッリオ高校で知り合い、フォーアが一時期銀行で働いていたので、しばらく音信不通だったが、ほとんど偶然のように再会した。すぐにレオーネは彼になにを読んでいるかと訊いた。プルースト、プルーストを読んでいる、とヴィットーリオは答えた。「だけどシャリュス男爵は断じてきみのようなネクタイの結び方はしないだろうね」とレオーネは彼をからかった。そして彼のネクタイの結び目を直してやった。こんなふうにして二人は友人になった。

それからある日、レオーネはヴィットーリオに地下活動をしないかと訊き、彼は「その威厳ある態度、レオーネになにか頼まれたらだれも、たとえベネデット・クローチェでもルイージ・エイナウディでもノーと言えないような態度」に即座にイエスと答えた。

こうしていま二人は、真夜中に、初代イタリア王ヴィットーリオ・エマヌエーレ二世通りのアーケードの下の一九世紀末の瀟洒な建物で会っているのだ。ヴィットーリオ・フォーアはその日一日、『正義と自由ノート』を持ち出すためにレオーネがスイスに送りだしたマーリオ・レーヴィとシオーン・セーグレの到着をむなしく待っていた。

「来なかった」とヴィットーリオがささやく。

「捕まったんだ」とレオーネが答える。そして二人の友人は黙り込んだ。

この二人の若き知識人の夜の空気のなかに、彼らと同じもう一人の知識人の友人がレオーネに宛てた手紙の疑問が渦巻いている。「ぼくらの生活を行動においても成熟させたらすばらしいんじゃないだろうか？」

フェッリエーリ家
ナーポリ、一九〇〇―一九三〇年

ジュゼッペ・フェッリエーリもまたレオーネ・ギンツブルグと同じく、岸壁から大型船が遠い国へむけて錨を上げる大都会のひとつで生をうけた。ふたつの大陸のはざまにあり、よく天国か地獄かのごとくに書かれるが、むしろキリスト教の煉獄によく似た、巨大な、太古の、白蟻の巣のような人間の巣窟のひとつ、毎日毎日、贖罪の永遠の抵当の代償を命で交渉せざるをえない、恩寵と破滅のあいだに宙吊りになった、トランジットの場。

これが、ジュゼッペ・フェッリエーリ――みなはずっとペッピーノと呼ぶだろう――が一九〇八年四月二五日、まさにレオーネ・ギンツブルグがオデッサに生まれる一年前に生まれた二〇世紀初頭のナーポリである。ペッピーノが生まれたとき、ナーポリはまだイタリアで人口が最多、ヨーロッパ全土でも人口の多い都市のひとつだった。その数はおよそ七五万、大半がすでに一七世紀半ばに農村をはなれた貧民層の子孫である。
ナーポリは裏切られた遺言書の都市だ。一八八三年の壊滅的なコレラのあと、サヴォイア政府は決定的な再建工事を約束して歴史的中心街の多くの地域を取りこわした。だがウンベルト様式の大建築物は不潔な路地の退廃ぶりを隠蔽しこそすれ、その解決には役立たなかった。それらの背後の迷路では、尿の悪臭に塩酸の気化ガスが混在していた。モラル荒廃はもはや救いがたかった。一九〇〇年の世紀の変わり目の大汚職事件後、ローマ政府はナーポリ市に代表委員を送らざるをえなかった。三九年間で九回目である。

だがペッピーノ・フェッリエーレは、海辺の町がヴォーメロの丘にのぼってゆくアンティニャーノの村で生まれた。空気がよく、やや安楽な生活のできる場所で生まれたのだ。彼も、レオーネと同じく有能な商人の息子だ。実際に、彼の誕生にまつわる家族の語り草では、車馬をつらねて洗礼式に行ったという。

家長のフランチェスコ・フェッリエーリは卸しと小売りをかねた肉屋だった。商売は繁盛し、子宝にも恵まれた。妻のグラーツィアは、一九世紀末から二〇世紀初頭にかけて、男子四人、女子三人の七人の子どもを産んだ。ラッファエーレ、フランチェスコ、アントーニオ、ジュゼッペ、フォルトゥーナ、ヴィンツェンツァ、カルメーラである。

この末娘はじつは養女である。妊娠中のある誓願が守られて一家に入ったのだ。つまりグラーツィア奥《ドンナ・グラーツィア》さまは、ちょうどペッピーノを身ごもったとき病いに伏し、子どもを失いかけた。そこでカルミネの聖母に、子どもが救われるなら、他の土地と同じようにナーポリでも「聖母の子」と呼ばれている不幸な子ども、父親のいない孤児をひとり養子にすると誓った。そしてそのとおりになったのだ。養子になったのは女の子で、カルメーロ（カルミネの別名）山の聖母に敬意を表して、カルメーラと名づけられた。実子のジュゼッペが生まれた日と前後して家に入ったので、みなは双子だと思った。カルメーラは世人やかなり身近な親戚の目にもフェッリエーリ家の子として成長していった。資産家ではないが、いまなら、やがてドンナ・グラーツィアが長女のフォルトゥーナをつれて出かけ、当時の言い草のように、「キアイア地区になじみの仕立て屋がいる」と言われる程度の余裕のある家で、フランチェスコ・フェッリエーリの保護の翼のもと、すくすくと育ってゆくだろう。

　フランチェスコ・フェッリエーリはすぐれた商人であるだけでなく、人に尊敬される力もそなえていた。むろん「マフィアの紳士」ではないが、いちもく置かれる人間だった。肉屋をゆする犯罪組織の男が彼を標的にしたとき、フランチェスコはゆすりに甘んじない決意をした。

「出会ったら、けりをつけてやる《クアンモ・チェ・トルヴァンモ・チェ・ラ・ヴェディンモ》」と公然とならず者に挑戦した。

　一方で、フランチェスコ・フェッリエーリは家畜市に行くために現金をもって夜の田舎道を通ることが多く、つねに武器を身につけていた。おまけにピストルの名手でもあった。そのころ肉屋は生きたままの動物を買いにいき、それから額を撃って殺し、蠟布のシャツを着て、袖を肘までまくりあげ、自分で解体した。こうしてフランチェスコは、どこでどんな状況だったのかはっきりしないが、無法者に出くわし、彼のほうが先に、的確に発砲した。この流血事件の詳細は、恥ゆえか、あるいは沈黙の掟に隠れて、家族の記憶から消え去った。ひとつだけ知られているのは、フランチェスコ・フェッリエーリが犯した殺人の罪を、家族の運命を支えるのにさほど重要でなかった兄弟のひとりが負わされたことである。この場合も実の兄弟ではなく、「育ての兄弟」、やはり孤児で、当時の習慣で子どものころから家に引きとられていた兄弟だ。正当防衛を主張したのだろうが、いずれにせよ、このいくらでもいる「聖母の子」が刑務所送りとなった。

しかし身代わりだけでフェッリエーリ一家の災難は避けられなかった。フランチェスコが若くして急死したのだ。同じころ、つまり第一次世界大戦がヨーロッパにもたらしたさらに広範な災難の数年のあいだ、フェッリエーリ家はギンツブルグ家と同じように、運命の暗転にみまわれる。しかしフェッリエーレ家の流転の行程ははるかに短い。不運がレオーネをオデッサからヴィアレッジョへ(それからトリーノへ)と導いたが、ペッピーノにとってはより控えめに、ルーカ・ジョルダーノ街の高台からヴェルジニ貧民街への移動を意味した。寡婦で七人の子の母親のグラーツィアは、ナーポリの、人のひしめく中心部に居をかまえた。それから先、フェッリエーリ一家のすみかはスッポルティコ・ロペス八番地となるだろう。そこで、何世紀ものスペイン支配をしのばせる暗い路地の千年来の黴のなか、グラーツィアはひとりで子どもたちを育てる。

そこから少し先のサニタ地区の、サンタ・マリーア・アンテサエークラ街で、公然と父親不明と知られたもうひとりの男の子が育っていた。戸籍簿にはクレメンテ・アントーニオN. N.(非合法な関係による出生)と記され、界隈のみなが、その地区でアンニーナと呼ばれているアンナ・クレメンテという一六歳の美しい下町娘とジュゼッペ・デ・クルティス侯爵の子であることを知っていた。アンニーナは挑発的で恥知らずな、移り気な女だった(それとも、貧しいひとりぼっちの娘だっただけかもしれない)。母親より愛人であるアンニーナは子どもを祖母にあずけ、毎晩、着飾って化粧をして、瀟洒な侯爵邸に行った。出がけに、愛情の証をこめた幼児語を息子に浴びせた。彼の頬にキスして、口紅の跡を残したまま、「いい子にしてるのよ、トトー」と言い聞かせた。

アンニーナ・クレメンテとちがって、グラーツィア・フェッリエーリは能力と責任感のあるたくましい女だった。最初の災難ののち、子どもたちの父親代わりの男もいないまま、彼女が一家の未来と一族の商売の手綱をにぎった。数年でふたたびグラーツィア奥さまとなる。片腕となったのは長男のラッファエーレで、美男で人目を引き、物腰が上品だが、ナーポリ語でしか自分を表現できなかった。仕立てさせた服を着て、シャツにあわせたハンカチをポケットに差し、黄色い金仕上げの紅玉髄の指輪をした。優雅で無知なラッファエーレは、標準イタリア語がわからなくても、スイスの国境の町キアッソまで行って、高品質の家畜を買った。

つまるところ、スッポルティコ・ロペス八番地では事態は順当な方向に向かっているように見えた。ドンナ・グラーツィア・フェッリエーリの末っ子で、子どものころから劇場に魂を奪われたペッピーノにとっても。彼はその情熱を地区のあのもうひとりの子、彼より年上で、すでにトトーという名のコメディアンとしてデビューしていたアントーニオ・クレメンテと組んで育む。ペッピーノはその友人からはなれがたくなり、彼について場末の芝居小屋という芝居小屋を駆けまわって、道化役やパロディ、人形芝居のパントマイムなどを演じた。ペッピーノにはしかし、第二の災難が待ちうけていた。今回の原因は死ではなく、愛だった。

グァリーノ家は演劇一家だった。伝聞では、一家の歴史はナーポリ王国の首都で土地台帳管理人としてブルボン王家に仕えるために北のヴェローナから——おそらく一八世紀かまさにそれ以前に——やってきた伝説の始祖にまでさかのぼる。おそらくルネサンス期の人文学者グァリーノ・ヴェローネーゼの名声で着色された根拠のない伝説だろう。

ともあれ、グァリーノ一家の系譜の最古の証言はすり減ったカートン紙に貼った一枚の写真である。時をへて黄ばんだというより黒ずんだ写真には、道化役プルチネッラの衣装を着た役者の半身像が写っている。太鼓腹に白い服、左手で独特のとんがり帽子をもち、両腕を胸で組んで左手を脇の下に入れ、顔半分をおおう黒い仮面を頭の上に上げている。男はこうして二つの顔をもつ、自分の顔——堂々とした鼻と大きな耳、両端をピンと巻きあげた濃い口髭——と仮面の顔と。男は左の方、枠の外を、悔い改めたような顔で見上げており、それが胸に組んだ両腕の悔悛のポーズで強調されている。頭上にあげた仮面は当然天をあおいでいる。このプルチネッラが、これは疑問の余地がないが、一九世紀の五〇年代か六〇年代のいつの日かに生まれた座長のアントーニオ・グァリーノである。写真は次の世紀はじめごろに撮影されたにちがいない。日付けがなにも記されていないので、これについても確証はないけれど。

しかし、グァリーノ一家が何世紀もまえからの演劇一家であることはまちがいない。世代から世代へ旅芸人をつづけ、どんな広場でも、しばしば野外の広場や仮設舞台でも、わずかな装置と仮面顔で、馬上試合で生命を奪っては、それを舞台に返す彼らのあの風変わりな芸につねに身を投じてきた。書かれた台本に頼るのではなく、父から息子へと伝えられた筋書きにしたがって夜ごと即興劇を演ずる旅役者、祝祭や復活祭の期間中、道化芝居や笑い話、滑稽な動きや衣装で宮廷や広場をわかせた吟遊詩人や曲芸師の後継者だ。グァリーノ一家は、芸が才能のうみだす作品ではなくひとつの職業であり、芸とはなんとか生きてゆく術を意味する古来のコンメーディア・デッラ・アルテの最後の後継者に数えられる。グァリーノ一家はコンメーディア・デッラ・アルテを演じ、即興劇をし、馬の曳く荷馬車でイタリアじゅうをまわった。陽気で、宴会好きだけれど、波風が絶えなかった。

イーダ――みなはイダレッラと呼ぶ――はじつはナーポリではなく、グァリーノ一座が契約を結んでいた南部アルプスのピチェンティーニ山地のモンテコルヴィーノ・ロヴェッラという僻村の生まれである。その村で一九〇七年三月三日に生まれた。身重の母親のアスパージアは出産前夜まで舞台に立った。またアスパージア――戸籍簿では洗礼名マリーアだが、みなは、ペリクレスの妻の名前で、ジャーコモ・レオパルディが書いた唯一の真の愛の詩の名前で呼んでいた――もさらに遠いギリシャのパトラス生まれである。一八八七年に、夫のアントーニオ・グァリーノ――写真のプルチネッラ――ひきいる一座に加わり、彼女もまたその地で舞台の板絵の奥で出産した。彼女がアスパージアと呼ばれた理由は、それがギリシャ語で「歓迎された女」という意味だからである。

しかし娘のイーダは、そのコンメーディア・デッラ・アルテの舞台裏で生まれただけではなく、ある意味でそこで受胎された。父親はベネヴェントの貴族で芝居好きのルッジェーロ・イッツォ侯爵で、自分の領地のどこかで舞台に立った一座の若手女優のアスパージアを見初めて夢中になり、一座を足しげく訪れるようになった。アスパージアは、じつは、もう舞台に立つのが気がすすまなくなっていたが、自分よりはるかに年上の貴族に身を任せるのはさらに気がすすまなかった。だが周知のように、それは世界の開闢同様に古い話で、彼はやもめの老貴族、どこかに一族の邸があり、毎晩全座員を夕食に招き、役者世界の昔ながらの習慣で、毎晩、グァリーノ一座の者たちは満腹で席を立つと、ため息をつき、元気づいて言いあったものだ、「今夜も食事にありついた」こうして一家は、それによってアスパージアが幸運をつかみ、その結果、自分たちの道もひらけると確信して、若い娘に老人との結婚を促した。歓迎された女アスパージアは、気がすすまなかったものの同意した。結婚と同時に舞台を捨てた。

だが結婚生活は最初からさんざんだった。母親と同じようにマリーアと名づけられた最初の娘が数か月で死んだ。結核らしかったが、定かではない。その後二回妊娠したが運が悪く、子どもたちが死産だったのか、数日だけ生きていたのかもわからない。最後に、この死神の家の唯一の生き残りになるイーダが生まれた。イダレッラはすこやかに育ち、死なずにすんだ。だが見方によっては、最悪のことが待っていた。すぐに侯爵が娘のイダレッラを養育する財力さえない、このひとり娘の父たる資格のない父親であることが判明するのだ。

事実、ルッジェーロ・イッツォにはなんの地位もない。母親の侯爵夫人が住む一族の館に足を踏みいれることも許されない。前妻とのあいだに成人した息子が二人いて、ローマに住み、噂では、一人は教皇庁の上層部に送られたということだが、彼らについて詳細はなにもわからない。侯爵には収入がない。これはたしかで、グァリーノ一家とちがって、仕事すらないのだ。貴族の称号を利用して、一時期警察幹部として生計を得ようとしたが、不明瞭な事件のあとに、追い出された。侯爵イッツォは道楽者で放蕩者、ばくち打ち、廃嫡された文無し没落貴族だ。これも古来よくある話だ。

アスパージアは、芝居で身を滅ぼしたが、ある意味で芝居に救われた。ナーポリのピエートロ・

コッレッタ街に住む裕福なブルジョワのクリスクオーロ家が彼女をこころよく受け入れてくれたのだ。彼らは彼女の舞台を何度も見ており、彼女の苦境を知って、手を差し伸べた。娘のイーダともども家に引きとってくれた。アスパージアは召使いになった。繕いものやアイロンがけ、掃除をし、料理をおぼえた。小さなイーダは頼りがいのない父親から遠くはなれて成長し、めったに彼を思い出さなかった。ところがその後、ある日、女の子が六、七歳になったとき、またもや侯爵が出現した。

ルッジェーロ・イッツォはつぐないのチャンスを懇願した。アスパージアは灰汁——働き者の主婦が洗い物をしたり、身をもちくずした女が教会の祭壇の下で自殺するために使ったりする洗剤——のにおいのする手をよじるようにしながら、同意した。そこで父親は、長年の逃避ののち、女の子にルビーの指輪をした手を差しだして、彼女とともによりよい未来をめざして出発した。ナーポリ中央駅でローマ行き普通列車に乗った。

首都で、文無し父親のルッジェーロはずっと娘の手をとり、上の息子たち、老侯爵夫人が彼を廃嫡して、一族の相続人とした裕福な息子たちの家の呼び鈴を押した。極端な、おそらく絶望的な行為だが、侯爵としては、父親の自分が失敗したことを息子たちが埋めあわせてくれるだろうという幻想を胸に、彼らのもとへ妹をつれていったのだ。もとより娘には、彼らと同じ姓を与えていた。貴族の邸宅のドアを叩いた貧しい女の子はイーダ・イッツォという名前で、ルッジェーロの娘だ。彼女のために保護が求められているのだ。このおとぎ話はしかし、幸福な結末とはならなかった。高位にある息子たちは彼らを迎え入れもしなかった。召使を送って、ご主人さまは不在だと言わせた。

ルッジェーロ・イッツォは宿代すら持ちあわせていなかった。父と娘はローマの公園のベンチで夜を明かした。公園の名前はわからない。

その後、イダレッラは、がっくり肩をおとして座りこんだ父親が、そばにおいでと言って、自分の外套をかけてくれたことだけ思い出すだろう。翌日、ずっと彼女の手を引いたままナーポリに帰り、母親に引きわたした。彼女に切々たる手紙を書いて、わかってくれ、許してくれと懇願したが、二人はその後二度と会うことはなかった。第一次世界大戦前夜のことだ。イーダは七歳。生涯ずっと彼女の父親はこの「悲しい思い出」として残るだろう。

母親はしかし、くじけなかった。戦後、アスパージアは南部の大企業のひとつである「南部綿工業」に仕事を見つける。一九二〇年には首尾よく娘も入社させた。それを可能にするために、出生年を変えて書類を偽造しなければならなかった。工業部門の法定採用最少年齢は一四歳で、イーダはまだ一三歳にもなっていなかったのだ。しかし策は成功して、イーダは工場で働きだす。そこで、母親とともに共産党員となり、生涯、それをつらぬくだろう。

イダレッラは「南部綿工業」の一若年女工だっただけではない。その「看板娘」にもなった。パラシュート降下に挑戦する気のある従業員の募集があったせいである。飛行機からの初降下は一九一二年に行われ、二〇年代には多くの会社や研究所が効率よく安全なパラシュートの開発をしていた。綿工業経営陣のだれかの頭に、降下するのが若い女性なら、抜群の宣伝効果になるだろうというアイディアがひらめいたにちがいない。イーダ・イッツォは志願した。つり索をつけ、離陸し、降下した。この降下で、限られた数字だが、イダレッラはイタリアもしくは彼女の南部イタリアでのパラシュート降下第一号の女性になった。しかしその記録はどんな公式書類にも記載されていない。家族の記憶があるのみ。着地した瞬間、イーダの青春は終わった。

イーダ・イッツォの人生のもうひとつのはやいフィナーレを決めたのが、またもや芝居だった。一九二七年かたぶん一九二八年はじめのある日、イーダはグァリーノ一座の団員たちとナーポリのどこやらの劇場にいた。身内のだれかが、たぶん、ときどき、相変わらず気乗りがしないまま、一座の穴埋めが必要なときに昔ながらの家業を手伝って日銭を稼いでいた当の母親が、そこの舞台に立っていたのだ。イーダがそれをしたことがないのはたしかだ。彼女は舞台を踏もうとは一度も考えたことがない。彼女は厳格な、きわめてしつけのいい娘だ。生涯それをつらぬき、盲信家でも敬虔な信者でもなかったが、生涯、「舞台の板絵は地獄への待合室」と繰りかえしつづけるだろう。断じてこの考えを変えず、この線を一歩もゆずることはないだろう。彼女のこのかたくなさは、なんらかの意味で、彼女の誕生をめぐる事情に払われた貢ぎ物、観衆に紛れてすわっていた老人の欲望に舞台が売りわたしたあの不幸な母親への精神的な賠償金、またはずばり父親、あの、彼も芝居に破滅させられた落伍者の男への、ローマの公園で身を寄せあってすわった父親への、物悲しいかたちのこだわり等々いくらでも仮説を立てられる。

いずれにせよ、イーダは芝居と縁を切り、すぐに飲めや歌えやの宴会に走って、一杯のワインにありつけるならいつでも椅子の上に跳びあがろうとする、あの雑多な連中、年じゅう飢えている連中と縁を切っていた。さて、一九二七年または一九二八年のいつかある日、イダレッラは平土間の席にすわっていた。靴は、足首で紐をむすぶ短ブーツ。それが流行だった。戦後、スカートが少し短くなったのだ。

舞台裏の道具方のあいだで、ひとりの若者が出番を待っていた。素人だ。音程の正しい美声の持ち主で、歌謡講談師のひとり台詞を情感たっぷり演ずる。だが、素人だ。家は肉屋で、家の者たちは彼に繰りかえしこの道にかかわることをやめさせようとした。しかし彼は、セイレーンの歌声に抗しきれない。こうしてペッピーノ・フェッリエーリは、降りた幕のあいだから、彼の想像力をかきたてる隙間から、足首で紐をむすぶ短ブーツをかいま見て、恋に落ちた。

運命にみまわれた者は、逃れられない。みまわれないぼくらは逃げる。イーダ・イッツォは芝居から逃れられない。それと縁を切っただけでは足りないのだろう。

一九二九年、イダレッラはペッピーノの子を宿す。よりによって彼女が、あんなにもまじめで、しつけのいい彼女が、婚外子を待つのだ。その子はまちがいなく愛のたまもの、すくなくとも情熱のたまものだが、それでもこの言い訳は芝居の愚弄の神々に同情心を起こさせないだろう。ペッピーノはイーダより一歳年下、いずれにせよ未成年で、結婚できない。それに、兵役が待っている。彼もまた芝居から逃れられないのだ。フェッリエーリ家に援助を求めると、家から追い出された。

ドンナ・グラーツィアは息子が、すぐに飲めや歌えやの宴会に走り、一杯のワインほしさにいつでもすぐに椅子の上に跳びあがろうとするその連中、いつも飢えている連中とかかわるのをこころよく思わなかった。だが金銭の問題ではない。フェッリエーリ一家が商売人で相手方が文無しというのが拒絶の大きな理由ではない。理由は精神的なもの。ドンナ・グラーツィアの先入観が、身持ちが悪いといわれる女たちの縁者になるのを認めないのだ。その娘が結婚前に息子に身を許したという事実がそれを証明している。イーダが拒否された理由は結局、彼女が拒否する理由と同じなのだ。つねに同じ、芝居なのだ。

だがペッピーノは、不在だったり、未知だったり、その価値がなかったり、不確かだったり、未成年だったり、死んだりの父親ばかりのこの物語のなかで、抵抗することを選んだ。彼は兵役に出発した。歯を見せて笑いかける若い娘の写真をもって。裏の一九三〇年という日付の下に写真館のスタンプ――アレッシオ・コズマイ、カルボナーラ、サン・ジョヴァンニ街六四――と、タイプで打った文章がある。「たとえあなたの永遠のイーダの顔が時のせいで色あせても、愛は永遠に残るでしょう」

ペッピーノ・フェッリエーリは兵役からもどって彼女と結婚する。

3

一九三四年一月八日、レオーネ・ギンツブルグはファシズム体制に「ノー」と言った。その年の三月一三日、自宅で逮捕された。わずか六三日後のことだ。反体制という彼の額の赤い印を追うだけでこと足りた。だが彼に烙印を押したのは宿命的な原因と結果の連鎖、歴史の地平線のなかで語られる非情な論理ではない。青いスポーツカーだ。

二日前の三月一一日、そのスポーツカーがポンテ・トレーザ峠にあらわれた、冬の終わりの日曜日だった。ローマの国家ファシスト党スタジアムでは、「試合開始から後半なかばまで観衆と選手の上に吹き荒れた土砂降りの雨のなか」、ローマ対ラーツィオのサッカー・ダービー試合の最中だった(結果は3―3、デ・マリーアがハットトリック)。イタリアとスイスの国境ではその日は寒く、霧が深かった。翌月曜日に、イヴレーアのオリヴェッティ社の工場では、冬の執拗な闇を利用して、社屋用新ナトリウム灯の設置実験が行われるだろう。エネルギーを節約でき、目の疲労がすくないが、その黄色い光は人間を幽霊のように見せる。

そんな北国風の背景のなかで、ピカピカの青いスポーツカーは人目を引かずにいられない。車体前部から後部へと流れるラインをもつその車は、世紀初頭の設計段階からずっと、ある種の船舶の船底を想起させていた。魚雷を思い出す者も多かった。一九三四年になるともはやほとんど目に触れなくなっていた。その豪奢で想像力をたくましくさせる車は生産中止になっていたのだ。ちょうど二年前に、フィーアット社はヨーロッパ初の小型車バリッラ508を発表していた。

派手なスポーツカーには二人の若者が乗っていた。運転席には、金髪で、いつもやや猫背の、おとなしく怠惰そうな若者のシオーン・セーグレ。助手席には、トリーノの高級理髪店の常連のおしゃれな若者で、イヴレーアのオリヴェッティ社員のマーリオ・レーヴィがすわっていた。コートの下に、来る四月六日とファシスト当局が画策した選挙にむけて「ノーと投票せよ！」とうながすビラの入った紙袋をしのばせていた。それはムッソリーニが単一候補者リストを強要した――「きみたちはファシズムの大評議会が指定した代議士たちを認めるのか？　イエスかノーか？」――最初の選挙ではないが、イタリアで戦後まで公布された最後の選挙となるであろう。

しゃれた服の下に、マーリオ・レーヴィはレオーネ・ギンツブルグの第二の「ノー」をもっていた。つまり、ファシストの国民投票に反対する宣伝ビラを持ち出すために数週間まえから二人の友人をルガーノに送りこんでいたのはレオーネだったのだ。スポーツカーのマットには『正義と自由ノート』一〇号が三二部詰まっていた。

だが彼らをポンテ・トレーザ峠で制止した国境警備員の疑惑は、この二人のだて男のタバコ密貿だった。彼らを降ろさせ、国境駅の公安警察の場所までついてこいと命じた。マーリオ・レーヴィは従順を装い、それから、いきなり湖岸に走ると、コートも脱がずに、冷たい水に飛び込んだ。彼は泳ぎの名手で、冷水にも慣れていた。以前、クルーズをしたとき、甲板でたたえる船客たちの驚嘆の目のもと、船のコックと北海で泳いだことがあった。客たちはマーリオがイタリア人だと知ると、「ムッソリーニ、万歳！」と叫んだ。だがいまは、ムッソリーニの警備員がピストルで狙っている。もう一人の警備員が撃つなと叫んで、彼は命拾いした。

マーリオはスイス側の岸辺へ、自由の岸辺へ泳いだ。残り数十メートルというところで力つきた。スイスの国境警備船が岸をはなれ、彼は二度目の命拾いをした。救出されて、ふたたび陸地に立ったマーリオは、自由な岸辺から叫んだ、「自由、万歳！　イタリア、万歳！」ファシストの宣伝紙は彼が別の叫び方をしたと報じるだろう、「ムッソリーニに死を！　イタリアの犬どもめ！」と。世界の報道紙はそれを断固否定するだろう。

さて、マーリオは助かった（フランスへ逃げるだろう）が、もはや糸は切断された。シオーン・セーグレはヴァレーゼで取り調べられ、ほぼ即刻、屈服した。トリーノの仲間たちはいまや一刻を争うときとなったが、救いの道を考えることはなかった。ドアがたたかれ、突撃隊がきみを道路に引きずりだすまで、きみの生命が終わりかけていると想像するのはむずかしいのだ。

すでに月曜日の朝にポンテ・トレーザ事件の報せはとどいていたが、レオーネのもう一人の級友のレンツォ・ジューア以外は、「正義と自由」トリーノ支部の闘士はだれひとり逃げなかった。ある者たちは、それらを読ませ、広めることが自分たちにできる唯一の反ファシズム活動だとの自覚のうちに、スイスから持ち込まれた貴重な刊行物を処分するか否かの精神的ジレンマに悩み、ある者たちは女性作家バルバラ・アッラソンが中止を望まなかった彼女の家での月曜夜の恒例の集まりに出かけて、その前夜を過ごした。ほぼ全員が学者や学生、技師、弁護士、医師などの知識人で、穏和で、前科もない、刑務所など噂を聞くだけの上流階級の人間だ。彼らは三月一三日未明、はじめて刑務所を経験した。警察の巡視隊が全員を自宅で急襲し、ヌオーヴェ刑務所の記録所の前に、これらの「指先にインクが染み、靴の紐がほどけ、ズボンがずり落ち、不快な顔をした」守りの甘い紳士たちを放りだした。ほぼ全員が仲間で、ほぼ全員がユダヤ人だった。

レーヴィ家を捜索した警官はなにひとつ不審物を見つけられなかった。が、世界的名声の組織学者で、細胞変質の研究者ジュゼッペ・レーヴィ教授を見つけた。マーリオが湖に飛び込んで彼らを愚弄したので、彼らは学者の彼を逮捕した。息子を逮捕できなかったので、父親を逮捕したのだ。すると、ぶっきらぼうで変人の、非凡な中年紳士である父親は、大量の書類を一本の紐でしばって、彼らにしたがった。その夜、教授は帰宅せず、その後数日ももどらなかった。マーリオの兄で、イヴレーアのオリヴェッティ社技術部長のジーノももどらない。拘置人の妻であり母親でもあるリーディア夫人は、このときまで刑務所の世界のことなどまったく無知だったので、絶望した。夫と息子にどうやって替えの下着を差し入れたらよいのかもわからなかった。

そこでリーディア・レーヴィは大半がその陰謀に共鳴している家族や宗教関係の情報網に頼ることにした。ポンテ・トレーザでマーリオといっしょだったシオーン・セーグレの身内と連絡をとろうと思ったが、シオーンは両親を亡くして、ただ一人の兄も逮捕されていた。シオーンの従兄で、ピティグリッツリというペンネームで有名な作家ディーノ・セーグレを思い出した。彼に清潔な下着と本を刑務所にとどける方法を訊いた。ピティグリッツリは独特の謎めいた、尊大で憂鬱なようすで、反逆者マーリオの弟アルベルトが彼のスキャンダラスな小説にすこしばかり熱をあげ、ジュゼッペ教授がまだ結婚まえの娘のナタリーアに読むことを禁じていたそんなレーヴィ家に駆けつけてきた。

背が高く太って、灰色まじりの黒い頬ひげを長く伸ばしたピティグリッツリは、同じ宗教で遠縁でもあるレーヴィ家の居間に、マーリオが着たままトレーザ川に飛び込んだのと同じ明るい色のコートを脱ぎもせずに、どっかりと腰をおろした。そして沈痛な顔をして、リーディア夫人に刑務所にかんすることを教えた。彼は何年かまえに投獄されたことがあった。若き作家だった彼のつかのまの愛人で、それ以前は長く「黄昏派」の大詩人グイード・ゴッツァーノの愛人だった女性詩人アマーリア・グリエルミネッティにそそのかされた恐るべきファシスト官僚のピエーロ・ブランディマルテが彼にたいして仕組んだ謀略のためだった。

こうしてピティグリッツリは、刑務所ではナイフが許可されないので、クルミやヘーゼルナッツは殻をとり、リンゴやオレンジは皮をむき、パンは薄く切らなくてはならないと説明しだした。あらゆることを丁寧に、重ったるいコートを着たまま、脚を組んで、説明した。それからリーディア夫人は、その上品な会話のあいまに、末娘のナタリーアを励まして、通俗的でスキャンダラスな作家に良家の少女が書いた短編を二、三篇、きれいな筆跡で清書したノートをお見せしたらと促した。『コカイン』、『高級哺乳動物』、『長頭症患者』の作者で、大成功の雑誌『グランディ・フィルメ』を主宰する作家は眉根を寄せながら、相変わらず上品に、彼の小説を読むことを禁じられ、その父親と兄たちを逮捕された少女のノートを数ページめくった。そこへマーリオの友人が二人はいってきて、彼に紹介され、ピティグリッリは彼らにはさまれて家を出た。この親切な友人に教えられたとおり、リーヴィア夫人は下着の包みと皮をむいたオレンジや殻をとったナッツの包みをかかえて刑務所の息子と夫に差し入れをしはじめるだろう。

しかし問題は、ピティグリッリがOVRA《オーヴラ》、つまり反ファシズム監視弾圧局の密告者373号だったことだ。性を道具立てにしたことば遊びのうちに虚しく当世の大いなる謎に迫る軽率な道をさぐる、節操のないインテリ読者に絶賛されている好色小説の有名作家ピティグリッリは、一九三〇年から、情報提供者として、「有効かつ重要な任務における増額および特別経費」以外に毎月五千リラうけとっている。つまり、ディーノ・セーグレはスパイなのだ。彼と同種の人間、彼と同じく厳格で厳密な専門職の人間たちをスパイし、金銭と贅沢に飢えた彼は彼らを軽蔑しつつ羨望した、なぜならば彼らは「彼らをカッフェから遠ざけるプチブルの家庭的な生活をし、みな結婚して家と新聞にかこまれて暮らしているから」友情のきずなと、共通の家族の言いまわしで固く結ばれているそれらのユダヤ人に、密告の味にひたった彼は繰りかえし、暴力を差しむけるだろう。老いて捨てられた元愛人の憤怒ゆえに降りかかった反ファシストという評判と、父親が卑屈なカムフラージュ策としてもちいた卑屈なヘブライ主義に守られて、ピティグリッリは戦後仮面がはがされるまで何十人もの反ファシスト、ユダヤ人を裏切った。戦後、アルゼンチンに逃亡した。その後、ジェズイットの月刊誌『カトリック文明』に放蕩者からキリスト教信仰への自分の回心をめぐる教訓的な記事を書き、この雑誌に支えられつつ、長年イタリア帰国を模索する。この最後の裏切りののち、ついに老年になって首尾よくそれを果たして死ぬのに間にあうだろう、「彼は彼の敵を許した」と言わせたあとに。

しかも、不運にも、一九三四年の、この白日のもとでの知識人たちの陰謀、これらの尊敬されうる市民、世情に疑念をいだくのに必要な党派性に無縁な、きまじめな素人陰謀家たちの陰謀に侵入したのはピティグリッリだけですらない。ポンテ・トレーザで捕まったシオーン・セーグレが最初の自白で屈服しだしたとき、調査官たちはすでにほぼ全容を把握していた。フランス人化学技師で、フリーメイソン団員、狂信的な反ユダヤ主義者、乗っ取りをもくろむ（のちにOVRAの資金で、それに成功する）化粧品会社社員のルネ・オダン（暗号名「トーゴ」、密告者536号）が忠実かつ詳細に情報提供をしていたのだ。そのOVRAへの報告書から、偏執狂的な反ユダヤ主義、卑屈な恭順の意の表明、殴られてなお愛されたい犬のごとき倒錯した献身ぶりがありありとわかるオダンは、信じがたいことに、パリの「正義と自由」参謀本部の賞讃と無条件の信頼を獲得していたのだ。カルロ・ロッセッリ本人をはじめ、亡命先の自由・社会主義反ファシズムの絶対的な指導者たちが、その運動とイタリア文化の最良の人物たちの生命をこの笑い話に登場するような狂信的な陰謀家に委ねていた。なにも知らずに、ほぼ毎日リズムを刻むようにOVRAに報告していた男と肘つきあわせて仕事をしていたのだ。彼らは彼の介入を「大儲け」と評した。のちにトレーザ川にコートを着たまま飛び込むマーリオ・レーヴィは彼を「英雄」とまで言った。

厳密で正確な論法で数年もはやく戦争の再来を予言しうるほどの、カルロ・ロッセッリ配下の知識人集団を興奮させ目をくらませたのは、彼ら全員が亡命地の杭につながれているなか、オダンが、秘密警察の「資金援助をうけた」企業の社員の資格で自由にフランスとイタリアの仲介役になれたからである。トリーノではオダンはホテル・リーグレを定宿とし、イヴレーアではホテル・ジェーノヴァに泊まった。それらのホテルで、マーリオ・レーヴィの仲立ちで、「正義と自由」のピエモンテ支部の闘士のほぼ全員に会い、彼らを厳密に調査し、任務を託し、ロッセッリのために採用や選別をした。

しかしオダンはなによりも、イタリア国民が反ファシズムの武装蜂起を熱狂的に確信しているとロッセッリに吹き込んだ。亡命者たちには生《なま》の接触網がない。自分たちがその名で闘っているイタリア国民についていまやなにも知らないのだ。体制が最高の人気を博し、熱狂した群衆がイタリア全土の広場でイタリアの統領に喝采を送っているとき、国外亡命者たちはひとつの流血襲撃が蜂起の引き金となりうると幻想をいだいていた。彼らはパリから、爆弾をもった同志を下院に潜入させて、審議中の下院を爆破せよと指示してきた。身分証明証を提示しなければならないだろうかと議論になる。オダンがそれらの身分証明書を用意すると約束する。茶番と悲劇が混じりあう。ともあれ、レオーネ・ギンツブルグはそのいずれをも拒否して、自分の仕事をつづけた。

ジューリオ・エイナウディ出版社は——先に述べたように——一九三三年一一月一五日、トリーノ商工会議所に登記された。最初の本拠地はアルチヴェスコヴァード街。最上階の屋根裏部屋で、倉庫とジューリオ・エイナウディの部屋、レオーネの小さな部屋、それより大きな秘書室。それですべてだ。すでに述べたように、この二部屋とキッチンに、戦後のもっとも重要なイタリアの出版社が誕生したのである。身震いするような運命の巡り合わせで、エイナウディ社は、二〇世紀イタリアの政治思想における最大の革命であるアントーニオ・グラムシの雑誌であり、仕事場である『オルディネ・

ヌォーヴォ』本部が数年まえまであったのと同じ建物に本拠をおいたのだ。

屋根裏の小部屋でギンツブルグは新出版社の最初のシリーズ刊行物の案を練る。まずは「歴史文化叢書」だ。歴史への関心は、レオーネのように、現在の囚人と感ずる者にとって、編集の基本原則である。知識人として、反ファシストとしての彼の最初の目標は、葬られかけている過去と流産しかねない未来のあいだの空白をうめる歴史研究の育成である。ファシズムの現在の地獄にたたきこまれて頭を垂れているこれらの若者たちの唯一の希望は、すべての過去が彼らを忘れなかったということだ。黒シャツがリソルジメントに手を染めるのを許すわけにはいかない。そこでレオーネはルイージ・サルヴァトレッリに『一七〇〇年から一八七〇年までのイタリア政治思想』一巻を依頼する。

それと並行して、レオーネは当時のイタリアの最良の知性を惹きつけるはずの雑誌『ラ・クルトゥーラ』新シリーズの創刊号に取りかかる。時間はなかったが、レオーネは間にあうだろう。一九三三年一一月に出版社が創設され、その雑誌の第一号刊行は一九三四年三月の予定だった。四か月足らずだ。クリスマスも休まなかった。新シリーズは体裁も新しく、より大判でモダンで、カヴァーなしの、より軽快なものになるだろう。だれもレオーネには「ノー」と言わない。

しかし、レオーネが彼の屋根裏部屋で仕事をしているころ、彼の創作物を根こそぎ襲うような別の力が準備されていた。新出版社も新雑誌も「巧みに編集された反ファシズム出版物の普及を課題とするトリーノの新出版社。今後その周辺に知識人層の反ファシズム分子が集結するだろう」とファシスト警察の情報記録に弾劾されたのだ。一九三四年三月九日、統領の特別秘書官は公安警察官から先の文言で警戒を迫られる。エイナウディ社はまだ一冊も本を刊行していない。秘密警察の記録簿で

『ラ・クルトゥーラ』誌を弾劾したのはピティグリッリで、才気ある小説家らしい比喩を使っている、「トリーノの頭脳的反ファシズムの鉄屑をごっそり吸引する磁石の針」

屋根裏部屋で仕事をするレオーネはおそらくOVRAがすでに彼のことを掌握していることを知らなかっただろう。隠れ場所はない。どこにもない。しかし、レオーネがそんなことを知らないとも想像しがたい。だがともかく彼は先に進む。彼はすでに困難な道を選んだ、そしていまその道を行くのだ。自由を要求するとは自由な人間として行動するということだ。『ラ・クルトゥーラ』創刊号は予定どおり、一九三四年三月一三日に出るだろう。しかしレオーネはその日、ヌォーヴェ刑務所に「押し込められて」それを見られないだろう。青いスポーツカーが彼を破滅させた。

政治犯の尋問は容赦ない闘いだ。街路という街路で、破壊された街の表門という表門の下で、闘いが展開する。尋問される者には後背地がない、一歩もあとずさりを許されない、いかなる譲歩も、ほんの小さな過ちも許されない。

レオーネとともに一三名が拘留処分になった。彼らは覚書を書くように要求された。そこからたがいの告発要素を引き出し、裁判での証拠にしようというのだ。それから親切な警官と意地悪な警官という昔ながらの警察の策略が登場する。親切な警官はタバコを差しだし、意地悪な警官は怒鳴り、震えあがるような恐ろしいことで脅す。尋問される者の多くは相手が言ったことを実行するだろうという気になる。

シオーン・セーグレはムッソリーニへの恭順と苦悶にみちた恩赦申請書で屈服するだろう。「私はさらに、自分が熱望する統領のお許しにふさわしいと感じられるより熱烈な誓いを表明したい」カルロ・ムッサ・イヴァルディは、ギンツブルグの名前を明かした罪悪感から自殺未遂をした。バルバラ・アッラソンは、神経系統が破壊されて精神と神経の代償不全におちいり、彼女のサロンの客人共謀者にかんする情報を調査官に提供した。ここでまたギンツブルグの名前が出た。

レオーネ・ギンツブルグはしかし、動じなかった。全員一致の証言によると、彼はじっと、不動のまま、譲歩せず、梃子でも動かなかった。あらゆる非難をはねつけたが、自分の反ファシズムを放棄することも拒否した。絶対的否定の路線を守った。彼が投げかえしたのはまたもや「ノー」だ。警官にたいして、軽蔑の目を、取り調べる者と取り調べられる者の役割を転覆させる誇りを、保った。そのために警官たちはさらに彼を憎むのだが、彼はそうした、しかも沈着に、礼を逸することなく。六月六日にアッラソンと対面させられると、彼を告発する証人として呼ばれたがゆえにいまや自由の身となった友人に会って、彼は愛情をこめて彼女を抱きしめた。もう一人、屈服しなかったカルロ・レーヴィは、レオーネの沈着ぶりは「悪と苦しみが、永遠の、太古以来の経験であることを知っている者の沈着ぶり」であり、彼は真に傷つくことなくそれらに立ちむかうのだ、と書いている。レオーネは国民の悲劇を私的な問題としない。節操を守る。

一九三四年五月九日、トリーノ警察署長はセーグレとギンツブルグ両被告の「反ファシズム・プロパガンダ、暴力的手段でファシズム打倒を目的とする『正義と自由』セクトの組織化および所属」ゆえの裁判を要求する。マーリオ・レーヴィについては逃亡中につき別扱いとなる。他の容疑者は全員が訓戒、警告をうけたが、起訴はされなかった。バルバラ・アッラソンは被疑者リストからも削除された。

裁判は鳴り物入りで発表された。すでに三月に、体制の広告塔であるステーファニ通信社が人種差別的な声明を添えてニュースを流している。「国外亡命者の資金援助をうけたユダヤ人反ファシストたちのOVRAによる裁判が確定」それに追随してローマの日刊紙『イル・テーヴェレ』がユダヤ人の陰謀という亡霊をさわぎたてる。このときはじめて、イタリアの体制側通信社がユダヤ人を敵と書きたてた。反ユダヤ主義のドレスリハーサルだ。いまはまだ目につかないが、ひとつの亀裂から、トリーノのユダヤ人商店のショーウィンドーが割れてゆくだろう。

一方で、パリの亡命者たちはどんでん返しを望む。ギンツブルグが世界の報道紙のために反ファシズムのひと芝居をうつことを期待する。裁判所と闘う立場を明示し、裁判官の権威を否認して真っ向から攻撃すべきだとする。「われわれは」とロッセッリは言う、「彼にすばらしい新聞記事を用意したい、『タイムズ』や『マンチェスター・ガーディアン』の記者を送るだろう」そしてつけ加える、「ギンツブルグにゆっくり、強く、一語一語はっきり区切って話すよう伝えてくれ、記者たちが聞きとれるように」

偽証した裏切り者たちもゆずらない。裁判前夜の関心の高さに刺激されて、ピティグリッリは恥知らずにも恋愛沙汰をでっちあげた報告書を書いている。「ギンツブルグを擁護して、彼がレーヴィ教授宅を頻繁に訪れていたのは娘のナタリーアに恋していたからだとまことしやかに言われているが、そうではない。ナタリーアはギンツブルグに夢中だが、ギンツブルグはジュリアーナ・セーグレ〔カルロ・レーヴィのいとこ。アッラソンのサロンの常連」に恋している。この件を述べたついでにつけ加えておくと、マーリオ・レーヴィはローマのピンケルレ嬢――作家モラーヴィアの姉――に恋しているが、彼女は近々、画家カルロ・レーヴィの友人である画家のパオルッチと婚約するはず。マーリオ・レーヴィには大いなる失望であろう」

一九三四年一一月初旬、ギンツブルグとセーグレは国家安全義勇軍のガエターノ・レ・メートレ将軍ひきいる国防特別法廷に出廷する。その間、反ユダヤの大喧騒は鳴りをひそめた。ファシズム・イタリアと、オーストリアの本来の一体性を保証するナチス・ドイツ間の危機が、ムッソリーニにヒトラーの反ユダヤ主義を批判するよう助言したのだ。統領はレヴァンテ見本市開催を祝してバーリ市庁舎のバルコニーから熱狂する群衆に演説をして、ナチスの狂気を笑いとばした。「地中海はたしかに南の海だ」と嘲笑しはじめた、「だが三千年の歴史がわれわれにそんなアルプス人種論を最大の憐れみをもって見ることを許す」それからわずか四年後、バーリの市庁舎から憐れみをもって眺めたそのアルプス人種論に署名し、いかなる憐れみもなく、イタリア・ユダヤ人を狂ったドイツの焼却炉に送るのだ。

逆に、レオーネ・ギンツブルグは自分自身に忠実だ。自分にむけられた告発にたいして、絶対的否認の態度を守る。一点一点反論しつつ、自身の反ファシズムを表明する。なんの抗議も演技もなく、しかも一メートルたりとも自分の領域をゆずらずに。一九三四年一一月六日、禁固四年という厳罰が下った。

独房は小さく狭いが、要するに小さな書斎とさほどちがわない。ただ明かりがついたまま眠ることに慣れ、遠くからしだいに近づいてくるハンマーの規則的な音になじまなくてはならない。

レオーネのいた刑務所についてはほとんど知られていない。彼自身が母親に書いているように、白い空間、特徴のない一日ということだろうか。「一日一日がまったく同じで、ちがいは簡単になくなり、まるで一日だけのような感じで、とくに長くさえなく、むろん陰鬱でも陽気でもなく、太陽に恵まれることも雲におおわれることもない、つまり特徴のない一日というところです。〔……〕ぼくにとっては思いがけない、期待もしていなかった長期休暇です。『いいなづけ』を買うよう頼みました。この本をゆっくり、きちんと読むのは初めてです〔……〕ほかにすることがあるでしょうか？ ずっとあなたのことを思っています」

この男は不安知らずのようだ。胸元から一生の四年を抜きとられたばかりなのだ、わずか二六年生きてきた彼は。それなのに苦しんでいない。解説を書き、編集し、出版できただろうすべての本、とくに彼が書けるだろうすべての本を奪われたばかりなのに、ゆっくり、より身を入れて『いいなづけ』を読みなおそうと言う。動じないのだ、レオーネは、子どものときも。たぶん子ども時代はとくに。一人で、素手で、ファシズムの時代に立ちむかい、そのすぐあとに、また五歳の子どものときと同じように、遠い母親に失われた愛の手紙を書く。

レオーネには恐れることはなにもないようだ。独房は小さいが要するに小さな書斎のようなものだと言う。遠くからしだいに近づいてくる規則的なうるさいハンマーの音になじみ、明りをつけたままで寝ることに慣れる必要があるだけ。それだけだ。それに母親がいて文学の傑作がある。マンゾーニの『いいなづけ』かトロツキーの『ロシア革命史』があればいい。家の中庭を通ってそこへ行くだけなのに、散歩に出たと自分に納得させられるように地下に書斎をつくったロンバルディーアの神経症の紳士と、あらゆる時代に共通の残酷な試練に立たされて、史上もっとも恐るべき人民軍を組織したロシア人知識人が書いたもの。前者をレオーネは静かに再読し、後者のイタリア語訳を見直す。

トリーノのヌオーヴェ刑務所からギンツブルはローマのレジーナ・チェーリ刑務所に移送される。そこにひと月ほど拘留されたあと、一二月に、不吉にも「生者の墓場」として有名なチヴィータヴェッキア刑務所に収監となる。ここで翌年五月、レオーネに「正義と自由」にたいする新たな一斉捜索のニュースがとどく。二〇〇名ほどが逮捕された。グループは壊滅状態となり、連絡網は断たれた。ピティグリッリの密告が実をむすんだのだ。

数十人の仲間が列車でローマに送られ、盗賊団のように一本の鎖で数珠つなぎにされてローマ駅を通りぬけた。彼らの多くが厳罰となり、かなりの者が屈した。マッシモ・ミーラは勇気ある男だが、身内の要求に迫られて、統領に慈父としてお許しをと嘆願書を書く。ノルベルト・ボッビオは大学でのキャリアを守るためにイタリアの主人に手紙を書いて、若気の過ちの赦しを乞い、全面的な服従を約束する。逮捕者のなかにはチェーザレ・パヴェーゼもいた、すでに一九三三年七月に、身内に促されて、キャリアを守り、静かに暮らすために、トリーノのファシスト党に入党していたにもかかわらずだ。

パヴェーゼは高校のイタリア語とラテン語の試験官をしに行く一時間まえに逮捕された。ずっとあとに、アウグスト・モンティ教授は、パヴェーゼの同期の、いまは亡き傑出した彼の生徒たちの記憶をなつかしみながら書くだろう、あの戸口で彼を逮捕したことはすでにあの一九三五年に彼の成長を阻み、蛙になろうとしていた彼をオタマジャクシのミイラにして、殺したようなものだと。チェザリートはカラーブリアのブランカレオーネに二年の流刑となり、絶望し、生は悲嘆と化しただろうことは疑いない。思いもしなかった南イタリアにたいする恐怖にみちた手紙、何度も繰りかえし「いつか美しい朝、ネクタイを結びながら、ぼくはもう少しつよく締めて……」と終わる手紙を書く。パヴェーゼはそれほどまでにうちひしがれ、まさにレオーネのおかげで翌年ソラーリア版で刊行される彼の最初の本である詩集『はたらき疲れて』に身をいれることもままならなかった。

一方、レオーネは読書し、勉強し、新たな友情を築く。本の購入許可をうるために司法省に申請書を提出し、スロヴェニア人の共産主義者グループと親しくなる。彼もまた、パヴェーゼと同じように、かなりの手紙を書いている。だが今回は、愛の手紙だ。ジュゼッペ・レーヴィ教授の娘で、まだ高校生だが、ある日彼の妻となるナタリーアに書く。

なにも知らずに少女は、彼女の友人や身内を何十人も刑務所に送った男、ピティグリッリが編集長をつとめる雑誌『グランディ・フィルメ』に「九月」と題する短篇を発表したばかりだ。彼の密告もあって、作家志望の少女の父親と兄と未来の夫が逮捕されたあの日、裏切り者が彼らの家に友人ぶって駆けつけたあの日おそらく、リーディア夫人が読んでほしいとわたしたノートに書いてあった短篇だ。裏切り者は彼の密告リポートのなかで、彼らの愛に疑問を付していた。

だがレオーネは、彼もこのことをなにも知らないまま、警察への密告者の悪意ある中傷が偽りであることを示している。「ナタリーア」と、刑務所から少女に書く、「ぼくはこれまで以上に幸福と不幸に敏感になっているようだ。だからきみのおかげでえた幸福な時間をありがたく、誇らしく思い出している、ぼくの人生の最高の時だから」囚われの男はだて男作家の言を否定し、自分の仲間を裏切った男の言を否定して、少女に書く。「ぼくはきみになんでもないことをいろいろ話したい。そのとき、本質的なことがなにか確実で親密なことになるだろう。ぼくらの長い沈黙のことをおぼえているかい?」彼は「まだ生まれていない彼女の感情を」尊重すると彼女に書く。彼女にほかに多くのことばを送るが、それらのことばには含羞がただよい、それ以上はすすまない。

肝心なのは、レオーネはナタリーアに手紙を書いていた、ピティグリッリの悪意ある見解がどうであれ、彼女に愛の手紙を書いていたということだ。そして最後まで、彼がそれを書きつづけたということが肝心なのだ。まさに、事態はそのように進行する、きわめて単純に。ナタリーアは、大人になって、二〇世紀に立ちむかった少年の文通相手の母親の位置を占めるだろう。これがもうひとつの基本的な真実であり、ぼくらは、あらゆる詭弁や変心を一掃して、その真実の解明をやめないだろう。母、妻、子どもたち。それから彼は地上にもどる。

他のすべての人とのちがいは、ナタリーアとレオーネが、一方は準備中の、一方は陰謀事件で阻止された二人の作家であることだ。彼らは作家であり、手紙をかいして愛しあう。要するに、これが肝心なのだ。スパイがまちがっていたことが肝心なのだ。

スクラーティ家の人びと
ミラーノ、一九〇〇―一九三六年

アントーニオ・スクラーティは新世紀とともに、つまり一九〇〇年四月一九日に生まれた。

伝聞では、スクラーティ家は、一五世紀末のフォルノーヴォの戦い〔ナーポリ、ヴェネツィア、教皇領の反仏同盟がシャルル八世を追い払った〕でヴェネツィア側につき、その後ヴェネツィア軍の資金援助でロンバルディーアにたどり着いた、襲撃と略奪を繰りかえす残虐なアルバニア騎兵の子孫で、この騎兵もまた何世紀も何千年も、サマルカンドからカフィリスタン〔現ヌリスタン〕までの軍隊に、東西ローマ帝国――ディオクレティアヌスはダルマチア人だ――の軍隊に、さてはケマル-アタテュルク――近代トルコ創建者――の軍隊に恐るべき戦闘員と策略を提供したイリュリア人戦士の家系の子孫だという。

事実、アルバニアには、旧首都クルヤ北部に対トルコ戦の叙事詩にかかわりのあるスクラヤ村が現存する。そして疑いもなく、アルバニア人にとって、国民的英雄スカンデルベグの英雄神話はスクラ家、つまりスクラヤ領主と結びついている。そしてふたつの絶壁のあいだにすっぽりおさまって、トルコの急襲にもびくともしなかったその村のスクラヤという名前は、それを取りかこみ、それをほとんど陽の当たらない、粘り強い、無敵の戦士の砦にしている巨大峡谷に由来するとまことしやかに語られている。

ここまでは伝聞だ。だがスクラーティ家が代々小作農で、低地ブリアンツァに集落をなして暮らし、(現在でもインターネットで検索できる姓の分布状態はほぼそこに集中し、ポー川南岸には皆無)、近隣のコルマーノ(そこにはいまも、ファシストに殺されたパルチザン、ルイージ・スクラーティの名前のついた広場がある)からクザーノ・スル・セヴェーゾに来て定住したというのは事実である。

二〇世紀以前は、クザーノは人口のすくない僻村だったが、新世紀の到来とともに、何世紀もほぼ不変の様相をたもっていた農村からミラーノ圏工業地帯へと激変した。道路は八〇個の街灯で照らされ、公衆電話が設置され、学校の建物が建設され、下水道が掘られ、その後、トリーノ—ヴェネツィア間の高速道路が開通した。

アントーニオの父親のエンリーコは出は農家だが、のちにジェルリ社に繊維工として入り、一生そこでつらい労働をつづけた。彼の長くもない生の軌跡が、農業から工業化への移行期を示している。彼の代で、一世代がそっくり生業を変えた。一九二〇年創業のジェルリ社はセルローズからつくるレーヨンを生産していた。一九二四年に第一次ムッソリーニ内閣が蚕からとるのではない製品を絹と称することを禁止したので、エンリーコ・スクラーティは、ナイロンとちがって水を吸収するのではるかに便利な、レーヨンと名づけられた人造絹糸の仕事をすることになった。エンリーコはジェルリ社で、パルプや綿のセルローズを苛性ソーダで溶かして、ビスコースというコロイド溶液にし、それを酸のなかの小さなノズルを通させて糸にした。

一九世紀から二〇世紀への移行期に、エンリーコは農民兼工員だっただけではない。一九〇六年一二月のある夜、クザーノ・スル・セヴェーゾ——当時はまだこう呼ばれていた——の三七人の住民とともに、公証人の立ち合いのもとに小学校の一階に集まり、建築協同組合を発足させたのだ。全員が社会主義者で、互助組合をモデルに、当初は、組合員の農民やレンガ工、大工、荷物運搬人などの三三家族にささやかな住宅を提供するにとどめた。村の中心地に最初の建物を建ててそれを実践した。その後一号棟に隣接する二号棟を、それから少し遠くに別の棟を、さらにまた別のを建てていった。わずか数年で、二〇〇以上の家族の住居を建設するだろう。協同組合の住宅の大きな中庭には、社交とレクリエーションのためのクラブ——「覚醒」とか、のちには「レジスタンス」などという高揚した名前がついたが、みなは単純にチルコリーノ〔小さなクラブ〕と呼んだ——、消費組合や文化活動、ボッチャや野外ダンス場などの余暇活動の拠点も置かれた。しかし、当初、自力で自分が住む家を建てるだけだったとき、スクラーティ家は拠出金を分担するために、牝牛や雄牛、たぶん馬など、どうせいまやさほど役立たずだった家畜を売らなければならなかった。協同組合の最初の住宅は、いまは当時の名前が失われた通りにできた。その通りはいまはマッテオッティ街と呼ばれている。当時、イタリアの社会主義者、クザーノ・スル・セヴェーゾの社会主義者の指導者はまだムッソリーニの刺客に殺されていなかった。

家畜を売って協同組合を創設するすこしまえ、エンリーコは二人の子どもをえていた。長男のルイージは幼いときに木から落ちて背骨を折り、手足の自由がきかないまま成長して、ついにはせむしになった。新世紀になって生まれた次男のアントーニオのほうはすこやかに育った。ルイージとアントーニオ・スクラーティの母親、エンリーコの妻については、若くして死んだために、なにひとつ思い出がない。

レカルカーティ家の家長も、すくなくともこの物語では、エンリーコという名前だ。しかしスクラーティ家とちがって、レカルカーティ家はその辺で《パウロット》と呼ばれる教会にかかわる家である。エンリーコ・レカルカーティは教区の責任者で、空き時間に教会に行って、椅子を整理したり、献金やそれに類したものを集めたりした。クザーノに隣接する、レカルカーティ家の住むブレッソ村の主任司祭は聖堂参事会長で、ということは荘厳な儀式のとき白のミトラをかぶる権利があり、もろもろの教会財産を管理するので、重責ということになる。それに、レカルカーティ家のなかにも宗教関係者が、修道女になった娘などがいたようである。エンリーコのアンジョリーノいう兄以外の家族のことは知られていない。アンジョリーノは変わり者で、結婚しようとせず、仕立て屋を生業とした。さらにいろいろ見知らぬ親戚がミラーノ近郊のノーヴァ・ミラネーゼにいた。

レカルカーティ家は、スクラーティ家とちがって、ずっと農家だ。中世にまでさかのぼるきわめて古い慣習にしたがって、ブレッソでもっとも裕福な大土地所有者たちの小作人として土地を耕してきた。彼らが労働をし、その労働の産物と収益を土地所有者と折半した。支払いはほとんどつねに果物や野菜、卵、鶏、牛乳、サラーミなどの現物支給だった。いまやその一帯は人口過剰となっていたが、土地所有者に代わって農場を運営する農地管理人がしばしば悪辣な、作物をくすねたと責めては小作人から搾りとる連中で、土地の上がりはさほどではなかった。こんなふうに、収益のほぼすべてがその連中のものになっていた。

エンリーコは彼よりもすらりと背の高い美人のアンブロジーナと結婚した。彼女について戦後、その美貌を思い出して、「農家の生まれでなかったら、モデルになっていただろう」としばしば言われるだろう。アンブロジーナは長い髪をつつましく束ねて、頭の真ん中に分け目をつけ、モデルになどならずに、エンリーコに多くの子どもを授け、畑仕事と子育てにくわえ、プッリア人の商人のモーロ家に女中として働きに出なければならなかった。モーロ家は有名なトラーニ・ワインの輸入業者だった。それは、貧しい者たちが居酒屋でつらい仕事を忘れるために杯をかさねるアルコール度の強い濃いワインで、やがてミラーノの居酒屋が、まさに南の太陽が濃厚にしたそのワインの原産地を店の呼称にかかげるようになる。アンブロジーナは最初は皿洗いだったが、はやくにプッリア商人の一家に見込まれて、まさに夫のエンリーコがブレッソの聖堂参事会長のそれであったのと同じように、家政の片腕となった。

戸籍簿に鉛筆で書かれた名前が消えてしまった、あまりに幼くして死んだ子どもたちのほかに、エンリーコとアンブロジーナの子どもは男二人、女三人の五人である。長男のカルロは、ずっと人民党の市長が治め、クザーノの若者のように「過激な社会主義者」でない、「信頼できる」者たちが住む土地であるブレッソの若者たちをしばしば率先して採用しているロンバルディーア貯蓄銀行に入るだろう。弟のパーオロは一九一七年の徴兵名簿に適齢と記された九九年生まれの少年で、まだ一八歳になっていなかったのに召集された。彼と同じ数万人の一七歳がカポレットの大敗後の前線に送りこまれ、そこで彼は、一八歳にならずして、脚に負傷して倒れた。退却中のウーディネ近郊でのことらしいが、これについて家族の記憶は混乱しており、軍の記録と一致しない。たしかなのは、少年は、どこか人けのない、彼と同じような少年たちの死体が散在する戦場に血まみれで倒れていて、そこを彼の、大殺戮のまっただなかで出会った、ブレッソの幼友だちの仲間がその一員である退避中のパトロール隊が通るように偶然が仕向けてくれなかったなら、彼もまちがいなく彼らとともに、死体となってそこにいただろうことだ。こうしてパーオロ・レカルカーティは、杖をついてではあるが、その先長生きし、石炭を商うミラーノの会社に就職して、ついには父親のエンリーコが教区のそれ、母親のアンブロジーナがモーロ家のそれであるのと同じように、会社の片腕にまでなった。

二人の息子のほかに、レカルカーティ家には二〇世紀初頭にピーアとマリーア、そして独身の伯父のようにアンジョリーナ〔天使ちゃん〕と呼ばれた、彼女もまた新世紀とともに一九〇〇年四月二一日に生まれたアンジェラの三人の娘がいた。

たがいにわずか二日ちがいで一九〇〇年の春先に生まれたアントーニオ・スクラーティとアンジョリーナ・レカルカーティの出会いは一九二五年、マッテオッティの暗殺後、反対派の国会議員たちが議会活動を停止してローマのアヴェンティーノの丘に立てこもり、ムッソリーニが「この上もなくファシスト的な諸法規」を推進して、これによって事実上議会を形骸化し、出版の自由を禁じ、諸政党と非ファシストの市長職を解体して、イタリアを事実上、合法的に、ファシスト独裁国家に変貌させたおぞましい年である。

　社会主義者の工員の息子とカトリックの農家の娘の出会いにひと役買ったのは、一度も結婚しようとしなかったあの仕立て屋の伯父である。ある日、その伯父が弟のエンリーコを脇に呼んだ。クザーノの同業の仕立て屋が、まじめで、そのうえ男前の若者、建設協同組合の男の息子だがまじめで、社会主義者だがまじめな家柄の若者の話をしたと言った。それにアンジョリーナはもう二五歳なのにまだ家にいる、おまえにはほかに娘が二人もいてそのどちらも婚約すらしていない。

　アントーニオとアンジェラの婚約についてぼくらはなにも知らない。彼らはチルコリーノに踊りに行ったのだろうか？　それも知らない。だが、一九二六年に結婚してクザーノ――その間にクザーノ・ミラニーノとなっていた――の協同組合の家に住みにいったことは知っている。両家は出自を認めあい、結婚に同意した。社会主義者（活動的な反ファシスト）とカトリックでパウロット（消極的な反ファシスト）、いずれにせよ、みなまじめな人たちだ。ゆえになんの問題もない。スクラーティ家とレカルカーティ家の二人のエンリーコは友人になった。ときどきチルコリーノの労働者の余暇施設《ドーポラヴォーロ》でいっしょにカードに興じさえした。つまり、エンリーコがブレッソ市で耕している土地は北方に、クザーノとの境にあったということだ。

　ほかにつけ加えることはさほどない。まじめな人たち、よく働く人たち。たしかに、困難な時代だ――だがそうでない時代があるだろうか？――とくにスクラーティ家にとって。ファシストは、自分たちのではない連合主義をいっさい容赦せず、協同組合に代表委員を送ってよこしたし、エンリーコの手足の硬直した息子のルイージ・スクラーティはその持病が悪化して、それまでなんとかやってきたささやかな商売、書籍販売もする文房具屋にもはや専念できない。健康なほうの息子のアントーニオが結婚と同時にその店を引きつぐことになり、結婚してスクラーティ姓となったアンジョリーナ・レカルカーティをそこで働かせる。

だがアントーニオ・スクラーティは父親と同じように工場で働き、一生、それをつづけるだろう。しかし父親とちがって、決して土になじむことはないだろう。アントーニオは最初の仕事から、産業界に、しかも大企業にはいった。ミラーノのアルファ・ロメーオ自動車工場だ。アルファ・ロメーオRL――直列六気筒のエンジン搭載の新型スポーツカー、そのレース用ヴァージョンが、有名な2シッター魚雷型スパイダー・ボディのタルガ・フローリオ1923である――の発表後に生産力が向上した二〇年代初頭に採用された。その後数年間に、製品はトラックにまで拡張され、ふたつの工場を地下道で連結するほどに拡大し、従業員の数はかぎりなく増えていった。

自動車工場で働いているのに、多くの工員仲間と同じように、アントーニオは自転車で通勤した。工場はミラーノ北西部の郊外のはずれ、ポルテッロ地区の沿道にある。クザーノからは約一五キロの距離で、アントーニオは毎朝、ブレッソの田園地帯を抜け、それからブルッツァーノの森を通り、まずはニグァルダの大病院を、それからポルタ・ガリバルディ貨物駅を迂回した。冬の明け方、北イタリアの田園の湿った霧のなか、無数の煙突が林立し、彼を無言、不動で迎える都会の風景のなかをペダルを踏むとき、生気ある唯一の被造物は、忘れられた叙事詩の英雄たちのように敵なる天に立ち向かうかのような電車とトラックだ。

アントーニオは若く身軽で、一度も畑仕事をしたことはないけれど、手は農民のそれのように大きい。最初は旋盤、それからフライス盤部門にまわされ、たちまち鉄板のカット、嵌めこみ、鋳型、チェーン用歯車、平歯車やはすば歯車などの複雑な作業工程を習得した。毎日八時間、穴をひろげ、溝を彫り、輪郭を型取りし、カムや平淡だったり四角だったりする部品の仕上げをした。彼は「専門工」、細心の注意を要する作業をする労働者階級の貴族だ。それを誇りにアントーニオは、何年も、何十年も、ムッソリーニがローマに進軍しているあいだも、ファシスト党行動隊を解散して義勇軍とするあいだも、マッテオッティ殺害で手を汚しているあいだも、旋盤を、フライス盤をまわしつづけ、反ファシストたちが投獄や流刑にされだしたときも、全国バリッラ事業団〔八歳から一四歳までの男子の訓練組織〕が誕生して、至るところに統領キャンプ《カンピ・ドゥクス》〔一四歳から一八歳までのアヴァングァルディ団の若者が体操競技をきそう〕ができ、いまやほぼ全イタリアがファシストとなったときも、旋盤を、フライス盤をまわし、ムッソリーニが教皇とのラテラーノ協定に署名し、一九三三年六月七日に「ヨーロッパに十年間の平和を与えるために」フランス、イギリス、ドイツとの協定に署名したときも、まだフライス盤をまわしていた。

　それからひと月後の一九三三年七月一九日、ついに、アントーニオ・スクラーティに最初にして最後の息子が生まれる。アントーニオはその子に木から落ちた気の毒な兄ルイージの名前をつけた。その後もつねに意欲的に、イタリア軍がアビシニアを侵略したときも、アントーニオ・スクラーティはフライス盤をまわし、カムを仕上げ、バドッリオ将軍が民間人の上に神経障害を起こす毒ガスをまきつつエチオピアのアンバ・アラジ山を突破し、その功績で横顔をメダルに刻まれ、ムッソリーニが歓喜のあまり顔を真っ赤にしてヴェネツィア広場のバルコニーから、「イタリアは帝国を手にした！」と叫んでいるあいだも、彼は歯車をカットしていた。

たしかに、すべてが順調に進行していたわけではない。同じ部署のガスパッロという男が背任をはたらいていた。初期からのファシストで、義勇軍隊員、同じクザーノ出身ゆえにスクラーティ一家が忠実な社会主義者であることを知っており、それを利用してアントーニオに自分の当番の仕事もさせた。しかしアントーニオは、それで病気になるでもなく、すくなくとも、その後八〇年も同じらしい。帝国を征服した統領と仕事で彼を迫害するガスパッロという男がいたにもかかわらず、アントーニオ・スクラーティは機械の前にすわってフライス盤をまわしつづけた。終わると、自転車に乗って、妻のアンジョリーナと息子のルイージのいる家に帰った。

4

「危険分子――注意して監視すべし」書類末尾の赤インクの手書き。

ギンツブルグは一九三六年三月一三日に釈放された。サヴォイア王家のマリーア・ピーア王女誕生の恩赦で二年の減刑となったのだ。彼は紐のないパジャマ類をひとまとめにして、トリーノにもどり、仕事を再開する。

釈放されたとき、「生者の墓」での陽もささず風も通らない二年間のために顔色が悪かったものの、刑務所の医師の報告は、「緊急の救護はいっさい必要なし」だった。記載されている彼の身長は一メートル六三センチ、「黒髪、やや長めの顔、濃い眉毛、くぼんだ目、鷲鼻」とある。健康状態は良好、精神状態も正常。髭を剃り、所持金四六〇リラ。チヴィータヴェッキアの刑務所からトリーノにもどり、姉と母親とともにフランチャ大通り界隈に居を定め、仕事を再開する。

トリーノに着いたとき――何年ものちにナタリーアが回想する――彼は短すぎるコートを着て、帽子はよれよれだった。ポケットに手を入れてゆっくり歩き、黒い、鋭い目であたりをうかがい、唇をむすび、物思いに沈んだようすで、黒い鼈甲縁の眼鏡が大きな鼻の上ですこしずり落ちていた。

チヴィータヴェッキア刑務所のお偉方が釈放書類に手書きの赤インクで監視官に注意を喚起して記した危険分子という噂が彼よりひと足はやく届いていたトリーノで、レオーネを待っていたのは焦土だ。特別監視の対象者は監視つき自由という自由制限を科される。夜明けまえに自宅を出たり、アヴェマリーアの鐘のあとの帰宅は許されない、疑わしい政治路線の者との交流も映画館も劇場も禁止、カッフェでは着席禁止。人びとは彼を避け、警察が常時彼を監視し、もはやだれも彼をはなやかなサロンに招き入れない。

レオーネはパヴェーゼと夜を過ごす。彼も同じころに流刑地からもどっていた。慢性的な愛の幻滅のひとつに苦しめられて、チェザリートは毎晩友人に会いに行く。コート掛けに「リラ色のマフラーとハーフ・ベルトのコートをかけると、レオーネが肘を壁にもたれさせているソファーのそばのテーブルに腰をおろす」

「正義と自由」の細胞は壊滅させられ、その経験は終わった。「ファシズムの圧倒的進行によって水没した政治編隊の屑ども」一年前に特別法廷がギンツブルグの逮捕後に彼のあとを引きついだ仲間たちを大挙有罪とした判決文にこう記されている。憎悪丸出しの判決文だが、本質的に正しい。そのころイタリアは、エチオピアを攻撃してそこに帝国を建設しようとしていたベニート・ムッソリーニに、あらゆる広場で、恍惚として身を委ねていた。レオーネはカッフェのカウンターにもたれ、立ったままコーヒーを飲む。

ある日、ジューリオ・エイナウディの訪問をうける。二年前に彼がレオーネとともに創設した若い出版社は、ジューリオの父親である王国上院議員の保護のもとに活動をつづけていたが、まだ形がととのっていなかった。出版社主はレオーネに彼のために働きに来てほしいと申し出て、月給六〇〇リラを提示した。当分はギンツブルグと秘書のコッパ夫人の三人体制だ。レオーネは全面的出版禁止令のため、翻訳でも、序文や評論でも、出版計画でも、いっさい署名できない。要するにエイナウディは彼に、呪われた自分の名前を断念し、匿名の作品の頭脳と精神の持ち主になること、父親不明の人間の父親に、古代の死亡者名簿にのみつかのま記載された小英雄のひとりになることを求めたのだ。レオーネ・ギンツブルグは引きうけた。

「ジュネーブにお集まりの、数百万の男女、子どもの生命に責任のある諸政府代表にエチオピアがみまわれた運命を述べつつ、彼らを脅かしている生命の危険について報告するのが私の義務である。イタリア政府がしかけた戦争相手は兵士のみではない、なによりも、戦線からいちじるしく離れた土地の住民を、彼らを根絶し、恐怖を与える目的で、攻撃したのだ。〔……〕飛行機には、微細な死の雨を広範囲にまき散らす装置が搭載されていた。九機、一五機、一八機編隊でぞくぞくと到来し、そこから出る霧はまるで一連のシーツさながらだった。このように、一九三六年一月末以来、兵士、女、子ども、家畜の群れ、河川、湖、畑がこの死の雨にみまわれた。生きとし生けるものを組織的に根絶する目的で、水と牧草地を毒まみれにする完璧な確信をうるために、イタリア軍司令部は自軍の軍用機をくりかえし通過させた。〔……〕神の王国は別として、地上に他の国民にまさる国民など存在しない。もしも強い政府が罰もうけずに弱い一国民を根絶しうると確信するならば、弱い国民はそのとき、国際連盟に訴えて、完全な自由のうちに判決を手に入れる権利をもつ。神と歴史があなたがたの判断を記憶するだろう」

エチオピア皇帝ハイレ＝セラシエ一世がこのようなことばで国際連盟の会議場と世界にむかって、彼の国民にたいするイタリア軍の化学兵器使用を告発したのは一九三六年五月一二日である。レオーネがトリーノ帰還をはたしてから二か月もたっていない。

戦争は前年一〇月、イタリア軍准尉エミーリオ・デ・ボーノがムッソリーニの命令でエリトリア基地から進軍してエチオピア帝国のアビシニア地域を侵略して始まった。イタリア軍は一九三六年一月から、エチオピア軍の抵抗に抗して道をひらくために、空からマスタード・ガスの雲を撒いていた。ジュネーブ条約は毒ガス使用を禁じていたが、ファシスト政府は一機当たり千トンも備蓄していた。人間と動物の大群が地に倒れた。何日も何日も噴霧器飛行機が同地域にまいもどって、いまや死体のほうが生存者の傷ついた身体よりも多かった。あらゆる形態の荒廃と死、地上での、川や湖のなかでの人間や家畜や野生動物の生命の。

世界は憤慨したが、ムッソリーニは言いはる。「あらゆる戦争の手段を使う――言っておく、あらゆる、だ、地上であれ、空からであれ」そしてさらに言う、「いかなる種類のガスも、いかなる規模であれ、使用を許可する」

四月四日、エチオピア軍はハッシャンジ湖近郊で絶望的な抗戦に出たが、イタリア機は彼らの上に何キンタルものマスタード・ガスの極薄の蒸気雲を撒いた。わずかな生存者も喉を焼かれ、湖に飛び込むと、これもまた毒の湖だった。彼らは、絶望しつつ湖の水を飲み、痙攣しながら、一人また一人と折りかさなって、さらに悲惨な死をとげた。まさに大虐殺である。

エチオピア皇帝は、この大殺戮に直面して、わずかな生存者に退避を命じた。一〇万のイタリア兵がエチオピアの首都をめざしてハーラル高原を行進しだす。祖国では、他の数百万のイタリア人が熱狂して歌う、「黒い顔、きれいなアビシニアの女よ、期待して待っておくれ、時は近づいているから……」

五月九日、ムッソリーニはわが身の神格化を知る。ヴェネツィア広場のバルコニーにあらわれ、有頂天で、「ローマの宿命の丘に帝国の再興」と宣言。イタリア人は彼に歓呼を送る。ファシストに迫害され、殴打され、大学を追われたあと、生涯、世界の半数の国々で反ファシズムのプロパガンダに献身した革命的社会主義者アルトゥーロ・ラブリオーラはムッソリーニに謝罪文を書く。著名な自由主義の法学者で、一九一七年のカポレットの大敗後首相をつとめたヴィットーリオ・エマヌエーレ・オルランドは「なんなりとご用を！」とムッソリーニに断固たる決意を伝える。まだ子どもだったころの地震で両親を奪われた彼の唯一の思い出の品である初聖体拝領の小さなバッジの金を戦争のために拠出したのち、ベネデット・クローチェもまた、皇帝統領の偉業に喝采を送る。だれもが喝采した。レオーネ・ギンツブルグは仕事を再開する。忘却され、静かに、屈せずに、新たなかたちの地下活動を選ぶ。出版事業というカタコンベに降りたのだ。

こうして、名前を奪われ、強制的な沈黙を課されたギンツブルグにとって、責務のすべてを出版人としてのそれにささげる時期が始まった。すでに一九三四年に過去の外国分野をファシストに委ねないために始めていた「歴史文化叢書」を再開する。それとともに、イタリアはイタリア人自身に委ねるにはあまりに重要であるという確信のもとに、新シリーズ「注解付きイタリア古典新選集」を、イタリア人をイタリア人自身に委ねないために「外国人作家翻訳集」を、最後に専制的な現在の傾向にからめとられて声をあげられない大テーマにむきあうための「評論集」を創設する。これらの出版物のすべてに妥協のない厳密さ、注意深い細心の見直しをあて、すべての本に理解を助ける明快な序文をつける。彼の北極星は、いかなる場合も、「読者にたいする敬意」であり、対象は可能なあらゆる読者だ。自分の視界にはいる魅力ある多くの協力者たちに「多くの読者に到達すること、しかも経営上の理由だけでなく」と繰りかえし書いているように、「従来の洗練された読者以上の広範な読者」を望み、その読者に最良のものを、「正確で、同時に、読書を容易に、かつ実りあるものにするためのあらゆる歴史的、美学的解説資料を付した校訂版」を提供したいと考える。「安価で、秀逸な翻訳、抜かりなくおしゃれな、万人向けの本」、どの出版物にもついている裏表紙の解説の要約だ。

懸命に本を出版して一年。一九三七年三月二日、トリーノ県警察署長は監視審査官にレオーネ・ギンツブルグは「通常の精神状態を保持し、文学者としての職をまっとうし、また多くの外国語の翻訳に専念している」と報告しつつ、付記する、「政治路線において大いなる危険分子とみなされているゆえ、保護観察処分解除には反対の見解を表明する」審査官は保護観察をさらに八か月延長。またひと夏とひと秋、カッフェで立ちっぱなしだ。レオーネはふたたび仕事にかかる。

いまレオーネはチェーザレ・パヴェーゼと机を並べて仕事をしている。つまり、ジューリオ・エイナウディがいっしょに働くように詩人を説得したのだ。チェザリートは一九三三年からファシスト党の党員証をもっており、そのために原稿でも出版物でも署名でき、さらに英米文学に精通したマニアックな翻訳家だ。すでにわずかな翻訳料で『白鯨』を翻訳している。

編集会議のメンバーはいまでは四人。ロシア文学、ドイツ文学、フランス文学のすべてに通じているギンツブルグ、アメリカ文学のすべてを知るパヴェーゼ、ほかの二人が信条を共有する翻訳論を何時間もたたかわせるときいつも黙っている出版社主、そして、刑務所から恋文を書いていたレオーネの客人として、ときどき加わる教授の娘のナタリーア・レーヴィだ。

だが通常の業務では、アルチヴェスコヴァード街の屋根裏部屋にいるのは、社長と秘書のほかにチェーザレとレオーネだけだ。二人は高校時代からの友人で、世俗文学の信条を共有し、刑務所や流刑地から、それぞれ二日の日をおいてもどってきた。だがレオーネは全刑期（恩赦で半減されたが）を終えての帰還だが、チェーザレは流刑を逃れるために、「すべてのイタリア人の父」ムッソリーニへの恩赦の嘆願に屈した。流刑地ブランカレオーネ・カラーブロから、パヴェーゼは友人たちを襲い、日記のページを苦悩にみちたメモや陰惨なナルチシズム、空漠とした泣き言などで埋めていた。「ぼくは未熟であるよりはましな子ども時代の幼虫の状態にもどる、その時代のあらゆる粗暴さと絶望とともに。〔……〕それに、ぼくが海を呪うのが好きだからって、きみはなぜぼくの憎悪に鼻を突っ込むのだい？」

いまチェザリートは山裾や丘の上の家でまた自由になったが、それでも自分を不幸にする方法を見つけてしまう。強制指定居住地の砂利だらけの浜辺のせいではなく、ひとりの女性のせいだ。つまりパヴェーゼは、非合法の共産党の活動家で、彼が一九三二年から夢中になっていたティーナ・ピッツァルドがほかの男と結婚したことを知るのだ。チェーザレは彼女に詩を書いていた――「ある晩、ぼくは出会った、さらに明るい影となった彼女に／ほの暗い星空のもと、夏の靄のなかで。／あたりには丘の匂い／影よりもさらに深く」――だが彼女、「しゃがれ声の娘」はそれを無視し、チェザリートはまたもや、みずからすすんで、子ども時代の幼虫の状態に逆行する。生きるという仕事は彼を疲れさせる。

にもかかわらず、不幸な詩人は仕事熱心で、こうしてレオーネとチェーザレは机を並べて仕事をするのだ、不屈の男と屈した男、結婚まぢかの男と慢性的な恋する男、不安を知らない男とメランコリーにおぼれる男が。二人で『明日の蔭のなかで』を出版する。オランダの大歴史学者ヨーハン・ホイジンハが野蛮さの門口にたっしたすさんだヨーロッパの危険性に警告を発する本で、それからほどなく、ナチスがオランダに侵攻したとき、その野蛮さが彼を三年間アルンヘム近郊のデ・ステーク要塞のトーチカに監禁し、彼はそこで一九四五年二月一日に死ぬ。連合軍による解放の数日まえのことで、ホイジンハが死んだとき、連合軍は彼の牢獄からおよそ数キロメートルの距離に、ライン川の橋の上でSS装甲師団に投降せざるをえなかったイギリスの第一空挺部隊とポーランド落下傘部隊とともにいた。

『文明の危機』と題されたホイジンハのイタリア語訳は、精神的危機のうちにレオーネをムッソリーニの秘密警察に引きわたした老女性作家で、パヴェーゼの多くの苦しい愛のひとつだったバルバラ・

アッラソンに託された。

「われわれは妄想に憑かれた世界に生きている。そしてわれわれはそれを知っている」オランダ人歴史家の預言的な書の書き出しである。程度と様相はことなるが、そのことばは、明日の影が濃くなっているなか、アルチヴェスコヴァード街の屋根裏部屋で机を並べて仕事をしつづけるレオーネにもチェーザレにも当てはまる。

一方、外では、世界のけたたましい音は歴史を一人の愚者の語るおとぎ話にしてしまうほどに高まっていく。「ファシスト全国文化研究所」は「ファシスト文化全国研究所」と名前を変えたが、それで著名な多数の会員のだれひとり脱退するでもなく、「全国バリッラ事業団」は「リットーリオ青年団」となって、「信じよ、従え、闘え」をモットーとし、多くがファシスト党員ゆえ、ムッソリーニに五五六万一〇〇〇人の兵士を提供し、ローマでは、出版宣伝省が国民文化省となって、体制を賞揚させるために新聞記者や芸術家、知識人に多額の支援金をばらまき、アフリカの植民地では、最高一年間の拘禁刑を科して、イタリア国民がイタリア領もしくは外国領東アフリカの隷属民と婚姻関係をもつことを法で禁止する。ファシスト国家が公布した最初の人種法である。ついに、第二次世界大戦の総稽古さながら、世界中の共和主義者、アナーキスト、共産主義者、自由主義者が国際義勇軍に結集してヨーロッパ全土のファシストとナチストと戦っていたスペインから、レオーネの学友で、一九三四年の一斉捜索をからくも逃れてフランスに亡命していたレンツォ・ジューアの訃報がトリーノにとどく。レンツォは第12ガリバルディ旅団を指揮して、エストレマドゥーラで戦っていた。二四歳だった。

レオーネ・ギンツブルグは孤立した生活をつづけ、仕事に専念する、保護観察の追加延長の期限が切れるのを機に、監視裁判所判事に再報告するトリーノ警察署長からの許可を待って。ところが判事は、レオーネの危険性を再調査し、一九三八年七月までのさらなる八か月の延長を命じる。さらなるひと冬とひと春だ。レオーネは仕事を再開し、ゆっくりした、忍耐強い準備作業に、こまやかな計画にもどり、人目にとまらない無数の存在のかたまりのなかに沈んで、細いが強靭な、名前のない、自分の糸をふたたび紡いでゆく。

フェッリエーレ家
ナーポリ、一九三〇―一九三六年

一九三〇年、ペッピーノ・フェッリエーレはイーダ・イッツォと結婚したばかりで、娘がひとりいたが、家族を養う手段がなかった。母親のドンナ・グラーツィアは反対を押し切って劇場の女と結婚した彼を家から追い出した。大西洋の向こうの株価の暴落が世界大恐慌の始まりとなった。ニューヨークで、破産したブローカーが何十人もウォール街の摩天楼から身を投じた。たちまちヨーロッパでも工業生産品が急落し、それとともに何百万もの失業者が出るだろう。

前年、ジョヴァンニ・ジェンティーレはナーポリにファシスト文化会館を設置した。まさにナーポリで、体制の最高の知識人代弁者である大思想家が、その都市の大衆劇場で大人気の喜劇を断罪する声明を発表したのだ。ジェンティーレは「もっとも陰鬱な時代のイタリア文学にかくもふんだんな素材を提供したあの安易な笑いはがまんならない」と言った。哲学者の異端排斥が大衆にとっての大学を排除する演説に組み込まれている。

ペッピーノも、彼の家族のほかのだれも、ジョヴァンニ・ジェンティーレという名前を耳にしたことはないだろうし、さらに、フェッリエーリ家のだれひとり、二世代にわたって大学に行っていない。この「陰鬱な時代」に、情熱からとその日の口過ぎのためにペッピーノは、異なる理由から『イタリア百科事典』の創始者と自分の妻イーダを大いに苛立たせるまさにそれらの劇場へと向かう。彼を奮い立たせるのに役立ったのは、ジョヴァンニ・ジェンティーレがあれほど軽蔑した大衆の天才児でもあった。

そのころ、じつは、まだ少年だったペッピーノがこの町の場末のあちこちの劇場でぱっとしない初舞台を踏んでいたころに影のように追いかけていた同じ地区の出身の喜劇役者アントーニオ・クレメンテがナーポリにもどっていた。人形劇の身軽な動きをそなえた喜劇役者はいまやトトーという芸名でかなりの名声をえていた。幼いころ、母親が彼を置いて愛人のもとへ駆けつけるまえに彼にふりまいた愛称を芸名にしたのだ。

トトーはどさ回りの役者で、彼なりに、イーダ・フェッリエーリの親戚のグァリーノのような、昔ながらの即興、パントマイムや冗談、権力者の嘲笑、欲望や本能の賞揚、空腹、性、肉体の病と精神の健康などを演ずる役者の血を引いている。彼の芸は顔を活用するパントマイムで、軽業や婉曲法、道化が不可欠だ。そこでは、生のすべては恐るべき悲惨さであり、すべてがくだらない、二束三文のくだらなさとなる。幼年期を貧困のうちに過ごした彼には、悲惨さがむしろ真の喜劇の台本なのだ。

ナーポリのヌォーヴォ劇場の所有主であるヴィンチェンツォ・スカーラ男爵と、マルジニやスカルペッタなどの脚本家のいくつかの出し物に有名俳優として出演契約を結んだトトーは、ジョヴァンニ・ジェンティーレの異端排斥も知らず、猿のように身軽に幕によじ登っては、入場料を払って来ている観客にしかめっ面をしたり嘲笑してみたりという即興を演じて、熱狂させる。ペッピーノが舞台への情熱を生業へと変えたのもトトーのせいだ。だがペッピーノは、天才の友人が観客にふりまく気安い笑いよりも、その双子の兄弟である気安い涙が、道化芝居よりもメロドランマが、人間マリオネットよりも木と錫でできた人形のほうが好きだ。

事実、ペッピーノ・フェッリエーレは人形使いの名手だ。カヴール広場のサン・カルリーノという、週に五日、人形劇を上演する小劇場に出ていた。舞台上方に宙吊りになった木の張り出し席によじ登り、両腕を手すりで支えて、観客に見えず、名前も知られず、サインをすることもなく、観客にはかがやくブリキの鎧を着ているように見える木の人形の糸をあやつった。ペッピーノは、オルランドに、リナルドに、フランスの騎士たちに息を吹きこむ。手で彼らに動きを与え、決闘をする者たちが闘うときは足を踏み鳴らす。そのときは実際に、張り出し席の床板に踵をうちつけて戦士たちのざわつく足音を響かせるのだ。なんといっても、彼は人形たちに声を与える。

声、それこそ命だ。あたたかみのある、明瞭でよく響く美しい声があってこそ木の人形による叙事詩の大冒険に熱気と情念が吹きこまれる。どの人形もどこか似たり寄ったりのせいもあって、照明をおとした小ホールの騒音と薄暗がりのなか、観客は声でどの人形か判断する。サン・カルリーノ劇場のフットライトに照らされるために、継ぎはぎながら一張羅をまとつた人びとがペッピーノ・フェッリエーリが何者かを知ることは決してないだろうが、彼の美しいテノールのおかげで、フランク王シャルルマーニュの騎士で恋敵オルランドの従兄弟、果敢な闘士で反逆精神の持ち主のリナルド・ディ・キアーラモンテが何者かを知るだろう。実際に、人形使いはそれぞれいつも同じ人物を演じて人形を動かし、リナルドがペッピーノの英雄だ。ペッピーノがリナルドで、座長のデ・シモーネがオルランド。さらに悪人で卑劣な扇動者のガーノ・ディ・マガンツァがおり、争いの種の、高慢なアンジェーリカがおり、彼女の声は女性が演ずるが、女性はこの役だけだ、人形は重くて、それを操るのは男だから。

オルランドやリナルドやフランスの騎士たちが舞台にのらないときは、ナーポリの無法者《グアッポ》が登場する。だがたいしたちがいはない。人形たちは、そのころ大人気だった音楽劇《シエネッジャータ》の台本どおりに動き、現代の衣装をまとって、荘重なイタリア語ではなくナーポリ語で話し、キラキラ光る剣を鞘から抜くのではなく、チョッキから出したナイフをかまえる。だがテーマは同じ、愛と裏切り、名誉、決闘のかたちの戦争だ。そして主役は決まって三者に要約される。男《イッツ》はテノールの善玉ヒーロー、女《エッサ》は争奪戦のヒロインで歌のプリマ、そして敵役のオ・マラメンテ（悪党）。ほかに群衆、滑稽な役、小さなヴァリエーションがあり、ときおりカンツォーネが響くが、本質は先に述べた、永遠不変のテーマだ。人間と演劇は、もしも消滅することがあるなら、同時に消滅するのだろう。

ヴェルジニ街やサニタ地区、コルポ・ディ・ナーポリ地区の路地から出てくる観客は、古いシャルルマーニュの高貴な騎士道叙事詩の騎士たちも地元の最近の犯罪記事のグアッポも同じ愛で愛する（元教育相のジョヴァンニ・ジェンティーレが許そうと許すまいと）彼らの物語は何回かに分けた連続ものとして語られ、繰りかえされて、泣かせる。復讐の場面が演じられると知られた夜には、大衆が花束をもってきて、人形たちに差し出す。彼らはそれらの木片の不幸に同情し、その反乱に狂喜し、悪態をつく。だれか熱狂的なファンが悪役の人形にピストルを発したこともあった。

ペッピーノ・フェッリエーリは情熱と必要から糸を操る。彼には養わなければならない家族がいる。リナルドを演じられるとき、彼は興奮する。無学で、勉強ぎらいだったけれど、『ロランの歌』のすべての役もルネサンス期の騎士道叙事詩もみな暗記している。多くは金髪の口ひげに顎ひげ、明るい色の目で描かれ、格調あるイタリア語の完璧な語法で語られる栄光のマリオネットの声を演ずるほうが好みだが、ナーポリ語の音楽劇もきわめて巧みに演じ、必要とあれば歌もうたう。

というより、好んでよく歌うのだ、ペッピーノ・フェッリエーリは、芝居ゆえに家業から追放された若き父親で根っからの芸人、必要上の肉屋は。舞台で、サニタ地区の没落貴族の邸の広大な中庭に掘ったアレーナ劇場風の庶民的な屋外舞台で歌ったり、家での食事やレストランで、友人たちのために歌ったりする。彼のおはこのひとつはナーポリ語による歌と朗読のひとり芝居の感傷的な悲劇だ。彼の娘たちがいま真っ先に思い出すのはそのうちの三つ。レンガ工が足場から落ちる場面をかたる悲劇のひとり芝居『フラヴェカトゥーレ』、メロドランマ風の詩『カルミネ山の聖母の水曜日』――ペッピーノもこの聖母を信仰していた――そして『きみの恋人はきみの兄』。知らずして近親相姦の愛に落ちた息子の婚約をあらゆる手をつくして阻止したあとで、父親がその婚約者の娘に若気の過ちで彼女の母親と許されざる愛に走ったことを告白せざるをえなくなる話だ。

人形を動かさず、朗読をせず、歌わず、日払いで雇ってくれるどこかの肉屋で他人のために肉を切らなくてもいいときは、一九世紀の荘厳なパルテーノペ劇場で働いた。いまは痕跡もないその劇場はサン・ジェンナーロ門のすこし先のフォリーア街にあるサンタ・マリーア・デッレ・グラーツィエ教会に隣接していた。所有者の一人が、キアイア街の仕立て屋で働いていた美人でおしゃれなペッピーノの上の姉フォルトゥーナと結婚していたのだ。

庶民向けの人形劇が上演される小さなサン・カルリーノ劇場から上品なパルテーノペ劇場までは数歩しかない。ここではしかしペッピーノは案内役をするだけだ。チケットを確認して客を平土間や階段席に案内する。

おそらく、深紅のビロードの絨毯をしいた通路を懐中電灯の心もとない光で照らしながら、ペッピーノは、口数のすくない温和な男は、心のなかで、ルドヴィーコ・アリオストの『狂えるオルランド』のなかで、異教徒たちの大虐殺をしながらも、パリの城門にたどり着いたムーア人の一隊を逃走させたリナルドの役を復習していたのだろう。

5

貴婦人たちを、騎士たちを、武器を、愛を……

一九三七年、レオーネ・ギンツブルグは恩師のサントッレ・デベネデッティがルドヴィーコ・アリオストの『狂えるオルランド』の多くの書き直しに貢献した論文『狂えるオルランドの自筆断片集』の刊行に尽力した。この秀逸な文献学的研究でデベネデッティは、これでいいということのないルネサンスの大詩人が一六世紀初期の十数年、自分の騎士道叙事詩の大傑作を、初期の熱っぽいメモから印刷所にわたす（自費で）決定稿まで手直ししていたじつに長く苦しい経緯を再構成した。

こうして、自由になった最初の一年をそっくり、レオーネは栄えある愛の詩編の無数の異稿の点検についやした。二年間の牢獄生活から解放されたばかりのこの若者は、フランスの騎士たちのなかでもっとも高貴なオルランドの愛の狂気をうたう四百年まえの宮廷詩人がみずから修正しつづけた手稿や読みにくい写本にかがみ込んだ。オルランドは、詩編の冒頭の、ムーア人のパリ包囲の場面で従兄弟のリナルドと争うことになるとらえがたいアンジェーリカの裏切りで気が狂い、スペインやフランスを裸で彷徨しては出会いがしらにだれかれとなく殺しあうほどに堕していた。絶望した恋人たちを、人間本性の奥底にある盲いた恐ろしいもの、基本的な、原初の、万人が有する暴力、男に、剣を手にした戦いの大殺戮に必要な野獣の欲望と同じ欲望で、手のとどかない貴婦人の美しさゆえに恋情をかきたたせる隠れた性の叫びと語られる愛を勉強した、自由の身になって最初の一年。地球の果てから果てへ、さては月にまで、つれない絶世の美女を追いかけてはつねに絶望する求愛者たち、物語世界の燦然たる外観にまどわされ、騒然とした虚栄のドラマにはまった激情の夢想家たち、悲劇と滑稽劇の容赦ない、おろかしい交替劇の奴隷たちの有為転変にささげられた一年だ。

翌一九三八年二月一二日、レオーネ・ギンツブルグはチヴィータヴェッキアの刑務所にいたあいだの文通をつうじて愛をたしかめたレーヴィ教授の娘ナタリーアと結婚する。

「わたしたちは結婚した、レオーネとわたしは」こんなふうにことばすくなく、二五年後に、彼女のもっとも愛読されている本『レッシコ・ファミリアーレ』のなかで、いまや有名作家となったナタリーア・ギンツブルグは語るだろう。その情報が読者に届くのは、エイナウディ社の「スーペルコッラーリ・シリーズ」の一二三ページだ。その数ページまえまでは、未来の夫はつねに姓で呼ばれていた（「マーリオはすぐにシオーン・セーグレとレオーネ・ギンツブルグはどうなったかと訊いた」、「ギンツブルグのことは尊敬しつつも、遠い人間として話した」など）。一二四ページでも正式に彼の姓と名前で言及している、「冬が終わるころ、レオーネ・ギンツブルグはトリーノにもどった……」それからいきなり、子どもたちの父親になる男はナタリーアに名前で呼ばれる。作者がこの親密さを示すのは、彼との結婚を告げるときだけだ、「わたしたちは結婚した、レオーネとわたしは」と。ナタリーアとレオーネの愛の物語のすべてはこの姓から洗礼名へのささいな地すべりに閉ざされている。そしてこの節度ある、だが宿命的な、決然とした足取りで、レオーネ・ギンツブルグは、ひとつずつ、彼の生涯の大きなエピソードに出会うようだ、移住、勉学、刑務所、結婚と。

ともあれ、ナタリーアとレオーネは結婚した。立会人は狂気の愛の文献学者サントッレ・デベネデッティ。彼は一九二九年版の赤と金のすばらしい装丁の『失われた時を求めて』全一六巻を結婚祝いに贈った。夫がまだ姓と名前であったころ、ナタリーアがイタリア語に訳しはじめていた作品である（「三七年に最初の二ページを訳してレオーネ・ギンツブルグに見せると、彼はひどい訳だと言った。わたしは何度も訳しなおさなければならなかった」）レオーネのもうひとりの師のベネデット・クローチェも本を贈るが、それはナーポリの哲学者が主な寄稿者であるラテルツァ社社長から半額で買ったものだ。

ナタリーアとレオーネは別の出版社の社長ジューリオ・エイナウディが保証した六百リラの給料のおかげで結婚できた。この六百リラがあったものの、レオーネがいかなる出版物にも自分の名前を出せないために、夫婦はレーヴィ教授の娘が実家にいたころよりも貧乏だった。しかしナタリーアは、金持ちな気がした。ファシズムは近々終わる気配はなく、ナタリーアはときどき、だれか、あまり好みでない人からでも、食事に誘われると、思いがけなくただで食事ができると喜んだ。ファシズムは決して終わる気配はなく、そこでナタリーアとレオーネはアメリカにいるおじのもとへ行こうかと話したりしたが、結局、彼も彼女もイタリアを捨てて、政治亡命者に、あの「フランチャ大通りの奥にちらりと見える青い山並みの深淵のかなたの世界を自由に動いている奇跡のような存在」になろうとはしないだろう。

そしてその後一九三八年八月一八日、ギンツブルグはようやく保護観察を解かれる。ひと月まえ、保護観察の解除申請を判事に提出するさいにレオーネは、三度目の延長は過剰な憎悪を意味すると強調したうえで、すでに自分の申し立てはもう一人の他者の申し立てでもあるという理由ゆえに擁護されるに値すると考え、控えめな態度で述べている。「以下の署名者が貴殿のご記憶に訴えることをお許しいただきたい、保護観察の不便さは現在、本人が数か月前に結婚したことにより、事実上、一人でなく、二人の人間にのしかかっていることを」ちょうどそのとき、監視審査官は休暇で不在だった。代理の者が、レオーネの申請と「被政治保護観察者はこんにち、彼と彼の新しい家族の生活手段となるのみならず、イタリア文化の尊厳の拡大にも寄与する活動に全面的に没入している」という申請理由を受理した。

さて、一九三八年八月一八日、レオーネ・ギンツブルグはついに自由になった。自由で、愛する女性と結婚し、愛する仕事に専念する。一九三四年三月の逮捕から五三か月の牢獄生活と特別監視が過ぎた。四年五か月。しかしファシズムは終わっていない。そして人生の大きなエピソードも。一九三八年八月一八日、レオーネ・ギンツブルグはついに自由になったが、九月一八日にはベニート・ムッソリーニがトリエステ市庁舎のバルコニーにあらわれた。

「イタリア人は民族主義者だと率直に表明すべきときだ」これは一九三八年、ファシスト年XVI年八月五日付『民族の擁護』誌一号に掲載された文章である。そして同年九月一八日、トリエステ市庁舎のバルコニーにあらわれたベニート・ムッソリーニは率直に、すべてのイタリア人の名において民族主義者だと表明した。つまり、このバルコニーから、ファシスト政府が公布の準備をすすめていた人種法をはじめて読み上げたのだ。

表明の前提として、歴史的にも思想的にも愚昧な理論を疑う余地のないものと断じて、それらを列挙する。つまりもろもろの民族がある、大民族と小民族がある、イタリア国民の大多数はアーリア人の血統である、何千年もまえから、つまりランゴバルド族の侵入以後、イタリアにはこの国の種族的外貌に影響を与えるほどのいちじるしい民族移動はなかった、ゆえに大移民集団の寄与など根も葉もない空説にすぎない。つまりここから、純血イタリア人種が存在し、それゆえ、率直に自分は民族主義者だとするときであり、その帰結として、ユダヤ人はイタリア民族に属しない、最後に結論として、イタリア系ユダヤ人の人種差別のための王立委員会の設立を導き出すのだ。

このときまで、イタリアの学者の大半はずっと、なによりも歴史事実に相反するために、ドイツのそれに類する生物学的人種差別を排除してきた。イタリア人の顕著な多様性が人種的純粋性に民族のアイディンティティーをおく考え方に同調するのを阻んできたのだ。ファシストの学者ですら、それをきっぱり排除していた。「ゆえに人種など存在しない、イタリア国民とイタリア国家があるのみ」と、一九三五年にはまだ『イタリア百科事典』の「人種」の項目に書かれている。初期の超民族主義者のファシスト知識人も、いや、たぶん彼らこそ、イタリア人の国民性を文化的特性として賞揚してきた、絶対に人種的特性としてではない。「イタリア性とはひとつの性格、ロザーイ〔庶民を題材にした同時代の画家」の哄笑、少年のしかめっ面、市場だ」と。ムッソリーニですら、わずか二年まえには、人種の優劣を論ずる北国の熱狂的な理論に憐れみと嘲笑をこめた軽蔑を示していたのだ。

だがいま、すべてが変わった。五月、ヴィットーリオ・ポッツォひきいるナショナル・チームが第三回サッカー・ワールドカップで優勝し、ジーノ・バルタリがトゥール・ド・フランスで優勝するすこしまえ、同盟国ドイツのアドルフ・ヒトラーが、諺になったほどの熱狂的な歓迎と張り子の舞台装置に迎えられて、過去の偉大さの廃墟をたたえつつローマの通りを行進した。イタリアの統領ベニート・ムッソリーニは、何世紀にもわたってイタリアがそれらをとおして偉大なる美にたいする天才を表現してきた何百点もの果てしもない芸術作品鑑賞のすべてに、一歩また一歩とつきしたがった。統領はしきりに、ラクダのようにあくびをしていたらしい。

こうして、強力な同盟国であるドイツにしたがうためにも、ムッソリーニはいまトリエステ市庁舎のバルコニーから「相違のみならず、あきらかな優越性を確立する明白で冷徹な人種的自覚」を呼びかけ（群衆の拍手喝采）、「世界のヘブライズムはファシズムの不倶戴天の敵である」と宣言する（ふたたび群衆の拍手喝采）。演説の結論として、率直な人種差別主義者の祖国の父はたったいま自分の支配からではなく自分の家族から追放したユダヤ人を父親らしく安心させる。彼らに善意からの待遇を約束するのだ。「最後に世界はわれわれの厳しさよりもわれわれの寛大さに驚くだろう」焼却炉へ直行する封印列車がその約束を果たすだろう。

さしあたり人種法が禁ずるのは、イタリア人とユダヤ人の結婚、ユダヤ人がアーリア人の使用人を家に置くこと、すべての公職と公的私企業――銀行や保険会社など――のユダヤ人従業員の採用、ユダヤ系外国人のイタリア移住、公証人やジャーナリストを職業とすること、いわゆる知的職業の強力な制限、カトリックへの非改宗ユダヤ人の子どもの公立学校への入学、その作成にひとりでもユダヤ人がなんらかのかたちで参加した中学校教科書の使用などである。

国民教育相のジュゼッペ・ボッタ―イは「とくに反ユダヤ主義」を表明したことはないが、熱心な反ユダヤ政策の採用で名をあげた。九九名の教授、助教授、一三三名の助手、二百名の教授資格者、その他無数の非常勤講師や副手が大学を追われた。人種的措置の最大の合意がまさに大学教授資格者にたいしてなされた。だれもが、ユダヤ人同僚が追い出されたあとのポストをわれがちに手に入れようとした。イタリア数学連合はそれを憂慮して、人種の完璧性ゆえの措置のあとで空席になった数学教授のポストのどれもが「数学学科から取りあげられないように」と申請した。それらのポストがヴィーコ・ヴォルテッラ、フェデリーゴ・エンリケス、グイード・カステルヌオーヴォ、グイード・フビーニなどのイタリア数学界の開祖たちから取りあげられたばかりである事実にはいっさい言及せずに。

ユダヤ人同僚からとりあげられたポストに横滑りすることを拒否した男が一人だけいる。名前はマッシモ・ボンテンペッリ、詩人でイタリア学士院会員、若いころ決闘でウンガレッティを負傷させたことがあるファシスト党創始者の一人である。ほかの者はみな、空席が出ると、そこに腰を据えた。ノーベル物理学賞を受賞したエンリーコ・フェルミは、授賞式典後ストックホルム港からそのままアメリカへ向かい、ユダヤ人の妻を救った。こうしてアメリカ合衆国は彼らに第二次世界大戦の勝利をもたらした原子爆弾を手に入れた。イタリアは天才を失った。だがエンリーコ・フェルミだけがわが国を捨てた大物理学者ではない。アルベルト・アインシュタインは抗議のためにヨーロッパ最古のリンチェイ学士院を辞した。

「とくに反ユダヤ主義者でない」国民教育相ジュゼッペ・ボッターイは、「書籍浄化」のための委員会も立ちあげた。ユダヤ人著者の本は市場から一掃され、市販されている書籍からセム的内容が削除され、ヘブライズムに汚染された新刊書はいっさい市場に出られなくなるだろう。ジューリオ・エイナウディは、人種法がユダヤ人共同事業者と事実上そのユダヤ人共同事業者が管理している自分の出版社にもたらす結果を懸念して、ボッターイ大臣宛てに「わが出版社の秀逸な協力者に利するに貴重である貴殿の支援をめぐるもろもろの問題」を説明するために面会を求める手紙を書く。「むろん私は貴殿がわが社の出版物にたいして育んでおられる好意に甘えて、他のもろもろの出版上の問題についても申し上げるでしょう」新進気鋭の出版社社長、上院議員の息子はむろん、繊細な知識人で豊かな人生経験と教養をもつ男、芸術家や作家の保護者で労働憲章と学校憲章の起草者であるジュゼッペ・ボッターイに迎えられる。

ジューリオ・エイナウディはこうしてジュゼッペ・ボッターイとの、双方の側からの敬意と譲歩、不作為のからみあった裏工作をし、それはムッソリーニが罷免されたあとの一九四四年に、元国民教育相がフランスの外人部隊に入隊するまでつづく。元国民教育相は一九四八年までその部隊にとどまり、プロヴァンス上陸からドイツの心臓部まで、騎兵連隊軍曹代理として配属されてドイツ軍と戦う。当然、ボッターイは「私はファシズムの堕落を食い止めるのにまにあわなかった自分の罪を償うために出発する」と、アンドレーア・バッターリアという名前で西アフリカへ出航するさいに述べるだろう。「私は党員証をもっていなかった。信念をもっていた」とも、戦後、ファシストとしての自分を回顧して言うだろう。

しかしその間にも、率直に民族主義者であることを表明する人種法は一九一九年以降に外国人ユダヤ人に許可していたイタリア国籍の剝奪を想定する。それゆえ、こうしてローマでエイナウディとボッターイが出版をめぐるもろもろの問題を論じていたころ、トリーノでは、イタリア文化のもっとも重要な出版社を創設するべく雇われた「秀逸な協力者」レオーネ・ギンツブルグがもはやイタリア国民ではなくなるのだ。


レオーネ・ギンツブルグはふたたび自由を獲得した一年目に『狂えるオルランド』を編纂したが、完全に自由になった二年目——そして最終年——はジャーコモ・レオパルディの『カンティ』にささげる。

じつはギンツブルグはラテルツァ社のために、百年まえに、あのせむしで顔色の悪い不眠症の小柄な若者、脊柱が湾曲して絶えざる痛みと心臓や呼吸器の疾患、発育不全、脚と目の神経障害、無痛痒、偶発的な知覚異常、再帰熱、恒常的疲労など、ありとあらゆる病状をもたらす脊椎カリエスに悩まされながら、一貫して、抒情的、実存的生活態度の志向を曲げることなく、その悲惨な生の軌跡に沿って、もっとも喜びにみちたテーマ——世界の美しさ、夜のやさしさ、娘たちの青春——に悲しい歌をつけ、逆に、存在することの不幸、すべての虚しさ、失われた幼年時代へのノスタルジアなどのもっとも陰鬱な、よく知られたテーマには、休みなく変化する、未曽有の甘さをもつ生命讃歌をささげたあの若者の詩の新たな選集を編纂していた。

レオーネはこの掛け値なしに世界の一大傑作である詩に彼の日頃の厳密さ、目にとめ、まちがいをただす審査官の視線を、つまり彼の愛の方式を採用する。自筆の手稿以上に印刷された諸版の相違を重視する。編者として彼がめざすのは、レオパルディの詩的感興の連続するプロセス、ときに決定的かと思われながら、またそのあとに疑問符がつけられる表現を浮かびあがらせることだ。彼の詩の新版の読者が、それらの詩を書いた驚くべき男にとって改変のひとつひとつのもつ実際的な重要性を理解できるように、彼はこの緻密な作業に、この目立たない労役に献身する。そして、こうしてレオパルディに新たな読者を取りもどさせるために、先行する校訂版の編者たちの仕事を虱つぶしに調べては、彼らが印刷ミスを一二か所、つまり列挙しうる二六か所の半分にもみたない個所しか列挙できなかったと嘆き、ついには、すでに確認されているミス以外のミスを二、三、もしくは四か所見つけだす。

ギンツブルグの主なる貢献はおそらく、ジャーコモ・レオパルディの晩年の詩のひとつである「月が消えて」をめぐる曖昧さを「これを最後に」、はっきりさせたことであろう。この最後の詩の最後の六行は「エニシダ」——もうひとつの遺言の詩——の見返しに、レオパルディの自筆ではなく、晩年の彼を支えた忠実な友人のラニエーリの手で書きうつされたものがぼくらにとどいている。ドイツの歴史家ハインリヒ・ヴィルヘルム・シュルツが育てた伝説がある。一八三七年六月一四日、三九歳で死ぬ二時間まえのレオパルディを訪れた彼はその六行が瀕死の詩人が創出した最後のことばであることを望んだ。たしかに、すでに床に伏していたジャーコモは、それらの詩行を一枚の紙に書いて、ドイツ人訪問者に記念に与えた。

レオーネは「これを最後に」、それらの詩行は疑いもなくレオパルディが書いたものであると決定し、彼の『カンティ』の新しい版に決定稿として挿入する。しかしそれらが大詩人の遺言の最後のことばで、死の床で最後の息とともに吐き出されたものだとするロマン主義的な仮説は排除し、反論する。レオパルディは――とレオーネは言う――その六行を死に際ではなくそれ以前につくっていた。その一八三七年六月一四日に彼は、よくあることだが、立ち寄ってくれた客人に贈るために紙に書き写しただけなのだと。要するに、いまわの発語ではなく、お土産なのだと。日頃の厳密さで、レオーネは死ぬまえの数時間が他のすべての時間とちがっていたというレオパルディ伝説も認めない。いかなる悪寒も、いかなる脱魂状態も、いかなるエピファーニア〔主の顕現〕も小道の奥に潜んでいるのを許さない。

このうえもなく美しいあの六行は、夜の田園に消えてゆく月を青春が過ぎ去った大人の生に降りてくる闇にたとえて、青春の最後の悲歌をうたったものだ。「だが死すべき者の生は、美しい青春が／消えてしまって、二度とかがやくことはない／ふたたび光がさそうが、ふたたび夜明けがこようが。／最後まで、やもめなのだ。そしてほかの年齢を暗くする夜に／神々は墓場のしるしをつけた」

暗い田園という詩的比喩は大人という存在を砂屑や骨、残滓とし、青春が消えた人生を、ぼくらが生きるべく残されたものと考える。その上には一面に、やもめであることの影がひろがっている、大人の生は最後までやもめなのだ。レオーネのきわめつきの反ロマン主義的な厳格さをもちあわせない者にとっては、彼の生の上に、やもめという比喩がひとつの胸騒ぎの影を伸ばす。

フェッリエーリ家

ナーポリ、一九三六—一九三九年

ナーポリは帝国の港。ムッソリーニの展望では、三〇年代なかばにはナーポリは海上とそのかなたのイタリア領地の政治・経済の中心地として名をはせるはずだった。火山の麓に生きる街の岸壁から、命がけでアメリカやアルゼンチンをめざす悲惨な移民ではなく、アビシニアやエチオピア、エリトリアの植民地の征服者であり勝利者であるイタリア人の船団が錨をあげなくてはならない。この目的のために統領はオルトレマーレ見本市を開催させ、アドルフ・ヒトラーにこの都市の訪問までさせる。その特別な機会に、ポジッリポの丘がきらめき、遠く下のほうに、カープリ島がおぼろに見える南国の光がまぶしそうな同盟国ドイツ人のまなざしのもと、ナーポリ湾で盛大な軍事パレードが行われた。

しかし、海はペッピーノとイーダ・フェッリエーリの住むナーポリを潤さない。結婚した彼らはガリバルディ大通り裏の薄暗い路地にあるサンタ・マリーア・デッラ・フェーデ地区の民家の一室を借りざるをえなかった。自分たちの家をもてなかったので、新婚夫婦は家主が、逼迫したよそ者に貸す崩れおちそうな大住宅の一室を借りて他の宿泊者たちとともに暮らすことにしたのだ。その後フェッリエーリ夫婦は、いまも工場で働いている祖母のアスパージアのわずかな稼ぎのおかげもあって、セッテンブリーニ広場の家の家賃を払えるようになった。そこで、一九三一年に彼らの最初の子どもが生まれる。その子に旧ヴォーメロの肉屋の父方の祖父の名前フランチェスコをつけ、サン・ジョヴァンニ・ア・カルボナーラ教会で洗礼を受けさせる。同じくそこで、つぎつぎと二人の息子、アントーニオが一九三四年、サルヴァトーレが一九三五年に生まれる。アントーニオはペッピーノの兄弟の一人の名を、サルヴァトーレはわれらが救世主の名をもらった。

貧しかったが、ペッピーノとイーダは愛しあうことをやめなかった。彼らは貧しさを「ひっとらえて、壁に張りつける」、ペッピーノがおおらかな人生観からくる情熱的な語り口でよく言うように。彼らの調和が乱れるのはただひとつイーダの嫉妬のせいだが、ペッピーノになんらかの原因があったらしい。ある日、すでに三人の子どもの母親は、通りで、牛乳瓶をもった恋敵と対決して、彼女を病院に送り込んだ。

夫婦のあいだには政治の溝もあった。年をかさね、妻に、そして母親になるとともにイーダは、少女のころから、つまり道楽者の父親と喜劇役者の子孫の二重の遺産相続から解放されなければならなかったころから目立つようになったあのまじめさをますます固めていった。家庭では、そのまじめさとは、困窮にあってなお子どもたちの世話をすること、政治では共産主義者であるということだ。たしかにイーダは非合法の共産党の活動家ではない——それは母親としてのまじめさと対立することだったろう——が、「南部綿工場」で働いていた少女のころからの信念を成熟させていた。それどころかイーダはますます、従姉で、やはりプルチネッラのアントーニオ・グァリーノの孫であるアデリーナの家族と親密になっていた。アデリーナは裕福な薬局店主のパスクァーレ・チヴィーレと結婚したが、チヴィーレ家は、ブルジョワながら共産党シンパの反ファシストだった。アデリーナとパスクァーレの息子のエンツォ・チヴィーレは、イーダより年下なのに、少年のころから、学識もなく、すでに三人の子もちのこの叔母の、正義感というよりまじめさからくる共産主義の心情をしきりにかき立てていた。

ところがペッピーノのほうはムッソリーニの崇拝者だ。彼をファシスト呼ばわりしては、このうえもない善人の彼の性格にふさわしくないことだろうし、半世紀のイタリア歴史を曲解することにもなろう。ペッピーノはファシズムとはなにも共有しないセンチメンタルな男で、イタリア人の幸せのために一睡もせずにつくすというあの男が好きなのだ。彼にとっては、足場から転落したレンガ工の運命に泣き、胸もはり裂けんばかりに移民の歌をうたうのと同じように、一気に椅子に跳びあがってムッソリーニ讃歌をぶちあげることも可能なのだ。ペッピーノ・フェッリエーリに道を踏みはずしたことをさせるのは彼の善意の感情、人間文明の起源にある大いなる感動のなせるわざだ。それがよくわかっているイーダは彼を非難しない。育てなければならない子どもが三人もいるのだし。

一九三九年二月六日、ムッソリーニは、フォーリグロッタ地区のスクディィッロ病院都市や郵便局などの建設現場の視察のためにナーポリを訪れた。宗教行事のように、窓から幕を垂らして迎えられた。ペッピーノ・フェッリエーリは彼を見て感動した。だがイーダはこのときも彼を非難しなかった。その前日の一九三九年二月五日に彼女は最初の娘を産んだところだった。彼らはその子をわれらが聖母のようにマリーアと名づけた。いまや四人の子どもを育てていかなくてはならない、ペッピーノの愚行にかかわる時間などないのだ。

三月一五日にヒトラーはチェコスロヴァキアを占領してボヘミアとモラバ〔モラヴィア〕を強制的にナチスの保護領とし、二八日にはフランコ軍がマドリードに侵攻して、スペインにもファシスト体制を確立する。四月七日、イタリア軍がアルバニアを占拠し、五月一一日にナーポリ湾を会場に、王とムッソリーニを迎えて艦隊が派手なショーを演出し、二二日にはムッソリーニがベルリンでヒトラーと軍事同盟「鉄鋼協定」を結ぶ。それが一九三九年の春であり、鉄鋼が、いたるところで、花を咲かせだす。

ジャーコモ・レオパルディの遺物と思われるもの——実際は彼の曲がった遺体はおそらくフォンタネッレ墓地の共同墓に投げ入れられた——がヴィルジリアーノ公園に移された。空っぽの骨壺に壮麗な行列がつきしたがったが、なかでも目立ったのが、全大学の校旗だ。イタリア学士院作家のジョヴァンニ・パピーニが演説をし、大詩人が切望するのはムッソリーニのイタリアである、なぜならばファシズムとは詩人たちの雪辱を意味するからだと述べた。この一九三九年の遅ればせの、偽りの春に、ジャーコモ・レオパルディもまたファシストになった。

スクラーティ家の人びと
ミラーノ、一九三六―一九三九年

ファシズムはふつうのこと。一九三三年にクザーノ・ミラニーノで生まれた男の子にとってファシズムはふつうのことだ。道で黒シャツを見てもきみは驚かない、物ごころがつくころから見ているから。

そしてそんな理由で、まさに一九三三年にクザーノ・ミラニーノで生まれたルイージ・スクラーティは、生涯の最初のころを思い出してくれと求められて、なにも記憶がないと言う。なぜならば彼のような子どもにとって、「ファシズムはふつうのことだった」から。

彼はきっと、そのころスクラーティ家にはなにやら家庭内のもめごとがあったときみに言うだろう。祖父のエンリーコは最初の妻が早世したあと、鬼婆のような性悪女と再婚し、さらにベンヴェヌートとアンジェロの二人の子どもをえたが、彼らは母親の性悪と時代の性悪の血を引いて、あるいはたんにそれがふつうの時代だったからか、ファシストとして成長した。この性悪女は夫の先妻の子どもたちに諍いを挑みだし、とくにアントーニオと妻のアンジェラに牙を剝いて、アントーニオが伯父のルイージ、せむしの伯父――脊柱の損傷が進行してもはやささやかな店の経営もできなくなっていた――の文房具店を一万三千リラで引き継いだとき、鬼婆は彼らがまんまとだましとったと毒づいた。さらに、市民軍の男たちに二人を告発までした。そのため、解放後、ファシストの秘密警察の文書庫が公開されたとき、強制収容所送りとなる者のリストにアントーニオ・スクラーティの名前もあることが判明するだろう。

ルイージはファシズム下の三〇年代の子ども時代のことを思い出そうとするとき、父親をめぐるこれらのことをきみに話すだろうが、それは真実の記憶ではない。それはその後の記憶、大人になった彼にみなが語った物語だ、彼自身すぐにそれを認めたように。

体制側が発した啞然とするような愛国キャンペーンに結びついた忘れられないエピソードもある。女教師たちが小さなルイージや彼の仲間の全員に祖国に羊毛を寄付するようにと求めたが、父親のアントーニオはそれを拒否した(むろん、エチオピア侵略ゆえに経済制裁をうけていたとき、「祖国に息子たちや金や蓄えを差し出した者にとって、自分のやわらかな眠りをいっとき犠牲にするのはさほどのことではあるまい」との信念で、イタリアの家庭のマットレスを空っぽにして羊毛不足を補塡するようにと勧めた経済学者のジョルジョ・モルターラに賛同しなかったのだ)。そこでルイージは手ぶらで学校へ行った。廊下を歩いていくと、すでに集められた羊毛の山があって、人目がなかったので、彼はそこへ両腕を沈めた。こうして彼はこの愛国心ゆえの気前のいい寄付のためにみなの前で褒められた。ところが父親は、おもちゃの銃を肩にかけて、少年訓練組織であるバリッラ少年団の最前列を意気揚々と行進する息子を見ては不機嫌になり、母親に八つ当たりした。小さなルイージにその瞬間、そんな方法で、ファシズムが必ずしもふつうのことではないという事実の最初の萌芽となる自覚がめばえた。

だが一九三六年のルイージは幼なすぎてそんなことができるわけもなく、父親が人前で彼を叱るには体制にたいする世人の賛同が強すぎたはずだ。これもまたおそらく偽りの、というより、根拠のない記憶であろう。羊毛や鉄、銅その他の金属を大戦中に大勢の者が拠出したころの話なのだろう。

一九三〇年代の子ども時代のことでルイージがおぼえているのは、じつは、ぼんやりとした数人の人影とだれかサッカーのスターだけ、そして男女別だった幼稚園、LSDでもなめたように机に突っ伏して寝た午後、メラニーア尼僧、愛国心の強要、中庭の背の高いマロニエの樹の梢《こずえ》、コマ遊び、パッラ・アッヴェレナータ〔木や壁にボールを投げつける集団の遊び〕、四五番地のチルコロの中庭でのサッカー試合、ボレルⅡと優勝バッジを五個もつけたユーヴェントゥス、メアッツァ、ボッビオ、チェリアーニ、ザンテランなどの選手のいる偉大なインテルだ。

ぼんやりした亡霊たち、アナクロニズム、記憶喪失、偽りの記憶、英雄たちの連禱、はるか昔の神々がなしとげた偉業のこだま。ほかはなにもない。ルイージはそれを知っている。そして彼はそのことを、「ぼくの人生の記憶は戦争とともに始まる」と言う。

6

一九三九年八月三一日、アドルフ・ヒトラーは国境沿いで警戒態勢にあった部隊にポーランド進撃を命じる。この命令――翌四時四五分に遂行された――とともに世界大戦が勃発した。

九月一日夜明け、ドイツはポーランドとの国境沿いに待機させていた九六個師団のうち五三個師団を配置する。大部分がモーゼル・カラビナー98Ｋ銃を装備した歩兵隊は三五個をかぞえ、うち四個が自動車部隊、三個が山岳部隊、ほかに小規模の国境警備隊と準軍隊組織である。歩兵隊の支援部隊として昔ながらの騎兵隊も動いた。ドイツ兵と並んで戦うのは、しかし、未来だ。

ベルリンの詩人たちが「電撃戦」という新語を考案し、戦車や戦闘機、電信など、近代が過大な暴力を可能にした新技術による戦力の総合的、壊滅的使用を呼びさました。空から通信網を破壊したのち、すでに大砲や急降下爆撃に傷めつけられている敵の戦線を突破するのだ。そのときはじめて歩兵隊が、攻撃の爪痕もなまなましい中心街に侵入して、敵の部隊を包囲する。それをめざして、一九三九年九月一日朝、東方戦線でドイツ軍は各二八八台の装甲車両からなる六個師団の攻撃をかけ、空軍は、戦闘機七七一機、駆逐機四〇八機、急降下爆撃機三三六機、高空爆撃機一一八〇機計二六九五機を飛ばせた。

エドヴァルト・リッツ＝シミグウィ元帥ひきいるポーランド陸軍は、一九三九年九月一日、総勢九五万人の兵からなる軍六個、軍団一個を配備した。しかし、装甲隊は一個師団も配備せず、数百の旧式の駆逐機を頼りとした。その埋めあわせに、何世紀にもわたってヨーロッパ東側を守ってきたあの騎兵旅団をまたもや一四個配備した。

フランツ・ハルダー将軍の起案によるドイツ軍のファル・ヴァイスつまり「白作戦」は、「動く戦争」つまり機動戦という新理論にもとづいて、戦車隊と戦闘機を連携させた作戦であり、これによってポーランド軍の主力を背後に残して迅速に首都に侵攻でき、ポーランド軍はのちに歩兵隊によって包囲され破壊される。西側の広大な平原がポーランドを新戦術の格好の実験台にした。ポーランド軍の防衛計画、いわゆる「西方計画」は、ドイツとの国境付近にほぼ全軍を宿営させるものだ。ポーランド軍は同盟国フランスとイギリスが西からただちに支援に介入するものと当てにしたのだ。ドイツの計画は成功し、ポーランドのそれは失敗に終わる。

四時四五分、ドイツ軍の大砲が既定の対象に火を噴き、戦闘機が割りあてられた標的を攻撃する。同時に装甲師団が歩兵隊をしたがえて南から前進を開始。九月二日、開戦二日目にはやくも回廊基部の万力はポーランド軍にたいして閉ざされた。ポメラニア軍所属の二個師団と騎馬隊一個がそこで粉砕され、ポモルスカ騎兵旅団のいくつかが孤立地帯から脱出しようと、第一九装甲部隊の戦車群に絶望的な反撃をした。トゥホラの森の欧州赤松の下で、騎馬旅団兵士が殲滅された。

ポーランド政府は同盟国に対独戦に参入する義務を守るよう呼びかける。ヨーロッパの列強は逡巡し、この開戦第一日目に彼らがとった唯一の行動は「ドイツへの警告」にとどまるだろう。ドイツ国防軍はSS戦闘部隊と並んで一日七〇キロという速さで進軍。一週間後に首都は包囲された。

九月一〇日、第四装甲師団と第一二歩兵師団がヴォラとオホタの二地区を動きながら、ワルシャワ周辺へ進む。ドイツ軍は西部郊外地区から道をひらいているあいだに、九月一二日には北方から侵攻した第三軍団が首都のナレフ川付近の外防御ラインを突破する。ヴワディスワ・アンデル将軍ひきいるポーランド騎兵師団がドイツ軍戦車に突撃。またもや戦車にギャロップをしかける騎馬隊兵士たち、またもや彼らの全滅。

ヨーロッパの砦であるポーランドは西側から崩れた。東からは父祖伝来の敵がその血のにおいを嗅いでいる。九月一一日に総動員を命じたあと、九月一七日三時、モスクワのポーランド大使が外務人民委員のヴャチェスラフ・ミハイロヴィチ・モロトフに呼ばれて、ポーランド政府は存在しなくなったと告げられた。モロトフはソヴィエト連邦が保護するつもりのベロルシアとウクライナ住民の運命にたいする懸念を表明。それと同じころ、赤軍がすでにポーランドの東側国境を越えつつあった。ポーランドが顔面にもろにドイツ軍の攻撃の嵐をうけて相貌が変わってしまったとき、ロシア軍はその死体を分割するためにその首筋を襲ったのだ。ソヴィエト連邦にたいして連合国側からは介入も宣戦布告もいっさいなかった。

ワルシャワ市民は大規模空襲をうけ、避難する者たちも空から撃たれ、SS戦闘部隊が捕虜を大量に銃殺した。一五万人のポーランド民間人が数日のあいだにドイツ軍に殺され、二五万人のポーランド・ユダヤ人が他のポーランド人によって勃発した大虐殺《ポグロム》の犠牲になった。その後二年間のあいだに、ロシア軍に占領された地域で、一八〇万人の元ポーランド市民が死もしくは流刑を宣告されるだろう。

一九三九年九月二七日、クトルゼバ将軍はワルシャワをブラスコヴィッツ将軍の手に引きわたし、ドイツ人将軍はそれを総統アドルフ・ヒトラーの名においてうけた。その街の中心部にドイツ軍は塀を建設し、そのなかにほぼ二人に一人にあたる市民の四〇パーセントを閉じこめるだろう。ワルシャワのゲットーが蜂起したとき、ゲットーは解体されるだろう。その後、ワルシャワが一斉蜂起したとき、アドルフ・ヒトラーはワルシャワの破壊を命じるだろう。建造物全体の八〇パーセントが全壊となるだろう。五棟につき四棟である。

つまり、これが第二次世界大戦の建築物台帳である。

一九三九年九月、ヒトラーがポーランドを侵略していたころ、レオーネ・ギンツブルグはジャンフランコ・コンティーニ監修のダンテの新『詩集』を出版した。この本の刊行をもって、「注釈付き新イタリア古典選集」がスタートした。

『詩集』はダンテが書いたことのない本だ。つまり、詩人が構想して編んだ詩集ではなく、その全生涯の軌跡に沿ってダンテがつくり、ばらばらに分散していた詩の花束を彼の死から何世紀もあとの現代の研究者たちが集め、整理したものである。ジャンフランコ・コンティーニは新しい基準と方法で詩を集め、整理した。大文献学者は完成された作品のみにとどまらず、先行するすべての版、手稿の直し、書き手たちがたまたまメモ帳に書き残した再考の形跡などまで分析した。精緻をきわめた探求をしつつ、文献学者はいかなる抽象概念にも、セイレーンの歌であるいかなる心理学にもまどわされない。彼の前にあるのは遮るもののない地平線、開かれていると同時に閉ざされている地平線であり、そのなかに彼はテキストとそのヴァリエーション、その誕生と再生のみを置く。こんな足どりで、コンティーニはひとつの生涯の詩を集めて整理し、青春時代から壮年期の追放生活までのダンテ、純粋な精神性の孤独な夢想のうちに愛する女性を愛をこめてうたう初期の熱烈なカンツォーネから、彼女がわびしい土地で石と化す最後のカンツォーネまでの詩人の全生涯を再構築する。

先行する諸版以上に、コンティーニは年代順を尊重しようとする。除去と拒否のために仕事をする。ダンテが他の作品に完全なかたちで入れていない詩、いわゆるエストラヴァガンティのみを集める。それから文献学者は作者不詳の詩を別にまとめる。そこからできあがるのは、分散していたものを集め、紛失していたものをまとめた本だ。だがそれがコンティーニの望むところ、彼のダンテ観なのだ。彼の展望では、ダンテは絶えざる実験者であり、彼の文体の非連続性は、永続する不安定、継続する亡命生活の証明なのだ。ダンテは一言語だけでなくすべての言語を語る、彼は詩人として生まれたのではない、詩人になったのだ。

レオーネが大いなる情熱をかたむけ、彼の恩師であり結婚の立会人であるサントッレ・デベネデッティに監修をゆだねたシリーズは、これ以上望めない最良の出発をした（二人ともユダヤ人ゆえに、デベネデッティも彼も名前を出せなかったが）。このシリーズの計画は、まさに、現代の読者に「われわれの人文主義の伝統の教本」という解説付きで、整理された、読みやすいテキストを提供するというものだ。この忍耐づよい仕事の最終目的は、要するに、むしろ単純で、レオーネ・ギンツブルグは一九三九年の読者に過去のすべてがぼくらを忘れていないことを知らしめようとしたのだ。

ダンテの『詩集』、もろもろの文体を集めたまぎれもない百科事典は、この目的にとって完璧である。ダンテは、一三二一年の死のさいに、自作のうちに全生涯を総括すると同時に、二度と同一人物としてではなくそれをやりとげた唯一の人間である。そこにはすべてがはいっている。古典作家、キリスト教の賢人、俗語およびラテン語詩人、愛の詩と散文の物語、聖書、そしてフランス騎士の武勲詩。レオーネ・ギンツブルグの計画は、それゆえ、成功である。

このように、ポーランドとヨーロッパの森が何百万もの死者の受け入れ準備をしていたころ、ギンツブルグと仲間たちは死者たちとともに生きてゆけると信じることをやめなかった。亡き人たちと共有関係を確立でき、人から人へと遺される財産は、結局、なにものにも代えがたいものなのだ。これがレオーネ・ギンツブルグの出版方針であり、父親たちが、父親の父親たちがなした善きこと、正しいこと、美しいことは、ぼくらにまで到達するがゆえに虚しくないのだという単純な考えである。生者と死者のあいだに共有関係を打ちたてる。そしてついには死者と生者、そしてまだ生まれていない者たちのあいだに。いまだ創造されずにいる時代の未知の読者にたいする友情と賛同と連帯感。これが掛け金だ。この身近な者にたいする以上に、見知らぬ、遠い生命、とくにこれから来る生命にたいする悲壮なまでの壮大な愛。過去と現在というふたつの炎にとらえられた現在。挟み撃ちだ。

そうなのだ、なぜならば、よく考えれば、一九三九年はレオーネ・ギンツブルグにとって第二次世界大戦が始まった年ではない。彼が父親になった年なのだ。

九月一日、ヒトラーはポーランドに侵攻するが、四月一五日にはナタリーアとレオーネはカップルではなくひとつの家族になっていた。つまり、彼らに最初の子どもが生まれたのだ。子どもはトリーノで生まれた、健康に生まれ、カルロと名づけられた。

したがってカルロは、ドイツ軍がポーランドに侵攻したときはまだ生後五か月、オランダ、ベルギー、フランスに侵攻したときは一三か月、一九四〇年六月一〇日、イタリアが参戦したときは一四か月だった。

共通の友人のマリーザ・ディエーナ〔パルチザン。ピッツォリのレオーネの秘密文書をローマに運んだ〕とともに、レーヴィ家が所有するパッラマッリオ街の家で、レオーネとナタリーアはラジオでイタリア参戦の報を聞く。しかしヒトラーの盟友ムッソリーニは声を嗄らしてどなるわりには、その年も、イニシアティヴをとれない。一方、二か月まえの四月九日、まさしく一二か月の間隔をおいて、ナタリーアとレオーネには二人目の子どもが生まれていた。アンドレーアという名前で、彼もトリーノで生まれ、彼も健康にめぐまれた。一九三九年四月と一九四〇年四月に生まれたカルロとアンドレーア兄弟は、宣戦布告にたいするレオーネとナタリーア・ギンツブルグの儀礼なしの返答である。それだけが未来をまえに価値あることなのだ。

スクラーティ家の人たち
ミラーノ、一九四〇年

《陸の、海の、空の戦士たちよ！》
統領の顎が宣戦布告をした。そのために、ひと月後に七歳になるルイージ・スクラーティはいま走っている。
《黒シャツの革命軍、警察隊よ！　イタリアの、帝国の、アルバニア王国の……男たち、女たちよ！　聞け！》
低所得者住宅のコンクリートのなかに設置されたマレッリ社製ラジオの拡声器から流れる全イタリア人の父ベニート・ムッソリーニの金属的な声がこの子どもの注意も引いた。そしてルイージは身体をこわばらせてそれを聞いた。そのためにいま彼は走っているのだ。
《運命が告げた時がわれらが祖国の空で打っている。取り消しえない決定の時だ！　宣戦布告はすで

に手わたされた……》
この時点でルイジーノはすでに動いていた。どの国々の大使たちに宣戦布告が手わたされたのかを知る必要すらなかった。母親の名前をくっつけてフランコ＝アメーリアと呼ばれている同じく七歳のフランコ・ディアーニと了解の合図をかわすと、アーディジェ街四五番地の協同組合の家々の中庭の中央に場所とりに行き、年上の子たちがチルコリーノでのサッカーの試合のまえにそうしているのを見たように、筋肉をほぐしはじめた。いまルイージは、筋肉がほぐれて、走っている。
《金権まみれのヨーロッパ反動民主主義と戦おう……》
アントーニオの息子のルイージ・スクラーティは、すべてのイタリア人の父である統領にその覚悟があるところを見てもらいたくて走っている。子ども時代の遊び場の真ん中に着くと、すぐにそこから、さらに広い周辺部へと向かった。そしていまそこを走っている、ぴょんぴょんとつづけざまに小さく跳ぶ、あの人間と動物をあわせたような走り方で進んでゆく。最初は足は地面についていたが、いまや身体ごと地面からはなれている。ルイージはいまや飛行態勢にはいっているのだ。
《……偉大な国民とはおのれの責務を神聖と考え、歴史の流れが決定する究極の試練を回避しない！》
拡声器からの声が静まりかえった無人の中庭の空白を魅惑しつづける。フランコ＝アメーリアのほかにルイージといっしょにいる者はいないが、そんなことはどうでもいい。参戦演説を中断させるほどの群衆の歓声はやらせなのだが、ルイージはそんなことは知らずに走っている。その声の休止と再開が彼の走行のリズムとなっている。ルイージは呼吸器の筋肉をととのえる。肋骨筋、斜角筋、そして横隔膜の筋肉が二歩ごとに幼い彼の小さな胸郭の容量を増加する。すると肺が拡張する。その内部の大気圧が減少する。酸素という第一の必要にすべてが応える。

《……四五〇〇万の国民は大洋へ自由に立ち入りできなくては真に自由とはいえない》

ルイージは走る、空気が肺に入っては出てゆく、気圧が上がっては下がる、酸素が増える、無水炭酸が欠乏する——肺の容積がそれだ——ルイージは空気を取り込む、苦しく息を吸って、吐く。

《飢えさせる連中にたいする貧しい、おびただしい日雇い労働者をかかえる国民の戦いだ……》

走者は空気が欠乏しているが走りつづける。はやく見てもらわないと、もっと空気を取り込まないと、もっと空気を、肺の容量をふやして、苦役の限界を超えないと。

《若く多産な国民の戦いだ……》

夕方、父親が工場から自転車で帰ってくる時間だ、初夏のなまあたたかな夕方。ルイージはランニングシャツも冬でもはいている子ども用の短ズボンも汗まみれなのがわかる。

《われらの意志がわれらの背後で帆船を焼いた……》

ルイージは呼吸にリズムをつける、いまはほぼ一歩ごとに吸っては吐いているが、おしみなく最大級の努力をする、前のめりになり、背中を曲げ、首を肩にうずめて、そうして縮こまれば走りつづけられると思って。声がかすれる。

《……ファシズムの道徳律では、友をえたら徹底的に彼とともに進むのだ》

ルイージはフランコ＝アメーリアを振りかえる。幼い友の走りもおそくなっている。走りがおそくなり、二人とも右脇腹に鋭い痛みを感じる。脾臓と肝臓が圧迫されて痛い。子どもたちは足を止めた。

この中庭の疾走が幼年時代の最初の鮮明な記憶となるだろう。一九四〇年六月のこのなまあたたかな夕べとともに、ルイージ・スクラーティの生涯の記憶が始まる。

戦時

一九四〇年

一九四〇年五月一八日。

「親愛なる上院議員殿、またお目にかかれますよう。まだ人間らしい未来を信じられますよう」

このようなことばでレオーネ・ギンツブルグは一九四〇年五月一八日付けのベネデット・クローチェ宛ての手紙を締めくくる。

そのまえの段落で、レオーネは人種法が発布されてリエージュに逃れたきり音信のない義父ジュゼッペ・レーヴィ教授の安否を気づかっている。事実、五月一〇日にヒトラーは、ベルギーの永世中立を侵犯して攻め込み、「黄色作戦」すなわち北方攻撃の道をひらいていた。

フランスを狙うドイツ装甲師団と落下傘部隊の攻撃で、脆弱なベルギー軍は数時間で壊滅した。五月一五日にはすでにベルギーは戦闘を放棄していた。その前夜、軍の大半が最後の抵抗を試みようと退却していたオランダの川沿いの街ロッテルダムがドイツ戦闘機の投下した九六トンの爆弾で灰燼と帰した。ロッテルダム守備隊司令官のピーテル・シャルー大佐が降伏交渉をしていたにもかかわらず、不必要な爆撃がなされたのだ。

ギンツブルグがクローチェに別れの挨拶をしたためたのは、出発の準備をしていたからだ。前年二月四日に彼のイタリア国籍剝奪が通告された。翌月、トリーノ県知事は「国家の安全にとって危険な人物」で、「ロシア出身で反ファシストの望ましからざる外国人」と思われるレオーネ・ギンツブルグを緊急に遠ざけるむね促していた。九月に、アメリカ合衆国への逃避を可能にする身分証明書が提示された。レオーネはそれを拒否していた。流刑を宣告されて、彼はいま、他の一万三千人の政治流刑囚とともに家をあとにする準備をしているのである。

一九四〇年六月一〇日。

夕方六時、ローマのヴェネツィア広場のバルコニーから、茫然とした群衆を前に、ベニート・ムッソリーニはヒトラーとの同盟関係、全体主義のイデオロギーと権力欲に引きずられて、軍の準備不足を承知しつつ、「イタリアは戦場にのぞむ」と発表し、イギリスとフランスに宣戦布告をした。イタリアの参戦をヒトラーに伝えた報告書で、統領は「戦場で軍人としての連帯とわれらが革命の団結を固めるためにせめてイタリア軍を代表する一隊が貴殿の兵士たちとともに戦うのを見たい。もしも貴殿がこの申し出をお受けくださるならば、数隊の狙撃連隊を派兵する」という希望を表明した。ヒトラーは断った。

独裁者の娘婿で外相のガレアッツォ・チャーノが日記に書いている。「参戦の報はだれひとり驚かせず、際立った熱狂はなにも起こらなかった。わたしは悲しい、ひどく悲しい。冒険が始まる」アメリカ合衆国大統領フランクリン・デラーノ・ルーズヴェルトは「本日、一九四〇年六月一〇日、剣を握った手が隣人の背にそれを振りおろした」と表明。この日、たしかにイタリアが「背を刺そう」と準備していたフランスは、すでにひざまずいていた。数日で、フォン・クライスト将軍とグデーリアン将軍ひきいるドイツ装甲師団の楔形陣隊がアルデンヌの森を突破して、英仏連合防衛軍を敗走させたのだ。フランス軍はマジノ線を捨てて、ロワール川流域に退却した。

七月に七歳になるルイージ・スクラーティは熱狂にとりつかれてクザーノ・ミラニーノの低所得者住宅の中庭を走った。


一九四〇年六月一一日。

イギリス海峡沿いの基地を飛び立ったイギリス軍のホイットレー型爆撃機がはじめてトリーノを爆撃。小口径の爆弾が死者一七名、負傷者四〇名をだした。防空サイレンはすでに爆撃が始まってからわめきだした。イギリス特別奇襲部隊の日誌は記す、「街は、それを爆撃する編隊が到達したとき、平時のように、煌々と灯がついていた」


一九四〇年六月一三日。

「おば上、ぼくは今朝からここにいます。解除令が出ないかぎり、終戦までここにいなければならないでしょう。土地は美しく居心地がよく、ぼくはかなり落ち着いています。母の消息をご存じかと思います、今朝報じられたトリーノの空襲のあとですが」レオーネ・ギンツブルグの流刑地からの第一報はこのように始まる。宛先は幼い彼の母親代わりで、そのころからレオーネが「おばさん」と呼んでいるマリーア・セグレーである。ここで「美しく居心地がよい」と書かれているのはアブルッツォ州ラクィラ近郊の、山に埋もれた、レンガ工の小村ピッツォリで、そこでは、「女たちは労役と栄養不足、つぎつぎと休むまもない出産と授乳による疲労ために三〇歳で歯がなくなってしまう」いつもの自己鍛錬ぶりで、レオーネはそこを住処とし、孤独に、放擲されたことに、亡命生活に適応する。

到着時にラクィラ警察署の要望で彼が自分で書いた略歴には次のように記されている。「レオーネ・ギンツブルグ、一九〇九年オデッサ生まれ。一九一四年よりイタリアに定住。一九三一年以降、王令によりイタリア国民。一九三九年の人種法によりイタリア国籍を剥奪される。ファシズムへの忠誠宣誓の拒否により大学職務（トリーノ大学文学部教授資格者）から追放。逮捕され、一九三四年一一月六日の特別法廷によって反ファシズムゆえに四年の刑を宣告される。今戦争勃発のため、強制収容（政治的強制収容）となる」いかなる省略も、いかなる譲歩も、いかなる逸脱もない。数行に要約された一貫した人生だ。

一九四〇年六月一四日。

レオーネがピッツォリに着いた日の翌朝五時三〇分、ヴィレット門を通って、ドイツ軍がパリに入城する。翌日、街のすべての時計がベルリンの時間と合わせるために一時間すすめられた。

一九四〇年六月一五日。

深夜一時四八分、ミラーノに空襲警報。イギリス爆撃部隊のアームストロング・ホイットワース・ホイットレー双翼爆撃機がミラーノを急襲した。建築物数棟が破壊され、数人の負傷者と爆撃による最初の犠牲者が出た。トリーノと同じように、ミラーノで、ムッソリーニが夢みたように、「戦場で軍人としての連帯とわれらが革命の団結を固めるために」ドイツ兵のかたわらでイタリア兵がまだ一発も発砲していないのに、爆撃による民間人の死者が数えられるようになりだした。

一九四〇年六月一六日。

ベルリンおよびパリ時間一〇時三〇分、ナチス兵士たちが凱旋門の下をドイツ式行進。

一九四〇年六月一七日。

「ドストエフスキーとティースの作品の総点検をなしとげたい。社にとっても喫緊のことと思う。当方の現住所を記します」ピッツォリ（ラクィラ県）サッルスティオ街一五五から、レオーネは「トリーノのエイナウディ出版社経営幹部殿」に最初の手紙を送る。以後手紙は百通余つづく。遠隔地で、世界から切断されながらも、レオーネは郵便をかいして自分の仕事を再開する。数年間、とだえることなく、校正刷りに手をいれ、翻訳原稿を見直し、索引を作成し、自分で翻訳し、自分が編纂した本の序文を書き、それらを送るだろう。

一九四〇年六月二〇日。

独仏間ですでに外交団が休戦協定を準備しているとき、イタリア陸軍は「アルプスのかなたの従兄弟たち」にアルプスで攻撃をかける。「背中へのひと刺し」だ。イタリアの攻撃は、失敗に終わる。二日後、フランスのシャルル・アンツィジェール将軍は対独降伏書にサインした。無条件降伏である。

一九四〇年六月二九日。

「愛する母上、いまはこちらにおいでになれませんが、ぼくのことは心配しないでください。元気で、大いに健康的な生活をしていますから。つまりよく眠り、簡素な食事をしています。〔……〕チャオ、愛する母上、いつもぼくのことを思ってくださるのはわかっていますが、あまり悲観的にならないでください！　そしてぼくらよりもはるかにひどい状態にある人がいることを忘れないでください。強くキスを」母ヴェーラへのピッツォリからの最初の手紙だ。二〇年以上もたったのに母親はまたもやレオーネに会いに行けない。またもや、戦争、別離、手紙である。

一九四〇年七月三日。

「この革命さわぎ、《歴史的》事件の発生を見たいという熱狂、この大げさな行状はみな、ぼくらの歴史主義の飽和状態の結果であり、そのためにぼくらは何世紀もの時代をまるで本のページをめくるように扱うのに馴らされて、ロバがひと鳴きするたびに未来の高らかな音が聞こえるとうぬぼれるのだ」このように、明晰に、冷徹に、チェーザレ・パヴェーゼは日記に記している。彼が書いているのはアルチヴェスコヴァード街からトリーノ・ファッショの創設者マーリオ・ジョーダ街に移ったエイナウディ本社だ。隣の机にはだれもいない。

一九四〇年七月一〇日。

ドイツの対英航空戦が始まる。ヒトラーの計画では海からの侵入か降伏がそれを準備するはずだった。ヒトラーは対露戦で東方に向かえるように、イギリスの撤退を望んだ。これは完全に空軍だけで戦われた最初の戦闘で、イギリス首相ウィンストン・チャーチルが多くの名演説のひとつで「イギリス戦」と名づけることになる。彼は二週間まえに表明していた、「フランス戦は終わった。私はいまイギリス戦が始まるのを待っている」

二年まえ、すべての自由民主主義国家の代表が、恥ずべきことに、ドイツとの交戦を回避できるという幻想のもとにチェコスロヴァキアのドイツ併合を請けあったミュンヘン会議の帰途、即刻ナチス阻止に賛同するチャーチルは、イギリス議会前での、もうひとつの名演説のなかで叫んだ、「諸君は不名誉か戦争か、選択をせまられた。諸君は不名誉を選んだ。戦争になるだろう」イギリスの大政治家で民族主義者、女ぎらいのアルコール中毒者はふたつの演説で正しいことを言ったのだ。

一九四〇年七月。

ムッソリーニはアフリカでの新たな攻撃にそなえてさらなる部隊を召集する。クザーノ・ミラニーノの低所得者住宅の中庭で、幼いルイージ・スクラーティはひとりの新兵が泣くのを見た。彼のことは知っていた――中庭ではだれとでも知りあう――、元気な若者で、サッカー全国大会のチルコリーノ・チームのスターのひとりだった。スターは母親の胸に顔をうめて絶望的に泣いていた。数日後、悲劇が中庭を襲う。もうひとりの、同じく二〇歳の新兵が徴兵義務を忌避したのだ。憲兵隊が両親の家を捜索した。二日後、ミラーノの公園で死体が発見されたというニュースがひろまった。「悲嘆のあまり」死んだと噂された。ルイージは戦争を疑いだす。

一九四〇年七月一九日。
アドルフ・ヒトラーからウィンストン・チャーチルへの頻繁な和平の申し入れ。チャーチルは迷わない。頻繁な拒否。

一九四〇年八月七日。
レオーネはローマの公安総局の内務大臣に書く。「下記署名者で、ピッツォリ（ラクィラ県）への流刑者レオーネ・ギンツブルグ教授は、ジュゼッペ・レーヴィとリーディア・タンツィの娘で、トリーノ居住（住所―パッラマッリオ街一五）だが現在はジネーゼ（ノヴァーラ県）在住の妻ナタリーア・レーヴィの到着が許可されるよう申請します。敬具。レオーネ・ギンツブルグ」

一九四〇年八月。

レオーネの姉のマルッシアもアブルッツォに流刑になる。キエーティ県の山あいの、地震でいためつけられた僻村オルソーニャに母親とともに住む。「正義と自由」の闘争でレオーネの仲間だった南部反ファシズム活動家のトンマーゾ・フィオーレもその地域に流刑になっていて、二人の女性の近くにいるために、首尾よくオルソーニャへ移ることができた。


一九四〇年八月一三日。

東アフリカで、英領ソマリアにたいするイタリア軍の攻撃が始まる。ムッソリーニは帝国の拡大を狙う。


一九四〇年九月七日。

ハインケルHe 111航空隊がはじめてロンドンを爆撃。世界を唖然とさせる。

そのときまで、戦争勃発当初からドイツ軍爆撃機のあらゆる連続波状攻撃を混乱させるべく戦闘機操縦士を飛ばせてきたイギリス空軍の果敢な抵抗と、敵機の標定や情報収集の驚くべきシステムのおかげで、ドイツ軍の攻撃は海からの侵入に必要な三日間の制空権を握れずにいた。しかしイギリス軍の防衛力はじつは降伏寸前の状態だったのだ。それを救うのがまさに、以後の空襲の都市部への針路変更の事態であろう。

実際は最初のロンドン空爆は針路をはずれた操縦士二名による誤爆だった。事実、ヒトラーはロンドン攻撃を禁止していた。しかしチャーチルはすぐに報復のベルリン爆撃を空軍に命じた。彼はそれを誇らしげに公言する。「われわれは釈明しようとはしない。逆に、大いなるニュースを報じることを誇りとする。イギリス王立空軍はベルリンを爆撃したと」――そして民間人の爆撃禁止を廃止する機会をとらえる。膨大な民間人を襲うことによって敵の抵抗意欲を粉砕する、いわゆる《モラル・ボンビング理論》である。その後数週間のあいだに、ロンドン市民は何百機もの爆撃をうける。しかし市民も恐怖に負けないだろう。その間に、沿岸防衛システムが再編成の時間を確保する。九月一九日、ヒトラーはイギリス侵攻を諦める。

一九四〇年九月一三日。

リビアの基地からイタリア軍がエジプトに侵入開始。ほとんど装甲師団もないイタリア兵は、荒れた不毛の平坦地で、海抜以下のくぼ地が点在する起伏のない裸の土地、死に至らしめる気候に苦しめられ、東側は広漠とした砂漠に埋もれたマルマリカの小道を徒歩でゆく。ムッソリーニはスエズ運河まで、たぶんさらにその先にまでたっする制限なしの帝国を望む。

一九四〇年一〇月一三日。

ピッツォリのレオーネのもとに家族がやってきた。ナタリーア、レオーネ、幼いカルロとアンドレーアは村の一軒家に住む。家の背後には、畑と、低い、裸の、風が吹き荒れる丘がひらけている。夕方、夫婦は毎日腕を組んで散歩する。レオーネは田野にはいることが禁じられているので、毎日、村のわずかな道を何回も行ったり来たりの同じコースを歩く。村の人たちが戸口に出てきて、「お元気で」と声をかける。「いつ家に帰りなさるのかね?」ときどきだれかが訊ねる。「戦争が終わったら」とレオーネは答える。

一九四〇年一〇月二〇日。

「芸術家が女の関心を引くのは彼が芸術家だからではなく、世間で成功するからだ」チェーザレ・パヴェーゼは果てしない愛の幻滅ゆえに、またもや憂愁に蹴落とされている。日記にはこのほかにも似たような女ぎらい、女への侮蔑があふれている。すでに六月のあの明晰さはまたもや失われている。

一九四〇年一〇月二八日。

ローマ進軍一八周年記念日に、アルバニアの基地を拠点として、イタリアはギリシャを攻撃する。卑怯で無謀な攻撃と思われる。小国ギリシャは親ファシズム政府に統治されており、それを侵略すれば、イギリス軍が北地中海に駐屯して支援に駆けつけるのをギリシャが受け入れることになるだろうから、戦略上、逆効果なことが明らかになるだけだ。しかし当のリーダーたちは、軍服を着て、前線の兵站部にいる名誉職を争う。彼らは抵抗不可能なドイツ軍の戦争兵器の例をまねることができると信じつつ、数週間内のアテネへの凱旋行進を夢みる。ガレアッツォ・チャーノの唯一の心配ごとは「イタリア軍の輸送車が二四時間以内にサロニコに到達するのに必要な燃料を調達できるか否か」だった。

一九四〇年一一月一日。

初のナーポリ空襲。その後二百回ほどもつづくだろう。港湾、東部工業地帯、穀物貯蔵館、サン・ジョヴァンニ・ア・テドゥッチョ地区、西部のバニョーリ地区とポッツオーリ市が被害をうけた。

フェッリエーリ家の人たちはウィンストン・チャーチルが送りこんだ爆撃機をドゥオーモ街裏の路地にあるセッテンブリーニ街一一〇番地の新居で迎える。それは建物の中庭の一階建ての元倉庫で、台所も浴室も窓もなく、入口のドアだけのだだっ広い一室だ。ナーポリで「バッソ（低い家）」と呼ばれるタイプの家である。そこに、ペッピーノとイーダ、四人の子どもに祖母アスパージアの七人のフェッリエーリ一家が暮らす。ダブルベッドがあり、そこに新生児のマリーアをはさんでペッピーノとイーダが眠り、ふたつ目のベッドに三人の男の子、祖母は折りたたみ式ベッドで寝る。朝、このベッドをたたんでテーブルを移動させると、食堂になる。ほかに整理ダンスと三枚扉のタンスと食器戸棚がひとつずつ、椅子が四脚。浴室は中庭を横切って行く。建物の張り出し玄関に門番小屋をかねた小部屋があり、フェッリエーリ家の人たちに便所と洗い場を提供する。片隅に汚れ物をあらう石の洗い場がある。すべてを覆うように一本のロープにひろげられたシーツが羞恥心をかくすヴェールとなっている。中庭の反対側の、バッソの入口のそばに小さな炉があり、そこで祖母のアスパージアが野外で料理をする。

アスパージアはまた、熱心に郵便物を分類したり中庭を掃いたりし、人の出入りを監視もする。門番としてわずかばかり稼いでいるのだ。だがいま一家を支えているのはイーダだ。彼女はイタリア防空協会の看護師コースを終えて、いまは地区の家々をまわって注射液を配っている。傷口の化膿による死亡率低下の訓練をうけたが、いまのところは主に肺炎や気管支肺炎、産褥熱、淋病と梅毒の注射液だ。呼吸器、出産、性にかかわる細菌。症状によっては三時間ごとに注射をしなければならず、イーダはすでに四人の子もちなのに、しょっちゅう夜に家を空けなければならない。ペッピーノが子どもの世話をし、仕事が見つかれば働く。貧乏は、よく言われるように、黒いのだ。

一九四〇年一二月八日。

ギリシャで惨敗。開戦四日後にすでにイタリアの攻撃は停止していた。ギリシャ軍はラッパを鳴りひびかせて前進し、その後反撃に出て、装備が貧弱で武器もなく、命令系統もこころもとないユーリア山岳師団にアルバニア領土への退却を余儀なくさせた。一二月六日、二四時間以内に粉砕されるはずだったこの脆弱な敵はサンティ・クァランタ〔現サランダ〕のイタリア領を占拠。二日後の一二月八日にアルジロカストロ〔現ジロカストラ〕に到達し、全侵略軍を海に撃退してやるとおどした。同盟国ドイツとの同時戦を完全に自立してなしえるという幻想は終わった。ムッソリーニはヒトラーに支援を要請することを恥じる。以後、作戦面においても、完全にヒトラーの言いなりになるだろう。

一九四〇年一二月一〇日。

「最終的解決案」。これはヒトラーがギリシャでのムッソリーニ支援の準備をしながら、ドイツ配下のヨーロッパでの「ヘブライ問題」の解決のためにラインハルト・ハイドリヒに作成を命じたものだ。

この用語はヒムラーが一二月一〇日にベルリンに召集された党幹部の前でする「システム化」関連の演説のためにアイヒマンが準備していたメモではじめて使われた。アイヒマンの見積もりでは追放ユダヤ人は五八〇万人。その見積もりが正しかったことがのちの事実から証明されるだろう。

一九四〇年一二月一一日。

「親愛なる教授殿、シチーリアの詩人たちはずっと引き出しのなかですか？　どうです、ぼくは教授が予告なさった明晰で総合的な解説を忘れていないのですよ。〔……〕ぼくもここにマンゾーニ関係の、必要になりそうな原稿や本をすべて持参し、それらの原稿を二度、出してみましたが、加筆すべきことはなにもなく、すでに書きあげたものの句読点をいくつか直しただけです。しかしここでは勉学はたぶんより重要なことではないようです、風景はまるでフラマン派の絵のようですし〔……〕、ここの人たちはまさにイタリアの民衆がずっとそうであるように謙虚で礼儀正しいですから」クリスマスが近づき、雪に閉ざされ、戸口に狼がくるピッツォリから、レオーネはサントッレ・デベネデッティに書いている。研究者からもう一人の研究者への、友人からもう一人の友人への手紙。その「謙虚で礼儀正しいイタリア人」の悪魔の同盟者ヒムラーの目には、一人のユダヤ人からもう一人のユダヤ人への手紙でしかないだろう。追放すべき五八〇万人のうちの二人だ。

一九四一年

一九四一年一月三日。

イタリアの参戦二年目はリビアでのイギリス軍の反撃とともに始まった。彼らはバルディーア一帯を攻撃した。要塞都市の防御線はほぼ即刻陥落。二〇日後にはイギリス軍はトゥブルクに到達するだろう。

ドイツで、イタリア軍支援のために派遣されるアフリカ軍団の準備が始まる。五個師団がリビアのキレナイカ砂漠に似たアルタ・シレジア〔上シロンスク地方。ポーランド南西部、チェコ北東部に属する〕の砂漠地帯で訓練をうける。二月六日、エルヴィン・ロンメルが指揮官の任を引きうけるようヒトラーに呼ばれる。同日、グラツィアーニ元帥ひきいるイタリア軍がベダ・フォムで英豪軍によって壊滅。キレナイカが失われる。かくて、二月になると、リビアに送られるドイツ兵が大挙イタリア領土内に入りだすだろう。彼らは武力で駆逐されるまで、そこを離れないだろう。

一九四一年一月。

クザーノ・ミラニーノでも、イタリアの他の地方と同じように、軍の敗退に並行して体制側の戦争プロパガンダが強化されだす。ルイージ・スクラーティは両親と教会の青少年集会所《オラトーリオ》の映画会でアフリカ戦を扱った映画『操縦士ルチャーノ・セッラ』を観た。一九三八年ヴェネツィア映画祭でムッソリーニ杯を獲得したものだ。少年は映画館ではたいがい寝てしまうのだが、このときだけは最後のクレジット・タイトルまで目をあけていた。幼いルイージはトリポリタニアの砂漠でのイタリア騎馬隊の偉業をたたえる一九三六年作の映画『白い騎兵隊』も観につれていかれた。プールやボッチェ、バスケットボール、テニスのできる設備のととのったジェルリ社の劇場での朝の上映会に行けるように、ルイージは家にとめおかれていた。その日はじつは、歯茎が化膿して、学校に行かなかったのだ。ラクダに乗った陰鬱な顔のルドヴィーチ中尉の強行軍はルイージにはずっと歯痛と結びつくだろう。

一九四一年一月七日。

「母上、なにかあなたの情報があるかときょうも郵便を待っていましたが、またもやなにもありません。インフルエンザが流行って、ほんとうに、すこし心配です。子どもたち、とくにカルロが風邪ぎみなのを別とすれば、ぼくらは元気です」ヴェーラがクリスマスに肺炎にかかったので、レオーネは母親の健康状態を心配している。数日後に、内務省の許可をえて、息子は母を見舞いにオルソーニャに行くことができた。そこでトンマーゾ・フィオーレとの交流をあらたにした。アブルッツォの山々は雪におおわれていた。

一九四一年一月八日。

ナーポリの開戦二年目も空襲とともに始まった。ルッチ大通りとボルゴ・ロレート地区が破壊される。

一九四一年二月八日。

「ぼくのビンディ、おくればせながら、簡単なトリーノ市民名簿できみの父上のご逝去を知った。心からお悔やみ申し上げる、きみとの友情だけでなく、ぼくらの少年時代と青春前期の忘れがたい思い出ゆえに。〔……〕長いあいだご病気だったのか、なんの病気だったのか、きみはトリーノにいたのか、母上はお元気なのかなどなど、ほかにもたくさんあるだろう、思いついたらいろいろ教えてくれ。それなのにぼくはこんなに遠くにいて、ぼくにとどく情報はおくれるし、しかも間接的だ」一九四一年冬にその父親の死を知って、レオーネはこんなふうにノルベルト・ボッビオに書いている。エイナウディ出版社との頻繁な手紙のやりとりから、その冬は仕事が多かったことがうかがわれる。エイナウディ社はギンツブルグに、このときナチスによってベルギーに監禁されていたヨーハン・ホイジンハの『ロッテルダムのエラスムス論』とドストエフスキーの『賭博者』の翻訳の総点検を託していた。レオーネはいつもどおりに細かく粘りづよい仕事をし、文章や言いまわし、綴り字を抜かりなくチェックし、ささいな見落としや誤植、直すべき不正確さなどをすべて指摘する。エイナウディは彼の翻訳者としての素質をたたえながらも抗議する。「ひどい人手不足のこの時期、ゲラの訂正は、莫大な費用がかかるうえに、通常の二倍、三倍もの時間がかかることを理解してほしい」レオーネは憂鬱症の気分になる。

エイナウディがレオーネに『悪霊』の序文を依頼し、レオーネは伝記上のデータに固執して、イタリアの読者にドストエフスキーがロシアを遠くはなれた根無し草のような人物で「郷愁に蝕まれ、絶対的な孤立に押しつぶされつつも」若い妻とともに「屈辱的な、慢性的貧困と」日々たたかい、「不在が長引くことによって、祖国の日々の生活のさまざまな面を確信をもって解説できなくなるのを恐れて」毎日ロシアの新聞をすみずみまで読むことをやめなかったと紹介するだろう。ときどき、これをぼくらはナタリーアの記憶から知るのだが、ギンツブルグにとって亡命者としての郷愁はドストエフスキーにとってと同じように、「鋭く、苦く、憎悪となるほどだった」

それに、雪にうもれて動きのとれない平野が流刑の単調さを募らせる。毎朝一〇時、レオーネは憲兵隊兵舎に出頭して存在を確認させなくてはならず、そのあと一家は長い煙突が天井を走る緑色のストーブをつけ、全員が「そのストーブで暖まった部屋に集まって、そこで料理をし、食事をし、そこの楕円形の大きなテーブルでレオーネは根気よく仕事をし、子どもたちはおもちゃを床にばらまく」母親は毎日幼いカルロとアンドレーアを外につれだして、真っ白で人のいない平野を散歩させる。ときたま出会う村人たちが、その土地では冬のあいだは子どもたちを家から出さない習慣なので、流刑者の子どもたちを憐れんで眺め、「かわいそうに、この子たち、なにか悪さでもしたのかね?」と訊く。

一九四一年二月。

ポーランドのアウシュヴィッツ大収容所の収容者たちは蚤や虱に襲われていた。消毒係の収容者がズボン下に防毒マスク姿になる。衣服をばたばたはたいて、床にチクロンBという強力殺虫剤の結晶を投げる。「結晶粒を投げたあと、われわれは外に出てドアを閉め、隙間を細長い紙片でふさいだ」係の一人のアンジェイ・ラブリンの証言だ。この方法で、アウシュヴィッツでは最初のころは虫を殺していた。

一九四一年三月。

イタリア全土が飢えている。国は充分な食料の備蓄もなく戦争に突入した。政府は電撃的な勝利を当て込み、主な必需品の配給券による配給制で需要に対処できると幻想をいだいたのだ。実際は、参戦直後の数か月から、大部分のイタリア人の一日は、すくなくなってゆく食品類を懸命に探すことに費やされた。商品は姿を消し、パンのための小麦粉に茹でたじゃがいもが混ぜられ、闇市がはびこった。

ナーポリではイーダ・イッツォが夫婦のベッドの下にサラーミとベーコンを隠していたかどで逮捕された。四人の子どもにすこしでも動物性蛋白質をとらせようと、闇商人の准尉とラード百グラムと交換するためだった。ポッジョレアーレの刑務所に収監されたが、数日後に夫のペッピーノが身代わりに出頭して、彼女は釈放された。じつはペッピーノはそんな駆け引きをする才覚などないどころか、おめでたいことに、なにひとつ気づいてもいなかった。イーダが釈放されたのは従姉のアデリーナとチヴィーレ一家のほかのみなの口利きのおかげだった。

ミラーノでもきびしい食料難となった。アントーニオ・スクラーティもみなと同じように、常時、闇市に頼らざるをえなくなった。米を探すときは、自転車でパヴィーアめざして走った。肉が必要なときはブリアンツァめざして走った。ある晩、鶏を一羽、紙につつんで帰宅した。妻のアンジェラが内臓を取り除こうとした。痩せこけた鶏の腸は蛆だらけだった。小さなルイージはそれを目撃して以来、生涯、二度と鶏を食べない。

一九四一年三月一一日。

F・D・ルーズヴェルトが、アメリカの軍需産業界から連合軍への補給物資の貸与を可能にする賃貸借法に署名した。イギリスに亡命していたドイツのもっとも権威ある知識人のトーマス・マンがBBCをとおして自国民にメッセージを送った。この時点でドイツがアメリカ合衆国とも戦争状態にはいったことを明かす。「きみたちはどうなるのか?」と警告。「きみたちが敗北すれば、全世界の復讐がきみたちの上に落ちるだろう」

一九四一年四月六日。

東アフリカのイギリス領を侵略していたイタリア軍は反撃にあっさり屈した。イタリア領エチオピアの首都アディス・アベバが、伝説的な特殊ゲリラ部隊であるギデオン・フォースの指揮官オード・

ウィンゲート少佐に降伏したのだ。彼は白馬にまたがって入城した。三月三一日にはすでにアスマラが陥落していた。四月七日にはマッサワが陥落するだろう。ムッソリーニの帝国は消滅した。

五月五日、わずか五年まえにマスタード・ガス旋風で追放されていたエチオピア皇帝ハイレ・セラシエが首都に復帰。和平を説く機会と精神を見出す。「天の天使も地上の人間も予測しえなかったきょうこの日、私は諸君のあいだに私を送ってくれた神の愛にことばにつくせない感謝をささげる。きょうはエチオピアの歴史の新時代の始まりである。〔……〕それゆえ、悪をもって悪に報いてはならない。こんにちまで敵がわれわれになしてきたような残虐行為はいっさい犯してはならない」

一九四一年四月一四日。

「どの女も欲得づくで結婚するのではない。みな抜け目がなくて、百万長者と結婚するまえに、彼が彼女に恋するように仕向けるのだ」チェーザレ・パヴェーゼの日記より。

一九四一年四月二七日。

ドイツ軍がアテネに侵攻。イタリア軍の支援に駆けつけたドイツ国防軍はわずか五週間でギリシャ全土を征服する。鉤十字がパルテノンにひるがえる。

一九四一年五月二二日。

「とてもきれいで、引き裂きたくなるような女ものの服がある」エイナウディ社が『故郷』を出版する。チェーザレ・パヴェーゼの小説第一作だ。この本を機に批評界が彼に注目しだす。それでも彼の日記にはそれについての言及はない。この短い小説は、旧弊な農村の悲劇的な背景に埋もれた強姦、近親相姦、妹殺しの物語だ。

一九四一年六月一四日。

「親愛なる教授殿、『ヨーロッパ史』、大変ありがとうございます。じつは心から待ちわびていました。〔……〕きのうで、ここに来て一年になりました。村人はとても親切ですが、こんなに単調で、考えをぶつけあうことのない生活には表面的にしか馴染めません。町以上に友人たちに郷愁をおぼえます。幸いナタリーアがいますが、彼女は年じゅう子どもの相手で忙しく、それにたいがい疲れています。それでも疲れをよく克服して——夜、子どもたちが寝ついてから——ぼくが翻訳やゲラの直しをしているテーブルについて、自分の短篇や翻訳などにかかります。ぼくらの最良の時間です。むろん、すべてにおいて、大変な忍耐力が必要ですが」このようにレオーネは、流刑生活一年目に、ともに「歴史文化叢書」を始めた著者のルイージ・サルヴァトレッリに宛てて書いている。数行のうちに「忍耐力」とその逆の「待ちわびて」が二度出てくる。同じころの、エイナウディとの出版をめぐる手紙にはかすかな裂け目が見えだしている。目下のところはようやく目につく程度の裂け目、マグマが固まるときの火成岩の場合のように、乾燥や、あるいは冷却のために、岩にすら生じるあの亀裂のひとつだ。

一九四一年六月。

ジューリオ・エイナウディがライバルのモンダドーリ社が『戦争と平和』の新版を準備しているとギンツブルグに報告する。それに対抗するために、トルストイが、ナポレオンのロシア侵略の数か月間のボルコンスキー家とロストフ家の物語を語っている大傑作の旧訳をただちに見直すように求める。

一九四一年六月二二日。

ヒトラー、ソ連侵攻。朝四時四五分、バルト海から黒海まで戦列をのばしていた装甲師団に前進を命じる。ドイツ軍が投じた攻撃陣は、一四六個師団（うち一九が装甲師団、一四が自動車化歩兵隊）、総動員兵三五〇万人、戦車三三〇〇台、自動車六〇万台、さらに大砲七千門、飛行機二七七〇機、馬約六二万五千頭。史上最大の作戦である。ヒトラーとスターリンの異様な同盟条約はくつがえり、ナチズムと共産主義、東西の対立を生みだして全体戦争を勃発させ、世界の運命を決定するのだ。攻撃は、一二九年まえに、ナポレオン軍がモスクワめざしてネマン川をわたった日の前日に始まった。

一九四一年七月五日。

ドイツ軍がドニエプル川に到達する。すでにフランスや他のあらゆる戦争の舞台でそうだったように、ドイツ軍の装甲師団は数時間で敵の防衛線を突破した。「バターのかたまりに剣を刺すようにはいった」とだれかが言っている。ポーランド、ベルギー、フランス、ギリシャ、ユーゴスラヴィア、アフリカでそうだった。それがいまロシアで起こっているのだ、西側の国境を守るためにスターリンが二五〇万の兵を投入したにもかかわらずだ。

一九四一年七月一〇日。

ロシア戦へのイタリア山岳隊の先発割り当て人員が出発する。大敗また大敗を喫しているにもかかわらず、ムッソリーニは執拗にヒトラーと勝利を分かちあいたいと願う。例のごとく、この瞬間まであらゆる発案の蚊帳の外に置かれていたイタリア人同盟者に六月三〇日に送った手紙でヒトラーは、まったくの準備不足のイタリア兵をおびただしい軍事作戦に送ることを思いとどまるようにと虚しく説得しようとしている。「統領閣下、〔……〕ソヴィエト装甲旅団を連続的に攻撃し、大砲を撃ち、破壊して八日になりますが、にもかかわらず、その数にもその攻撃能力にもまったく減少が見られません。まさに驚くべきは想像を絶するロシアの戦車で、五二トンほどもある巨大戦車の装甲板は最高品質の七五ミリメートル、これには最強の対戦車武器の使用が必要です」ムッソリーニは説得されるのをよしとせず、対戦車武器などほぼ皆無のイタリア軍兵士をドン川に送り込む。

一九四一年七月一六日。

ドイツ軍の怒濤の進軍はとどまるところをしらない。スモレンスクがドイツ国防軍に占領される。

一九四一年七月二一日。

「きょう、『戦争と平和』にとりかかる。テキストがなくて残念。見つかるだろう疑問点をそちらに照会しなければならないだろう。〔……〕ゲラの見直しにかんしては、有能な人にやってもらわなくてはなるまい。さもないと――読み分け符号のために――まちがいが多出する。どうしてぼくにまかせてくれないのか理解に苦しむ」『戦争と平和』に着手したことをエイナウディに伝えながら、ギンツブルグは原著がないことを嘆いている。七月一四日に出版社からの連絡で、ロシア語の原著が入手できなかったので、校訂者は原著との照合を諦めねばならないだろうと伝えていた。校訂者は流刑地から、抗議する。

一九四一年七月二五日。
民主党のアメリカ合衆国大統領フランクリン・D・ルーズヴェルトが「自由世界」の二人のリーダーが活発なやりとりをしていた多くの秘密書簡の一通をイギリス首相ウィンストン・チャーチルに送る。「われわれはドイツとイタリアを絶えざる、つねに加速する空襲にさらさなければなりません」

一九四一年七月三一日。
SSがユダヤ人の徹底捜索と絶滅収容所への移送を開始。

一九四一年七月三一日。
ギンツブルグはモラバ〔モラヴィア〕地方の小村の正しい名称を救おうとする。「一昨日、見直した『戦争と平和』第一巻を送った。原著と照合すべき個所に小さな十字印、きみが綴りを書いたもので確認したほうがいい地名にはゲラに疑問符を記した。たとえば、モラバ地方の小村の名前は、Grunth, Grünt, Grüntとなっている。むろん、どれか一つだけが正しい名称だ」

一九四一年八月一日。
エストニア、ドイツ軍に占領される。

一九四一年八月一五日。
ドイツ、ウクライナを征服。

一九四一年八月二一日。
ドイツ国防軍、キエフに接近。

一九四一年八月三〇日。
エイナウディ宛てのギンツブルグの終わることのないハガキ。「昨日は『戦争と平和』のテキスト、そしていま翻訳の最初の束を入手。これの見直しについてのそちらの指示にはがっくりした」できるだけはやく終えるようにという指示が届いていたのだ。八月二六日の手紙で、エイナウディは、千リラ送金したと伝え、すべての時間をこの仕事に向けるようにと促している。「われわれは九月一五―二〇日以内に一冊分をぜんぶまとめて受けとりたい。始まった植字が中断されて、出版計画のすべて

（紙、本の予約、他出版社とのスピード競争）が取り返しのつかない被害をこうむるのを回避するためだ」九月四日の返信で、レオーネはその日付まで手抜かりのない見直しを送れるかどうか疑問だと述べている。あきらかに、彼の競争は別種の競争だ。

一九四一年九月八日。
ドイツ機甲師団の装甲車両がネヴァ川に到達。レニングラード包囲の開始だ。それは二九か月つづくだろう。包囲された住民の半数が犠牲になるだろう。にもかかわらずレニングラードは陥落しないだろう。

一九四一年九月一九日。
ウクライナの首都キエフがドイツ国防軍に占拠される。

一九四一年九月二〇日。
エイナウディがギンツブルグに苛立った手紙を送る。きびしい口調で、『戦争と平和』の完全な見直し原稿を「断固として」予定期限内に渡すことを確認し、出版の断念を危惧する。さらに、その序文も催促する。

一九四一年九月二九日。

キエフ近郊のバビ・ヤール峡谷の虐殺。三万三七七一人のユダヤ人がナチスによって殺され、谷に投げ捨てられた。前日、市内の壁に張り出されたポスターに次のように書かれていた。「すべてのユダヤ人は身分証明書、現金、貴重品、さらに冬の衣服、下着などを持参すべきこと。この指示に従わず、他の場所で発見されたユダヤ人は銃殺」二九日朝、犠牲者たちが定められた場所に着きだしたころはまだ暗かった。大部分が貧しい老人や病人、障害者、女、子どもたちだ（健康な男は赤軍に召集され、金持ちは逃亡していた）。彼らは命令どおりに、包みやボール紙の旅行鞄、旅行中の食糧を入れた手提げなどをもっていた。事実、ウクライナのユダヤ人はそれらの手提げなどの行き先は収容所しかないと思い込んでいた。メルニコフ通りの奥、ユダヤ人墓地の向こうは、一五〇〇メートルほどもある深い絶壁だ。その、ドニエプル川のほうに下っている峡谷がバビ・ヤールである。ウクライナ語でバブシュカ、祖母の喉という意味である。

一九四一年一〇月二日。

アブルッツォの山々にうもれた小村ピッツォリ。ウクライナ・ロシア系ユダヤ人のレオーネ・ギンツブルグは屈しない。出版社主におびただしい数のハガキを書く。『戦争と平和』第四巻の他の部分を同封する。おくれたが、ぼくのせいではない。家族全員がインフルエンザにかかり、ぼく自身もあまり体調がすぐれなかったが、一日として見直し作業は中断しなかった。〔……〕おくれた時間を取りもどすのではなく（それは不可能だから）、おくれを最小限にしたい。第一巻のゲラのあと、ゲラを受けとっていないことから、印刷所が大急ぎで仕事をしていないと推測するが、むろん、ぼくの行動指針はそんなことに左右されない」レオーネの行動指針とは、みずからにたいする忠実さだ。「きみを満足させるためにできるだけのことをするが」とエイナウディに書く、「ぼくの仕事の速さには越えがたい限界が、正確さという限界がある」その限界を彼は越えない。校了まえに全体にノンブルのはいったゲラをいま一度見られるようにと依頼する。

一九四一年一〇月八日。
ドイツ軍がアゾフ海に到達し、マリウーポリ〔現ジダーノフ〕を攻略。

一九四一年一〇月一三日。
台風作戦。ドイツ第三装甲師団がモスクワ攻撃を開始。

一九四一年一〇月一六日。
モスクワで、「戦闘不適格者」の避難が始まる。それ以外の全員、つまり銃をかまえることのできる者は赤軍の二五個師団に編入された。レーニンの遺体のはいった棺は霊廟から赤の広場に移され、秘密の場所に運ばれた。一九日に戒厳令発布。街の防御はジューコフ将軍に託される。

一九四一年一〇月二四日。
エイナウディが『戦争と平和』の返しがおそいとあからさまにギンツブルグを非難。社の出版計画全体が危機に瀕しかねないという。極端なまでの正確さの追求を皮肉るほどだ。「さらに同じ巻の、きみの過剰な訂正のはいった最終ゲラも落手。万人承知のきみの正確さにもかかわらず、まだ多くの訂正があるとは不思議だ」出版社主は最後通牒で手紙をしめくくる。「一〇月三〇日以内に『戦争と平和』全体を送ってもらいたい（それに反する場合は、きみが見直したのではない別の写しをもとに印刷を続行する）」

一九四一年一〇月二七日。
ドイツ軍はモスクワ占拠までもう一歩に迫った。エミール・マークグラフ将軍ひきいる第七八歩兵師団がソヴィエトの首都の第二の、そして最後の外防御線付近に到達した。モスクワの二外防御線のひとつはすでに一〇月半ばに前線全域で突破されていた。モスクワと鉤十字の距離は七〇キロメートルもない。しかし翌日、ソヴィエト軍の猛反撃がドイツ軍を撃退し、守勢に立たせる。

一九四一年一〇月二七日。
「きみがぼくにたいしてしていることを考え直すよう求める」レオーネのエイナウディへの返信の口調は芝居がかっている。おそらく、幼い彼が遠い母親に書いていたころからのメロドランマ調ともいえる唯一の文面であろう。「きみは、地名や技術用語、いろいろ未決定の表現などが残ったままのゲラをぼくに見せずに印刷にまわす、さらに、むろん大いなる自覚をもってなし、いちじるしく改善されたのだろうが、きみでも回避できない不注意（脱字など）がつきものの作業の結果をぼくに再読させないと言う。ぼくが目をとおしていないテキストのまま印刷を続行すると脅かす。その脅しはきみ自身にたいしてするといい。きみの出版物はダチョウ〔エイナウディ社の本のシンボル・マーク〕が人びとに好まれるからだと思わないように。入念に作られ、読みやすいから売れるのだ。正確さが中途半端で読者の敬意が薄れれば、読者はきみを見限る」読み分け記号の最後のひとつまで、綴り字の最後のひとつまで、タイトルやインタータイトル、折り返し、表紙の絵、訂正すべき誤植やまちがいや見落としの最後のひとつまで、一冊一冊の本の品位がギンツブルグにとって、文化の品位であり、テキストを守ることが人間の尊厳を守ることになっているのだ。アブルッツォの山々のなか、見捨てられた拠点に爪でしがみついて、レオーネ・ギンツブルグは歩哨の立場を守る。

一九四一年一一月一八日。

ナーポリ。鉄道や港、市内の主要な工場などを標的とした九日と一一日の空襲のあと、イギリス軍爆撃機は一一月一八日にコンコルディア広場の避難所を爆撃して、崩壊させた。死者一〇名ほど、生きのびた者たちも瓦礫に埋もれた。

一九四一年一一月二九日。

ギンツブルグは八月に短期間の退出申請をして受諾されていた。そこで、一九四一年一一月末から一二月初旬まで二〇日間ほどトリーノに帰る。そこで、自分がいまや「中年世代」の人間であることを発見する。もう一人の大知識人、ジャーイメ・ピントールと自分を比べて発見したのだ。貴族の出自で、外交官のキャリアに踏みだしていた若き知識人、ドイツの革命的右派の文化にたっぷり浸った最高の翻訳者は、彼の世代、「内的ドラマを構築する時間がなく、完璧に構築された外的ドラマを見つけた」世代の最高の文学的知性をそなえた一人だった。ファシストがローマ進軍をしていたときに生まれ、ファシストではなかったが、ピントールはファシスト政府のためにフランスとの和平交渉に尽力し、大学ファシスト・グループによって文化・芸術の競技会であるリットリアーレに派遣され、もっともファシスト的なボッターイの雑誌に反ファシズムの論文をのせ、政府の扉をエイナウディ社のために、エイナウディ社の扉を政府のためにひらいた。その一方で、現在の塹壕状況からの唯一の脱出法はファシスト・反ファシストという対立の超克だと確信していた。

一一月二九日午後、レオーネ・ギンツブルグがついに――その間にピントールと親しくなっていたチェーザレ・パヴェーゼ、ジューリオ・エイナウディ、カルロ・ムシェッタとともに――自分が創設した出版社の幹部会にふたたび出席できたとき、そこで、ジャーイメ・ピントールのうちに新しい鼓吹者を見出した。ピントールは現在の不安に立ちむかい、ギンツブルグはヨーロッパの偉大な古典の伝統を支えとする。しかも一〇年後の鏡に映しだされる伝統を。しかも世界戦争のまっただなかに。ジャーイメ・ピントールは実際はレオーネより一〇歳若いだけだが、このような状況では一〇年は一世代といえるのだ。

この出会いののち、ピントールは、日記のなかで、ギンツブルグはイタリア文化の最大級の知性だと述べたあとで、彼を「モラリスト」と定義している。

レオーネはともあれ、わが道を行く。ふたたび出版社の手綱をとろうとし、旧友たちに会い、すこし体調を崩しながらも、わずかな自由の日々を利用して、まだ自由の身にあるわずかな反ファシズムの活動家たちと会い、のちにここからレジスタンスの大部分が発生する「行動党七か条計画」をひろめようとする。その計画では、イタリアは自由で民主的な社会主義共和国になる。これらのことをし終えてレオーネは流刑地へもどる。

一九四一年一一月三〇日。

その間に、モスクワ一帯では、ドイツ軍が二回目の首都攻撃をかけていた。気温は零下四〇度まで下がった。砲火で死ななかった兵士たちは凍死した。武器まで凍りついて機能しない。にもかかわらず、第二五八歩兵師団の分遣隊がモスクワ郊外からわずか八キロメートルの小都市ヒムキの攻略に成功する。しかしスターリンは落胆しない。ドイツ軍が赤の広場から二〇キロ地点にいるのに、断固首都をはなれない。

スパイから日本軍が対アメリカ戦の準備をしていると知らされたソヴィエトの独裁者は、狂気といわれた決断で、東側の全戦線を撤退させて全軍をモスクワ防衛に移動させる。途方もない気温下での戦闘になれているシベリア兵の三個軍団が前線に登場する。つづいてコサック、モンゴル、トゥルケスタンの騎兵隊。街はしかし異なる三方向からの攻撃にさらされる。ハインツ・グデーリアン将軍が南方から上がって、トゥーラ―セルプホフ間の鉄道の切断に成功。モスクワ攻略を視野に入れて、グデーリアンは、英仏軍を敗走させたあと、参謀本部をレフ・トルストイが生まれ、埋葬されているヤースナヤ・ポリャーナの村に移す。

一九四一年一二月。

アブルッツォ山中の流刑地にもどり、ストーブの煙突が天井をめぐるただひとつ暖かな部屋で、レオーネ・ギンツブルグは、ヤースナヤ・ポリャーナで零下四〇度のなかの戦争が展開しているころ、ホメーロスを彷彿とさせる大傑作『戦争と平和』の序文を完成させる。レフ・トルストイがダイス遊びとセバストポリ包囲に明け暮れた青春時代を過ごしたあと、婚約後一週間で結婚し、夫が叙事詩を書いているあいだに一三人の子どもを産む一七歳の妻とともにモスクワから百キロはなれた僻村で七年の歳月をかけて完成させたものだ。

『戦争と平和』の深い理解から、ギンツブルグは「歴史的人物と人間的人物」のちがいが基本にあると考える。人間的人物は、「愛し、悩み、まちがいを犯し、それを改める、つまりひと言でいえば、生きている」だが歴史的人物は「自分が書いたのではない役割を演ずることを余儀なくされている」、自分はつねにそれを即興で演じていると思いこんでいるが。ピョートル・ベズウーホフ——主要登場人物の一人——が恋をすると、トルストイは全世界に彼の感情を共有させ、彼を親近感でとりまく。ギンツブルグによれば、これが起きるには確固とした理由があるのだ。「ピョートルは人間であり、人間社会の一員である」から。ところがナポレオンは、モスクワ制覇ののち、疲れを知らぬエネルギーで街の生活の再建を図ったが、街は彼の正確で適切な措置のいずれにも応えず、あたりはばからぬカオスと略奪に突入した。それは当然なのだ、ギンツブルグによれば、「ナポレオンは歴史的世界の人物であり、人間世界まで彼の声はとどかない」から。

それから、この文章を書き終えたあとで、レオーネはたぶん、彼が仕事をしているテーブルの下の床に玩具をばらまくカルロとアンドレーアに、エイナウディ社から出る彼女の最初の小説の最後の見直しをしているナタリーアに目を向け、自分よりりっぱな妻のために良き夫に、一三人の子どものために良き父親に、百人もの農奴のために良き主人になるべくヤースナヤ・ポリャーナに隠遁したトルストイを思いながら、つけ加える。「この経験（戦争）のあとで私的生活にもどるのは、後退ではなく、自発的で創造的な唯一の活動、各自が自分の場所にいて、――可能なかぎり――自分の義務をないがしろにしない活動だ。この生活の正常さと自然さは必要と基本的現象の世界から遠い。〔……〕、平和が戦争から遠いように。《戦争》は歴史的世界であり、《平和》は人間的世界なのだ」トルストイの共感は――レオーネは結論を出す――この後者の世界に向かっていた。

一九四一年一二月七日。

日本の空海軍がハワイ島の真珠湾海軍基地に駐屯するアメリカ軍施設を急襲し、アメリカ軍艦の大部分を破壊した。イタリアはドイツ・日本との三国同盟を守って、アメリカ合衆国に宣戦布告する。

一九四一年一二月一五日。

赤軍がクリンを奪回。疲弊しきっていたにもかかわらず、勝利の反撃に出る力があった。ドイツ軍は撤退。モスクワは救われた。甚大な犠牲。

一九四二年

一九四二年一月。

「チャオ、きみたち市民はぼくらを忘れないでくれ、孤立に忘却まで加わったらあまりに悲しい運命だから」こんなことばでレオーネは一月三日に友人のフランコ・アントニチェッリに新年の挨拶を送った。ギンツブルグは短期間のトリーノ滞在後、ふたたびピッツォリの雪に埋もれている。

一月一〇日、エイナウディ社は新人作家アレッサンドラ・トルニンパルテの小説『町へゆく道』を刊行する。新シリーズ「現代作家」の三冊目だ（一冊目はパヴェーゼの『故郷』）。アレッサンドラ・トルニンパルテはナタリーア・ギンツブルグのことで、ユダヤ人ゆえに初めて刊行された本に本名を出せなかったのだ。短い小説は、世界が不可解で巨大で恐ろしいものと映る貧しい農家の娘の視点で語られる家族の物語である。タイトルはレオーネが選んだ。トルニンパルテは、ギンツブルグ一家が流刑者として荷物を受けとったり送ったりするピッツォリ近郊の村の名前である。

一月一五日、ムッソリーニの新聞『ポーポロ・ディ・イタリア』で、ローマ大学のギリシャ学者ゴッフレード・コッポラが、イタリアと交戦中の国に生まれた作家たちの本を出版していると、エイナウディ社を攻撃する。コッポラはレフ・トルストイと、ギンツブルグの長期の見直しのあとにようやく印刷された『戦争と平和』に怒りの矛先を向ける。ギリシャ学者は大作家の名前がLeone Tolstoiとイタリア化されていないことを敵との内通のごとくに告発する。とくに、どこにもギンツブルグの名前が表示されていないにもかかわらず、コッポラは明らかに事情に精通していて、Tolstojという正しい綴りは匿名の編者の「外国人のユダヤ的精密さ」に帰せられると糾弾する。

ファシスト国民文化相ボッタ―イの雑誌『プリマート』に掲載された記事で、ジャーイメ・ピントールは一度も名前を出すことなくギンツブルグを擁護する。「『外国人のユダヤ的精密さ』とはなにを意味するのか？　トルストイの名前はTolstojと書くのであり、ファシズムのイタリアがボルシェヴィキのロシアと交戦中であることが固有名詞をまちがうことのもっともな理由になどならない」ピントールはやすやすとコッポラのお粗末な知性を封じた。翻訳者ギンツブルグの名誉は救われた。しかし、名前を名乗れないユダヤ人擁護の声はひと言もない。コッポラのはげしい攻撃は「宗教戦争」と題する記事として登場していた。

一九四二年一月二二日。

ナチスの腹心の将校と官僚が秘密裏にゲーリングに招集されて、「ユダヤ問題の最終的解決」の報告をうけ、その実行を促される。会議がもたれたのはベルリン近郊のヴァンゼー湖畔の館である。そこから数メートル先で、一八一一年一一月二一日、ドイツ・ロマン派の最大の作家ハインリヒ・フォン・クライスト（イタリアではほかならぬピントールが翻訳している）が、三四歳になって、いまなおどの出版社からも拒絶されて、同意のうえにまずは恋人ヘンリエッテ・ヴォーゲルの胸を、それから銃を自分に向けて頭を撃った。

ヴァンゼー会議が進行し、さまざまな議論ののち、ナチス幹部はヨーロッパにおける「ユダヤ民族」殲滅を決定する。ハイドリヒがイタリアのような同盟国やスペインのような友好国のユダヤ人もふくむヨーロッパの全ユダヤ人、一一〇〇万人余の殺害を提案し、全員が賛同した。

この時点で残るは殺害法の決定だけだった。実際、それまで東方戦線でSSの特殊部隊がおこなっていた集団銃殺は、長引くにつれて、ドイツ兵の心理的負担を増加させつつあった。とくに数百人もの女、子どもをつぎつぎと銃殺すべく召集された場合に。

一九四二年三月—四月。

晩冬、というより、たぶん初春のある朝、クザーノ・ミラニーノのルイージ・スクラーティはドイツ兵を見につれていかれた。ドイツ兵はみなに恐れられながら、近くのブレッソ航空基地の占拠と、ブレーダ社の航空関連工場の守備に行くドイツ空軍と高射砲隊将校の宿舎として接収した三つの邸館に宿営していた。彼をそこにつれて行ったのは、スクラーティ家の文房具店のとなりに店をかまえる村の床屋だった。床屋はドイツ軍司令部に出入りできるごく限られた人間の一人で、ときどき、びくびくしながらも好奇心満々の村の幼い少年たちをつれて行った。この巣窟訪問のとき、床屋が一分のすきもないドイツ人将校たちの髭を剃っているあいだ、幼いルイージはオーバーの下に手榴弾を隠しもっていた。どきどきしていたが、そうしていた。標準型の柄のついた手榴弾24だが、特徴ある長い木の柄のために、村のみながその恐ろしくも魅惑的な物体を「じゃがいも潰し器」と呼んでいたので、そうとは知らなかったのだ。ルイージが戦利品を父親のアントーニオに見せると、彼はいつものようにひと言もいわずにそれをひったくり、自転車にまたがって、セヴェーゾ川に捨てに走った。

一九四二年四月五日。

モスクワでの失敗のあと、アドルフ・ヒトラーはみずからロシア戦の指揮をとり、指令四一号を出す。対東部戦線の新たな大規模攻撃の暗号名である青作戦（ドイツ語でブラウ作戦）という戦闘計画だ。ブラウ作戦の政治上戦略上の対象はコサックへの侵攻、ドン川とヴォルガ川流域の占領、スターリングラードの工業地帯とその油田の獲得である。総統みずから定めたこれらの標的を確保すれば、ドイツ軍は強国英米相手の全面的長期海空戦を持続させ、勝利をおさめるのに必要な農産物とエネルギー、石油の入手が可能になる。ヒトラーの残虐な強行策には百万の兵士に犠牲を強いる戦術が用意されていた。この戦略では、ナチスの勝敗は、要するにスターリンの名をもつ都市の征服いかんとなる。

一九四二年五月―六月。

ナーポリで、イーダ・フェッリエーリがふたたび妊娠した。春物の服の下でお腹が目立つようになった。その間にもパンを基調とする食料配給はまたもや減量となる。彼女の配給分は一五〇グラム、単純作業の労働者は二五〇グラム、重労働者は三五〇グラム、超重労働者は四五〇グラムと決まっている。ペッピーノ・フェッリエーリは定職がないので、対象外だ。操り人形はパンを産まないのだ。

一九四二年五月二六日。

「ウニヴェルサーレ叢書」の最初の本のモットー『ヴィル、ウント　カン　ニヒト』を変えさせてもらいたい」こんな皮肉なことばで——ドイツ語のモットーの意味は「そうしたいができない」だ——ギンツブルグはエイナウディ宛ての手紙を閉じる。この手紙で彼は、幅広い読者に基本的な作品をひろめるという意図でエイナウディ社が新たな協力者たちと計画した「ウニヴェルサーレ叢書」の最初の本の批評をしている。その企画を全体として評価し、いくつかの側面では賞讃しつつも、表紙が退色しやすい、印刷ミスは「まさに身の毛もよだつ」、いくつかの註の見落とし、曖昧さ、不正確、序文が「重ったるい」など、全体の出来に辛辣な批判を浴びせる。つまり、自分が創造した、愛する出版社の堕落との遠距離論争の再開である。レオーネにはとくに、彼が流刑地で数か月まえに翻訳したトルストイの別の作品『クロイツェル・ソナタ』にかんする出版社の堕落ぶりが嘆かわしく思われた。「すべての本で、ゲラの訂正が正しく行われず、トルストイの作品でも、コンマがいくつも抜けているる」この不屈の流刑者のモットーは、もしも彼にそれがあるとしたら、「コンマひとつも抜けてはならぬ」であろう。

一九四二年六月二〇日。

包囲から数か月後、セバストポリが陥落した。ドイツ攻撃隊がレーニンの要塞を征服したのだ。防衛軍をふたつの孤立軍に分断して枢軸国の歩兵隊が海に到着。道路沿いにおよそ二〇万の死体を残した。コーカサス攻撃が可能になった。

セバストポリの世界最大の要塞が陥落したが、それは一八五五年に砲兵隊将校レオーネ・トルストイがイギリス、フランス、トルコの包囲から守ったものである。しかし、敗れたことによって、近代小説史上初の、戦争についての現実的で反英雄主義の決算書である『セバストポリ物語』が生まれた。そこには「わたしの英雄は真実だ」と書かれている。「なぜ戦争をするのか？」この問いをもって本は終わる。

一九四二年七月二八日。

ヒトラーの軍隊がスターリングラードの門口に到達。前月、まるひと月間、第三帝国兵士百万が武装戦車二五〇〇台とルーマニア、ハンガリー、イタリア兵六〇万の支援をえてコーカサスの太陽に照らされた草原に押し寄せ、赤軍にたいして大勝利をおさめていた。

その間にアフリカでは、その名も高き不敗のロンメル将軍のひきいる伊独軍が再度戦況を逆転させ、いまやカイロを攻撃した。トゥブルクはすでに六月三〇日にイギリス兵捕虜三万人とともに奪回されていた。

熱帯占星術暦で十二宮が獅子座にはいるまさにこのころ、アドルフ・ヒトラーは大西洋からヴォルガまで、ノルウェーからエジプトまで、史上最大の帝国を支配していた。ロンメルがスエズに到達し、ドイツ第六軍司令官フリードリヒ・パウルスがスターリングラードにはいることになれば、ナチスの世界侵略の前衛二拠点がエルサレムに結びつくこともありうるだろう。

一九四二年七月二八日発令のスターリン令二二七号はこの仮説を予測していない。「一歩も退くな！」とスターリングラード防衛に配備された兵士たちに命じる。

一九四二年八月。

「わが国は準備不足のまま参戦したがそれでも二年ももちこたえている。だれがこんなことを言えただろう？　戦争が終わったら、おまえは自分のすべての思考が国家的心情の上にあるのを見るにちがいない。それが存在するとは知らなかったが、あるのだ！」一連の恐るべき惨禍と敗北にもかかわらず、チェーザレ・パヴェーゼは日記のなかで、ムッソリーニの戦争への内なる興奮状態を生きている。その直後、感動して、田園を眺める。「このひと月、見ていなかったおまえの丘をまた見るのは、なんと甘美なことか！」戦争が終わり、ファシズムが崩壊すると、これらのページは『生きるという仕事』というタイトルでエイナウディ社から刊行される日記から除外される。その本は有名になり、当然、愛されるだろう。除外されたページはようやく世紀末に『秘密の手帖』という本によって読者に届くだろう。

一九四二年八月—九月。

「スターリングラードはもはや街ではない。昼間は目もあけられない巨大な煙の雲だ。そして夜になると犬たちがヴォルガ川に飛び込む、スターリングラードの夜が犬たちを恐怖におののかせるのだ」ソ連軍兵士がこの日々のことをこう日記に記している。戦局のもっとも劇的な展開は、この兵士の見方では、パウルス将軍の第六軍がドン川東方の橋頭保を占拠して街の北部一帯に戦車隊を投入した八月二一日に始まった。空軍《ルフトヴァッフェ》が初めて大規模破壊の絨毯爆撃を遂行して一般市民を大量虐殺。スターリンは徹底抗戦のメッセージを伝えるために市民の退去を禁じて犠牲にしたのだ。防空は少女兵士団によって支えられた。

九月初旬、抵抗側の状況が急変する。パウルス将軍ひきいるドイツ第六軍が街に正面攻撃をかけたのだ。戦闘は地域ごと、建物ごと、部屋ごとの戦いに変わった。戦争の大きな物語は、そろってぶち抜かれた浴室と台所間の殺し合いという恐怖の三面記事となった。ようやく一般市民の退去となる。しかしここでカオスに突入する。接岸地点が破壊されて輸送船がつぎつぎとドイツ軍爆撃機に襲われたのだ。街の周辺はことごとく爆撃されて火の手があがり、ソヴィエト軍は建物の廃墟や破壊された工場に退避し、陸軍司令部は川辺の不安定な燃料庫に移された。備蓄されていた石油が燃えあがった。

一九四二年九月。

チェーザレ・パヴェーセの日記から。「ブルジョワたちをおののかせているナチスの残虐さうんぬんのあらゆる話のどこがフランス革命をめぐる話とちがうのだ？　それにはそれなりの理由があったのだ。たとえその話が事実だとしても、歴史は手袋をして進むわけではない。おそらくぼくらイタリア人の真の欠陥は残虐になれないことだろう」

一九四二年九月―一〇月。

ナーポリの空中戦が戦略変更を記録。戦略的爆撃から絨毯爆撃への移行である。もはや主な標的が軍事上の対象物、工業設備や施設ではなく、街全体が広範囲に、無差別に、重爆撃機に攻撃された。

一九四二年九月。

クザーノ・ミラニーノのルイージ少年は、のちに自分の子ども時代の最大の汚点として思い出す過ちを犯す。追試験をうけるために、夏のあいだ、とても尊敬されている先生で、父親は小学校校長で母親も教師だが、同性愛者ゆえに学校を追われたベッロッティ先生の家で勉強をみてもらっていた。それが筋金入りのファシストのグレッピ女教師の知るところとなり、ルイージはまたもや不合格。小学校二年生をもう一年繰りかえすはめになったのだ。

一九四二年一〇月五日。

重爆撃下のナーポリで、イーダ・フェッリエーリが女児を出産した。初歩的な方法で流産を三回試みたが失敗したので、健康に生まれるようにロザーリオの聖母に誓いを立てた。赤ん坊は虚弱でチアノーゼの症状があったものの障害はなく、なによりも、生きていた。その救い主をたたえてロザーリアと名づけられた。いまやフェッリエーリ一家はセッテンブリーニ街一一〇番地の大部屋での八人暮らしとなった。

一九四二年一〇月一四日。

スターリングラードでのドイツ軍の勝利が目前となる。連続的な大攻撃の成果でヴォルガ川の西河岸に到達し、そこでジョルデフ将軍のシベリア師団を壊滅させてトラクター工場を征服。空軍の鉄槌を逃れるために、ソヴィエト軍は自動小銃か刀剣類で戦う小規模攻撃縦隊で夜襲に出るしかなかった。

一九四二年一〇月二二日。

はげしい論争をしながらも、ギンツブルグはピッツォリからエイナウディ社のために熱心な仕事をつづける。執筆者を選び、監修を任せ、翻訳を見直し、新たなタイトルを助言し、校正刷りの手直しをし、序文を書く。ときどき、出版社とのじつに頻繁な実務通信が一瞬、歩をゆるめ、底にひそむ憂愁をのぞかせることがある。「今夜手紙を差し上げることができて、うれしく思います、憂愁《スプリーン》が溢れ出んばかりで、遠く見えかくれする先生のお姿が、ぼくをより自然な世界にまた少しばかり結びつけてくれるからです。できれば先生とシチーリアの詩人たちのことをお話ししたいと思います」と、レオーネは遠い恩師のサントッレ・デベネデッティに書いている。

一九四二年一〇月二四日。

イギリス軍のランカスター八八機がフランス横断針路をとって、編隊飛行でミラーノ上空に到達。

四〇〇〇リッブラ〔一リッブラは三〇〇グラム〕の爆弾、とくに三万個の焼夷弾を投下した。罰せられない――高射砲の効果がないゆえ――若きイギリス人パイロットは高度を下げて直接一般市民に爆弾を浴びせた。記念墓地からバコーネ広場、裁判所、ソラーリ公園まで、街の数地区が被害をうける。死者一五〇名、負傷者三〇〇名余。翌日の夜間、再攻撃。ミラーノ市民は自分たちの運命を予感しはじめる。

一九四二年一〇月三一日。

ミラーノ市民が予感していたことをアメリカ合衆国大統領ルーズヴェルトがチャーチル宛ての手紙で明かしている。「イタリアおよびドイツに投下すべき爆弾がつねに最大搭載であることがわれわれの不退転の計画でなければならない」

一九四二年一一月一八日。

チャーチルは要請されるまでもなかった。二一時三〇分、イギリス軍爆撃機七七機がトリーノを急襲して、二時間にわたって破片爆弾九一、数千個の焼夷弾を投下した。空爆は数日間つづいた。一一月二〇日のさらなる急襲で死者四二名、負傷者七二名。その二日後にさらなる爆撃。ランカスター八六機、ウェリントン五四機、ハリファックス四七機、スターリング四五機の総勢二三二機の爆撃機が破片爆弾一七七個、一万個余の焼夷弾で街を破壊した。死者一一七名、負傷者一二〇名。イギリス爆撃司令部は「成功裏に終わった攻撃」と自賛を込めて報告する。

一九四二年一一月一九日。

冬がドイツ軍のスターリングラード攻撃をにぶらせる。ソヴィエト司令部は決死の反撃を試みることを決定。枢軸国軍をドン川とヴォルガ川間で挟み撃ちにして包囲という大規模作戦を準備する。その作戦の暗号名はウラヌス作戦。

一九四二年一二月四日。

アメリカ軍機がはじめてナーポリ上空を飛行。アフリカ基地のB24リベレーター二〇機だ。リベレーターは街を絨毯爆撃。港の巡洋艦三隻を撃沈したのち、ヴェズーヴィオ山の上空を滑空し、ふたたび舞いもどって、トレード街周辺やノラーナ門地域の民家や教会、病院、事務所などを破壊する。数日後、新たな攻撃でロレート病院を壊滅させる。

アメリカ軍の資料によると、二度の爆撃による街の死者は千人以上。モンテオリヴェート街の郵便局正面の広場で、超満員の乗客を乗せたまま、焼夷弾の火で線路が曲がって動けなくなっていた市電九番に爆弾が命中した。死体は、まるで生きていて、出発を待っているかのようにきちんと着席したままだった。

一九四二年一二月七日。

ナーポリ知事はあらゆる種類の学校の閉鎖を命じる。その数日まえ、ムッソリーニがファッシ・コルポラツィオーネ議会での劇的な演説ではじめて、ナーポリはじめイタリア各都市の爆撃の深刻さを認める。「街から女子どもを退避させなくてはならない。夜間、街に残るのは兵士のみ」と、二年間の戦争と爆撃の最初の悲惨な決算を引きつつ、結論づける。街の城門に田舎に救いを求める悲惨な群衆が押しかける。イーダ・フェッリエーリも、一二月四日の地獄のあと、五人の子どもを安全な場所におくために出発を決意する。最後に生まれたロザーリアはこの日まだ生後二か月だった。

一九四二年一二月一二日。

ソヴィエト軍がドン川流域のイタリア軍を攻撃。数日まえ、ともあれ、ウラヌス作戦は成功していた。ソヴィエト軍の挟み撃ちがドイツ軍を閉ざしつつあり、ドイツ軍は「スターリングラード要塞」と呼ばれる要塞に閉ざされてゆく。ヒトラーは自軍の兵士たちに降伏を許さない。パウルスに最後の一人まで戦って死ねと命じていた。

アフリカでもドイツ軍が撤退。一一月一一日、イギリス軍がエル・アラメインでロンメル軍を阻止し、打破する。アメリカ軍のチュニジア上陸がこの戦線での勝負に決着をつける。

ドン川のイタリア軍はいかなる抵抗もできない。カリトワ平原の全アルプス部隊に自動式対戦車砲は一台もないのだ。圧倒され、身を守る武器も、命をつなぐ食糧も、命を救う手段もなく、自分たちがその国土を侵略した敵の攻撃に無力にさらされ、零下三〇度の吹雪に埋もれ、家から一万キロはなれて、イタリア第八軍兵士一五万は総崩れとなる。まだもちこたえていた唯一のトレント師団が凍てつくステップに三〇キロにも伸びる絶望した兵士たちの列を先導。数時間後にはそれはもはや軍隊ではなく、救いの道を求めて黄昏のなかをさまよう無数の亡霊と化す。無数の、力つきた者たちが、死者たちのつけた跡に沿って膝をつき、施しを求めるかのように凍えた両手を差し出す。

一九四二年一二月一四日。

「敬愛する上院議員殿、まだそちらにおいでとは考えられないと思いつつも、ナーポリ宛てに手紙をお送りします。ご自身について、ご家族とご蔵書についてお知らせいただきたく」すさまじいナーポリ爆撃のことを知って、レオーネは哲学者とその家族、彼の蔵書の運命を心配する。

ギンツブルグの予想どおり、クローチェはすでにソッレントに避難し、貴重な手稿のコレクションも一部は救われた。ピッツォリから送った手紙は哲学者にはとどかないだろう。それはそれとして、レオーネは喜ばしい報せも伝えている。「わたしたちは元気です。春になるころにもう一人（アブルッツォ人ですね〔クローチェもアブルッツォ州のペスカッセーロリに生まれた〕）子どもが生まれます。他の二人も元気に育っています」

本、子どもたち、住んでいる家、あるいは立ち退いた家。私生活が、なにはともあれ、まだこのプリミティヴな叙事詩に密着している。爆弾も基本的な筋書きを破壊しない。自分の名前、誕生日と死亡日、戸籍簿や墓碑に見出される一連の記述。

一二月一六日、ナーポリ。イーダ・イッツォが子どもたちを救うために出発しようとしていたとき、甥が訪ねてくる。二〇歳になったばかりのエンツォ・チヴィーレは、いろいろあったが、春に結婚することにしたと告げる。

一九四三年

一九四三年一月一八日。

ワルシャワで二万五〇〇〇人のユダヤ人がゲットーから移送されるのを待って整列していた。うち一万五〇〇〇人の行き先がルブリンの軍需工場、一万人が絶滅収容所だ。

一九四〇年初頭にナチスが三〇〇万人以上のユダヤ人をポーランドに集中させはじめたころから、ワルシャワには五〇万人もがひしめいていた。飢えや病気による死者ははやくも毎月二〇〇〇人にも達した。その後、「最終的解決」が計画されたヴァンゼー会議のあと、「移送」が始まった。

一九四三年一月一八日、ウムシュラークプラーツ〔集荷場で鉄道が通っている〕をめざす行列がキスカ街を前進していたとき、ザメンホフ街の交差点で、追放者たちに紛れていたモルデハイ・アニエレヴィッツの指揮するユダヤ闘争組織のメンバー数名がドイツ兵とウクライナ警備兵に発砲しだす。開戦後初の武装蜂起だ。

一九四三年一月。

ナーポリの連続爆撃から逃げるために、イーダ・フェッリエーリは末っ子のロザーリアがわずか生後三か月という五人の子どもとともにチェッレート・サンニータに避難した。上の二人、一二歳のフランコと一〇歳のトニーノは食べ物を探して畑を走りまわった。そんな突撃行動のある日、イギリスの双発機が降下してきて、じゃがいも袋をかついだ二人の少年めがけて機銃掃射。フランコとトニーノは溝に飛び込んで命拾いした。彼らの父親のペッピーノは、戦闘能力のある成人男子は街をはなれてはならぬという統領の意向で、ナーポリにとどまっていた。ペッピーノは、可能なときはすぐに、すこしばかりの肉を上着の下に隠して家族のもとへ行った。

一九四三年一月二三日。

「下記署名者レオーネ・ギンツブルグ、ピッツォリ（ラクィラ県）の被収容者は、ピッツォリで同居中の妻ナタリーア・レーヴィが聖アンナ病院での出産（自費で）のために同町に行くため、二週間ほどラクィラで自費で過ごすことの許可を申請する」ローマの公安警察総局宛ての書簡でレオーネは、先に出産をひかえたナタリーアとトリーノ行きの許可を求めたが、その後、彼らの家が最近の爆撃で甚大な被害をこうむったために申請を変更しなければならなかったと述べている。

一九四三年一月三一日。

包囲されてすでに二か月になる第六軍の残兵とともに、ヒトラーの命令に逆らって、パウルス将軍はソヴィエト軍に降伏する。スターリングラードの戦いは終わった。ナチスに勝ったロシアは死者五〇万人という犠牲を払った。スターリングラードを攻撃したドイツ兵三二万人のうち一五万人が雪に埋もれる死体となった。生き残った者のおよそ九万人がシベリアに送られた。そこから生還したのは五〇〇〇人のみ。ほぼ二〇人に一人である。

一九四三年二月七日。

ナーポリでリベレーター飛行中隊がマリーナ街を破壊。一月初頭から空襲はほぼ連日となる。市民はカタコンベ生活に逆もどりだ。凝灰岩の基層ふかく掘られた百もの洞窟が火山灰と岩屑の地層の下の避難所となっている街の地下に毎日降りていく。大戦争画家の名をもつサルヴァトーレ・ローザ街に仮設墓地がつくられた。消防隊員が救出できなかった場所では、石灰の霧と一枚の旗が瓦礫のあいだに掘りだされるのを待っている死体があることを告げる。

一九四三年二月一六日。

ルイージ・スクラーティは父親のアントーニオが無敵の忍耐力で文房具店用の商品を探しつづけるミラーノについて行った。人びとは瓦礫と同じ色をし、爆撃された建物がまっぷたつに割れて、まるで教材の建築模型のようだった。その建物の脊椎まで数えられた。通りから目を上げると、見る影もない住宅のなかに、絵を飾った壁と深い亀裂の上でやっともちこたえている鉄製のベッドが見えた。

アントーニオとルイージが自転車でディシプリーニ街を通っていると、サン・ロレンツォ教会のあたりで、叫び声がした。群衆が駆けつける。アントーニオは止まって、自転車を息子に預け、道のむこう側で待っていろと命じる。ルイージは遠くから、父親が素手で瓦礫を掘り起こしているのを見る。死体の一家の身元がわかったようだ。ルイージはふたたび目を上げる。目の前の塀に、「殺人鬼イギリスのせいだ」と黒ペンキで大きく書かれていた。ペンキが垂れて、文字が下に伸びていた。

一九四三年三月。

北イタリアの工場でストライキの波。ファシスト体制にたいする大衆の不同意の最初の表明である。

一九四三年三月五日。

ナーポリのカヴール広場が爆撃される。パルテーノペ劇場と、ペッピーノ・フェッリエーリが少しまえにいつものフランスの騎士道物語の上演を終えたばかりのサン・カルリーノ劇場の近くの建物も崩れた。ペッピーノは地下鉄の駅に逃げて助かった。壁に「走るな、叫ぶな、騒ぐな」の文字と、水や塩化石灰、砂、シャベル、つるはし、懐中電灯、救急箱、食料品などの臨時配布を告げる国家空襲防衛協会の規約が目立つように書かれている。だが地下にはそれらのどれひとつとしてない。入口の防水処理用の次亜鉛硫酸塩ナトリウムも、入口を遮断するフェルトも油脂も漆喰も、隙間をふさぐ端切れもない。サイレンが新たな空襲を告げてがなっているとき、シーツのカーテンの裏で一人の女が女の子を産んだ。ペッピーノにはそれがわかった。

一九四三年三月一三日。

ナチス親衛隊のヴィリー・ハーゼ中佐の命令で、ナチス兵士たちがクラクフのゲットーを解体した。働けるとみなされた八万人のユダヤ人がクラクフ近郊のプワシェフ強制収容所へ、残りはビルケナウの絶滅収容所へ送られた。働けないとみなされた約二〇〇〇人、とくに子どもと老人は、彼らが暮らし、遊んでいた家のドアの前の道路で、そのまま銃殺された。


一九四三年三月二〇日。

ラクィラの聖アンナ病院でナタリーアが女児を出産。アレッサンドラと名づける。最初の娘を取りあげてくれたジョヴァンニ・アルバーノ医師に、レオーネは全篇ピッツォリで完成させたトルストイの『クロイツェル・ソナタ』の翻訳を贈る。「ジョヴァンニ・アルバーノ教授へ、心からの感謝をこめて、訳者――レオーネ・ギンツブルグ――より。一九四三年三月二八日」人種法ゆえに他のあらゆる出版物から名前が伏せられているギンツブルグのこの版の唯一、名前が登場する本である。

ピッツォリにもどり、レオーネはいつもどおり自分の本の仕事を始める。「わずかな本と周囲の多くの子どもという悪条件での仕事だ」と、友人で同じく出版人のフランコ・アントニチェッリに書き、書きながら、微笑む（ぼくらはせめて、そんな彼を想像したい）。


一九四三年四月四日。

ナーポリ空襲。ガリバルディ大通りとデプレティス街一帯を直撃した。確認された死者二二一名、負傷者三八七名。

一九四三年四月一五日。
さらなるナーポリ空襲。アメデーオ広場とメディーナ街が被害。死者一〇〇名が確認される。

一九四三年四月一九日。
ワルシャワのゲットー蜂起。ユダヤ人は世界最強の軍とピストルやわずかな銃で戦う。

一九四三年四月二四日。
またもやナーポリ空襲。マルゲリータ公園とモルゲン街が被害。確認された死者五〇名。

一九四三年五月一三日。
独伊アフリカ軍は戦場でつねにアメリカ軍を組織的に痛めつけたはてに、降伏する。軍備の不均衡を克服できなかった。北アフリカ戦が終結。ムッソリーニの夢が逆夢となり、イタリア兵とドイツ兵は捕虜収容所へ並んで歩いてゆく。

一九四三年五月一二日。

政府宛ての手紙からナタリーアの具合が悪かったことがわかる。「軽度の腎炎」と診断された。レオーネは、ナタリーアが母親に看護してもらえるアオスタ県の村への転居を申請し、結核性の病気の病み上がりで、家事を助ける者がおらず、授乳のほかに、世話をしなければならない幼児が二人いる妻の困難な状況を説明している。こんな状況にもかかわらず、ナタリーア・ギンツルグは最初の小説を完成する。

一九四三年五月一六日。

ワルシャワのゲットー蜂起が鎮圧される。四週間の戦いののち、最後の抵抗軍も排除された。親衛隊少将シュトロープは「もはやワルシャワのゲットーは存在しない」と報告する。

一九四三年五月三〇日。

六〇回目のナーポリ空襲。イーダ・フェッリエーリの共産主義者の甥エンツォ・チヴィーレは結婚式をまたもや延期せざるをえないことを知る。

一九四三年六月。

クザーノ・ミラニーノで、ルイージと二人の友人、フランコ＝アメーリアとフランコ＝リーナが道路で遊んでいた。頭上を飛んでゆく戦闘機の轟音すら独楽《こま》をまわす手を止めさせない。それほど慣れっこなのだ。ところが、隣家のベランダに上半身裸の男が出てきた。パジャマのズボンだけで、悪態をつきながら、銃をかまえた。飛行機を狙って、発砲した。パイロットは針路を変え、高度を下げて、おろかな男を撃った。いまや脾臓と肝臓のあいだに危険をキャッチするレーダーを育てている子どもたちは、間一髪でクロイチゴの茂みに飛び込んだ。

一九四三年六月一五日。

レオーネはサントッレ・デベネデッティに書く。「こちらは大変いい季節になりました。ぼくは情熱をもって仕事をし、子どもたちは成長しています。ここにきて三年になります（一昨日が記念日でした）が、ぼくには三世紀とも思われます。自分でも機嫌がいいのか悪いのか、どちらとも言えません」（「情熱をもって」）というフレーズは、実際は、この時期のファシストの検閲があらゆる手紙に押すスタンプのせいでよく読みとれない。スタンプの謳い文句は「われわれは勝つ！」

一九四三年七月四日。

クルスクで史上最大の戦車戦が終了。ソヴィエト軍の勝利が東部戦線へのドイツ軍の第三のそして最後の攻撃に終止符を打った。この瞬間から、ドイツ軍の戦いはほぼドイツへ向かう退却戦だけとなるだろう。赤軍をベルリンに先導する騎馬隊が動きだす。

一九四三年七月一〇日。

英米軍がハスキー作戦で「ヨーロッパの要塞」の攻撃を開始。突破口はシチーリアだ。パットン将軍の第七軍が地中海側のリカータとジェーラ間に上陸し、一方、モンゴメリー将軍ひきいる第八軍がイオーニア海側のパキーノとシラクーザ間に上陸する。連合軍はシチーリアの沿岸一帯に戦艦一三七五隻、上陸用舟艇一一二四隻、戦闘機四〇〇〇機と約一六万人の兵士と戦車六〇〇台、トラック八〇〇台を投入。その二千年の歴史において、これまで地中海を航海した最大の船団である。

その数日まえに、攻撃を見込んだベニート・ムッソリーニはイタリアの海水浴文化の用語集に新語を贈った。「やつらを『喫水線』で動けなくしてやろう」と言ったのだ。ところが、イタリア人はもはや戦う意志も理由もないことを表明。パンテッレリーア島とアウグスタの要塞は設備がよく防御も固かったが、なんの抵抗もせずにみずから砲兵隊を敵に引きわたした。イタリア海軍は自明の燃料不足のためラ・スペツィア港で錨をおろしたままだった。数週間後にわずかな燃料が見つかり、英領マルタめがけて錨を上げ、そこでイギリス軍に降伏した。

一九四三年七月一三日。

トリーノの空襲がつづく。七月一二日から一三日にかけての夜中に、焼夷弾がマーリオ・ジョーダ街のエイナウディ本社をも爆撃した。だが「エイナウディ人」はくじけなかったようだ。ダゼッリオ高校でのギンツブルグの学友でドイツ文学者で音楽研究家のマッシモ・ミーラが、そのころローマにいたチェーザレ・パヴェーゼに書いている、「エイナウディの組織はみごとに機能し、災害から一週間もしないうちに、各部署がほどよく分散したあちこちの事務所や一階の部屋で仕事を再開した」そしてつけ加える。「今回の爆撃をしたイギリス軍のパイロットは救世軍かクリスチャン・サイエンスかなにやらの連中にちがいない。言ってみれば、享楽の場に最大の残忍性をむき出しにしたから。四三番地はパーティの最中でこっぴどくやられ、四二番地は奇跡的に救われた。できるようになってすぐにその辺を歩いてみたが、残念ながら住民の退去や転出の詳しいことは聞きだせなかった。

〔……〕自転車とポー川、プールが残って幸いだ、さもないともはやこの二本の足をどこに向けたらいいのかわからないだろう」

ピティグリッリはまったくちがう気分でムッソリーニに個人的に手紙を書き、涙ながらに、スパイとしての自分の献身ぶりを訴えつつ、爆撃で被害をこうむった自宅のための損害賠償を求めるだろう、無残な被害をうけた家屋の写真を添えて。

一九四三年七月一九日。

朝七時、北アフリカの飛行場からB17五百機が飛び立ち、なんの抵抗もなく四時間後にローマ上空に到達した。アメリカ軍の「空飛ぶ要塞」は六回の連続波状攻撃でキリスト教と人間の歴史の首都を爆撃した。世界が、カトリックのみならず全世界が息をのんだ。

イタリア王ヴィットーリオ・エマヌエーレ三世が罹災地を訪れたが、民衆の反発のために退散せざるをえなかった。教皇ピウス一二世のほうは、爆撃で壊滅状態になった下町のサン・ロレンツォ地区のど真ん中に陣取り、犠牲になった三千人の市民の上に飛び立とうとする天使のように両手をひろげた。彼は《デ・プロフンディス》（死者のための祈り）を唱えたが、群衆は「平和を！」と叫んだ。

そのニュースはヒトラーと会談していたフェルトレでムッソリーニにとどいた。ヒトラーと会ったのは同盟関係から離脱する意図からだったが、総統はいつものように、二時間もだらだらと途切れのない長話をして統領にひと言も口をはさませなかった。唯一話が途切れたのが、会見の場に従卒が飛び込んで、ローマが爆撃されていると伝えたときだった。数日まえにムッソリーニが送付した回状には、「ローマには、われわれが望まなければ、燕一羽も飛ぶまい」とあった。

一九四三年七月二五日。
ファシズム大評議会がベニート・ムッソリーニを罷免。翌日ムッソリーニがサヴォイア宮を訪れたところ、王は二〇年間その手に国の運命を託した男を逮捕させた。後任はピエートロ・バドッリオ。ファシズムの崩壊である。

一九四三年七月二六日。
トリーノにもどったチェーザレ・パヴェーゼは出版社の協力者でもある女友だちのフェルナンダ・ピヴァーノにはじめて手紙を書く、「フェルン、ぼくはトリーノにもどりましたが、世界がすっかり変わったことで、大忙しです。新社屋はガリレーオ・フェッラーリス街七七、電話四〇八一〇です。顔を見せてください」

一九四三年七月二八日。
ゴモラ作戦。英米空軍がドイツ諸都市の組織的爆撃を開始する。まずはハンブルク。七月二八日の攻撃のはげしさは街の道路という道路に火災旋風を発生させるほどで、数万人の犠牲者を出した。

一九四三年七月二八日。

バーリで、政治犯の釈放を求めて刑務所にむかって進んでいた反ファシズムの学生と教師の平和的な行列に軍が発砲。非武装の行列にファシストたちもファッショの家のバルコニーから発砲する。死者二〇名、負傷者五〇名。犠牲者のなかに、レオーネと同じくアブルッツォの流刑からの解放を待っているトンマーゾ・フィオーレの息子グラツィアーノもいた。

一九四三年七月二九日。

レオーネはピッツォリから母親に書く、「はやく解放されることを願っています」

一九四三年七月三〇日。

ルーズヴェルトもまた動きだす。勝ちとった成果にあきたらず、チャーチルに書き送る、「爆撃、爆撃、さらに爆撃……あの程度の薬がドイツ人に効くとは思いません、ましてやイタリア人には！」

一九四三年八月。

ルーズヴェルトの願望に反して、「ドイツ人侵入者」はイタリアの裏切りを見越して、軍による占領を視野に、さらに大挙イタリアに流れこむ。

一九四三年八月一日。

ファシズムの崩壊を論じて、ギンツブルグはベネデット・クローチェに書く。「令名なるそして親愛なる上院議員殿、つまり、張り子ですらなかった、薄葉紙だったということですね。しかしこの国の悲劇的状況を目の前にしては喜びの余地はほとんどありません。解放されてから長いお手紙を書くつもりでしたが、人種法ゆえにわたしは国籍を失っており、ラクィラ警察署はわたしを外国人とみなしていますので、解放は長引くでしょう。〔……〕それに、自国にいて外国人扱いされつづけることの憂鬱と憤りはご想像にお任せいたします」

一九四三年八月四日。

ナーポリ。B17四百機の大編隊が突如ヴェズーヴィオ山の背後からあらわれた。つねならぬ航路をとることによって、ルーズヴェルトの願望をかなえにきたのだ。何千もの焼夷弾を投下してから、高度を下げて逃げまどう市民を機銃掃射した。とくに牙を剝きだしにしたのが、軍事的利益が皆無で史跡の多いコルポ・ディ・ナーポリ広場一帯である。攻撃時間は一時間一五分だったが、破壊したのは数百年の歴史だ。ケンタッキーのもっとも無知な世界で育った二〇歳の兵士たちが街の最大のゴシック様式のバジリカをなぎ倒した。ロベール゠ダンジュー王と王妃サンチャ・ダラゴーナの意向で、一三一〇年から一三四〇年にかけて紀元前一世紀の浴場施設の上に建てられたサンタ・キアーラ教会である。

一九四三年八月七―八日。

ミラーノの空襲が再開。高空作戦、つまり市の中心街に行き当たりばったり爆弾を投下したのだ。ポルタ・ヴェネツィア周辺が炎の輪となった。ブエノス・アイレス大通りを逃げる人たちは二つの建物の側面のてっぺんで吹きあがった火のアーケードの下を走った。近郊の地区に避難民があふれだした。

ルイージ・スクラーティ少年は夏の蒸し暑い夜、ミラニーノ周辺の畑に百人もの人たちが野宿しているのを見た。そんなある夜、クザーノから、ブレッソの町はずれで火の手が上がるのが見えた。「おじいちゃんちだ、おじいちゃんちだ」少年は叫ぶ。「ちがうわ、おじいちゃんの家はもっと奥よ」と母親が彼を安心させてベッドに入れた。翌日、ルイージは母方の祖父のレカルカーティ家の人たちが住む農家の馬小屋の焼け跡を見につれていかれた。まだ野良仕事に使われていたわずかな動物たちの死骸が黒こげになって地面に横たわっていた。「どうせもうなんの役にも立たなかったからね」父親が彼を慰めようとして、そう言った。

トリーノにもまた爆弾。ジョーダ街の社屋が破壊されてガリレーオ・フェッラーリス街に移転していたエイナウディ社の新社屋も破壊された。翌朝チェーザレ・パヴェーゼはいつもどおりに事務所の瓦礫のなかに出社し、机にたまった漆喰を取りはらって、校正刷りの見直しを始めた。


一九四三年八月一一日。

「愛する母上、昨日トリーノにもどりました。出版社はまたもや爆撃され、かくてまたもや引っ越しです（こんどのは上院議員の家で、上院議員も一階の住人も退去しました）。ここでぼくは庭に面した一階の大きな部屋で仕事をしています。右隣りにパヴェーゼの机があり、彼は指で髪の毛をいじくっています。ここではすべてがこんなにもふつうで、こんなにも平和です、が、戦争はまだ終わらず空襲はつづき、どうなるのか、未知のことばかりです」

自由人レオーネ・ギンツブルグが最初に書いた手紙は、彼が子どものころから決して書くことをやめなかった女性、母親に宛てたものだ。

一九四三年八月一三―一四―一五日。

高潮のように、イギリス軍のランカスターがミラーノ上空に舞いもどり、三日間連続で八回の波状攻撃をしかける。死者は数千人におよび、街は永遠にその相貌を変えた。八月一三日、爆撃機は他にもましてパラッツォ・レアーレ（王宮）とポルディ・ペッツォーリ美術館を破壊した。一四日にはサンタ・マリーア・デッレ・グラーツィエ教会とブレーラ図書館を攻撃、一五日には爆弾はスカーラ座の屋根をぶち抜き、ドゥーモに被害を与え、フェスタ・デル・ペルドーノ街のオスペダーレ・マッジョーレの回廊のいくつかを破壊した。

一五世紀中葉に病院として建設されたこの建物は贖宥の典礼にささげられる荘厳な悔悛の日々のうちに聖母の受胎告知の儀式が最高潮にたっする場で、その期間中、信者たちは自分のなした行為を検証し、仕事や思考、怠慢などを検証し、傷つけた者たちに寛容を求め、そうして、人生の古い貸し借り勘定を清算したあとで、歓喜のうちに、新しい可能性がひらけるのだった。

だがこの年の聖母マリーア被昇天の大祝日には、黒ぐろと押しつぶされた、身元不明の死体が、性急な撤去作業のためにレンガの破片と混じりあい、火災は自然に燃えつきるのを待つしかなく、ポルタ・ヴェネツィア公園の周辺では、動物園の柵が壊れて、逃げた猿たちが燃える建物の窓敷居をキイキイ鳴きながら走りまわっていた。

別れの挨拶

要約してみよう。一九四三年八月の第一週にレオーネ・ギンツブルグが自由人にもどったとき、彼は半年まえに三四歳になったところだった。そのうち二年を刑務所、二年半を特別保護観察下、三年を流刑地、五年を母親から引きはなされた子どもとして過ごした。一二年あまりも、戦争と革命と独裁政治が彼の人生から自由と子ども時代を奪ったのだ。

これほどの欠落にもかかわらず、レオーネは該博な知識を身につけ、清廉この上ない、驚嘆すべき知識人と評され、名高い出版社を創設し、執拗にファシズムと闘い、ひとつの家族を誕生させた。男の子二人と女の子一人、年齢がそれぞれ五歳、四歳、二歳の三人の子どもと、深く愛し、やさしく愛し返してくれる妻、家族の世話をしながらプルーストを翻訳して、否定しがたい偉大な文才を発揮した讃嘆すべき女性がいた。

ギンツブルグが列車の窓の向こう、彼の足元を通りすぎてゆく瓦礫と化したイタリアを眺めながらつきあたったジレンマは、いつものそれだ。人びとのあいだで生き、直接彼らの良心にはたらきかけるか、それとも本にかこまれて生き、いつかある日、たぶん、不確かな未来にうけとるだろう遠い未知の友人たちに手紙を送るか？　いまいちど騒乱のまっただなかに降りてゆくか、それともアルプスの池の底で鯉がはねるのを見たように、その逆光の映像を眺めているか？　要するに、書くことか、生きることか？　だ。どちらも心慰められることであり、答えはかんたんだろう。だがジレンマとなると決してそんなにかんたんでも心慰められることでもない。なにかが失われてしまった。

同世代のもっともかがやかしい文才とたたえられたレオーネ・ギンツブルグは大作家になれただろうが、二〇歳にならずして短篇を書くのをやめ、高名な歴史家になれただろうに、彼の歴史研究はわずか数十ページしかなく、ロシア文学でもフランス文学でもイタリア文学でも、比類なき研究者になれることを約束されたのに、ファシズムの迫害が彼の約束された出発をこの時点まで阻止してきた。二年間の獄中生活のあいだに長いマンゾーニ論や他の論文を書いたが、それらのノートは散逸し、流刑の三年間にもふたたびマンゾーニやリソルジメントの伝統やそのほかのテーマで多くの論文を書いたが、それらのノートの大部分も時の破壊作用のうちに失われた。これらのすべてのなかで、これははっきりしているが、ギンツブルグはこの上もなく愛する出版の仕事を一度も中断せず、これは、疑いもなく、類まれなる成果をおさめた。だがいまなにをするのか？　パヴェーゼが若い女友だちに書いているように「世界がすっかり変ったいま」？

八月五日、自由の身になるとすぐに、ギンツブルグはローマへ行く。エイナウディの指示でローマ支社の整備を再開するのだ。最初の会議のときから、彼はピントールとの見解の不一致を表明していた。個人的なことではまったくなく、たがいに最大限尊敬しつつ、立場を異とした。それでも不一致はあった。ピントールは新しい出版方針として、旧シリーズから脱して、ファシズムとその矛盾から脱する道をとろうとする。読者にイタリアとヨーロッパの現況を啓発し、再建の展望を示唆しうる著作を集める今日的路線のシリーズを望む。エイナウディ社を現在との熱く燃える接点の場とすることを望む。まさに自分たち「廃嫡された世代、師もなく、ましてやモデルもなく、父親から引き継いだ破産のためにほぼ自力で資産を掘りあげねばならない世代」（マッシモ・ミーラ）にそうする義務があると感じている。イタリア人は「自分の最近の歴史ですっかり堕落した、無気力な国民」ゆえ、他を当てにできないことが彼にはわかっていた。

片や、ロシア生まれでイタリア人になることを望んだギンツブルグは、自分を自分のではない父親たちの相続人として、その伝統をファシズムから奪わなくてはならないとつねに信じていた。彼も、ピントールのように、ファシズムの二〇年のあと、イタリア人がじつに無気力で、「自分の最近の歴史ですっかり堕落した」ことは自覚していたが、父親たちの鎖を辿りなおせると信じていた。彼にとって、伝統は途切れていない。過去がまだぼくらを救いにくることができる。これと同じ動機でギンツブルグは、自由主義・社会主義路線の政党の残っているものと出版社を結びつけようという方向に向かう。要するに、政治と文化の発信元としての先鋭な雑誌の再刊を望むのだ。それが彼の不変の指針であり、燃える街を背にして、レオーネがみずから自分の責任としうるすべて、自分の肩の重荷としうるすべてを救おうとする闘いなのである。「すべてが焼けてしまったとき、ぼくらになにができるか？」という質問にたいする、ふたつの異なる、だがどちらも価値ある答えである。

八月一〇日、レオーネはトリーノにいた。そこへもどったのは、まだアブルッツォに残っている家族を呼び寄せるかどうかを決めるために状況の安全性を確認するためでもあった。まさに彼が旅の途上にあったとき、わずか二〇日まえにガリレーオ・フェッラーリス街に開業したばかりのエイナウディ社の仮りの社屋がまたもや爆撃されたのだ。

八月一一日にレオーネは母親に書いている。母親にたいして一度も欠いたことのない愛情の表明のほかに、街が深い混乱状態に陥っているようすを記す。そのあとで「すべてはファシズムに好都合でしょう」と結ぶ。それからすぐにエイナウディやパヴェーゼとともに仕事を再開し、旧友たちと連絡をとりだす。何人かの記憶では、彼は「体調は最高。明確で明晰、的確で、とくに完璧に方向が定まっている。未来の預言者、揺るがぬ現実感」（ミーラ）だが、「真夏の焼けつく空のもと、爆音と廃墟の埃のなか、足早に接近しているもろもろの事件のなかで、考えを交換しあい、共同の活動場所を創りだす」のを急いでいたあの日々、ほかの者たちの思い出に立ちもどるレオーネは麻疹にかかっていて、楽しみながらも、治りかけた子どもたちを置いてきたアブルッツォからもってきたその子どもの病気のために動きがとれなかったともいう。

ともあれ、ギンツブルグは仕事をする。日常的な爆撃との共生、差し迫った政治的－軍事的危機、無の先の展望の狂気じみた探求が、パヴェーゼがシェイクスピアを引用してピントールに書き送っているように、「わめき声と激昂にみち、なんの意味もない、一人の愚者によって語られた歴史」の響きを生活にもたらす日々だった。「人びとは」と、ギンツブルグはまとめる、「自分の望むべきものがわからずに戸惑っている」彼の計画は、しかし変わらない。「人びとを啓発すること」、それをしなければならない。

　そこで八月二七日と二八日、ギンツブルグはミラーノに行く。いまや黙示録の世界と化した街を支配するドイツ兵のいるミラーノで、レオーネはポエーリオ街のマーリオ・アルベルト・ロッリエールの家で、アルティエーロ・スピネッリ、エルネスト・ロッシ、ヴィットーリオ・フォーア、エウジェーニオ・コロルニその他大勢とともに、ヨーロッパがまだ戦場で、そこでヨーロッパ人がたがいに殺しあっているときに、欧州連邦運動を誕生させる非合法の会議に参加する〔一九四一年にスピネッリ、ロッシ、コロルニが流刑地であるティレニア海のヴェントテーネ島で運動の創案「ヴェントテーネ・マニフェスト」を起草していた。コロルニは一九四四年にファシストに襲撃されて死亡〕。諸民族の和平において統合される大陸という夢は五〇年後に実現するだろう。

　九月二日、ギンツブルグはエイナウディからローマ支社の支店長に任命されてふたたびローマにいた。ジューリオ・エイナウディに出版人としての最後の手紙、無数の手紙の最後の手紙を書いている。素っ気ない、的確な、提案や企画、未来にむけた計画にみちた手紙だ。最後のことばは、友人同士がそうするように「チャオ」。

　幹部会議のまえに、レオーネはピントールと二人だけで長時間話しあった。二人は腹を割って話した。ジャーイメは興奮して出てきた。「彼は革命家だ」と感激して言う。二人はいっしょに、机を並べて仕事をするだろう。トリーノ宛ての最後の手紙で、やがて通信が禁止されるだろうことを見透かして、ジャーイメは「はやく『すばらしい新世界』〔ハックスレーのデストピア小説〕で再会できるよう」希望しつつ、「トリーノのグループ」に愛情をこめて別れを告げる。みなが火山の下で生きている、そしてそれがわかっている。

そして九月八日がくる。ラジオから流れるバドッリオ元帥の声明が五日前にアメリカ軍と極秘のうちに調印されていた休戦協定を表明する。恥ずべきことに、王と宮廷の全員が、政府の全員が、軍の参謀本部の全員がローマから逃げ、イタリア国民を、兵士も一般市民も、ドイツ兵と運命の意のままに捨て去った。つまり、イタリアはきのうまで同盟国だったドイツといまや戦争状態になったのだ。アメリカ軍がサレルノに上陸してイタリアに侵入し、ドイツ軍は敵国を占領するようにイタリアを占領した。

おそらくジレンマなどなにもないのだろう。各自が自分の自由がなすべく彼に課すことをするのだ。チェーザレ・パヴェーゼはセッラルンガ・ダルバの丘の家に隠れ、そこで「いつもの苦行と怒りの物語」を長々とこねまわし、そこでその物語から美しい小説を生み出すだろう。レオーネ・ギンツブルグはふたたび非合法の活動を始める。ジャーイメ・ピントールもまた。

愛する弟へ、

ぼくは数日のうちに成果もわからない任務のために出発する。ローマ周辺に潜伏中のグループのもとへ行って、彼らに武器と指示を与えるのだ。おまえにこの手紙を書くのは、ぼくがもどれない場合の挨拶代りと、この任務をまえにしたぼくの心境を説明するためだ。この任務にいたった特別な事情はたしかに伝記的な関心を引くだろうが、複雑すぎて話せない。ここにいる友人たちのだれかが、ローマから逃走したぼくがいかにしてバドッリオの支配する地域に到達したか、ブリンディジの最高司令部でいかに最悪の一〇日間を過ごしたか、そして軍人のあいだではなにひとつ変わっていないと確信したあと、いかにしてまた逃亡してナーポリに到達したかをおまえたちに話してくれるだろう。

ここでは政治上の友人や帰還した移民たちのあいだで容易に自分にあった環境が見つかり、イタリア・プロパガンダ・センターの立ち上げにひと役買った。それは有効な機能をもつだろうし、一時的にぼくを自分の通常の活動と、平穏な生活のリズムにもどしてくれた。だがその期間中ずっと、心理戦の気楽な方法をよしとしない事態の命ずるところにより間近に参加することの必要性は宙吊りのまだった。だが軍隊の硬直化した現状、イタリア人の大多数の生活の困窮状態がさらに悪化するという展望が決断をさらに緊急のものとした。こうして、ぼくらの意志と関係のない理由から、他のより野心的だが非論理的でもない計画の失敗のあと、ぼくは友人のグループとともに遠征隊を組織することを引きうけた。それはこの最後の冒険の自然な帰結だが、なによりもぼくらすべての若者を巻き込むひとつの経験の到達点なのだ。

実際、戦争は、勝ちほこったファシズムの終盤の局面は、一見そう思われる以上にぼくらに深く作用した。戦争は人間から物理的にその習慣を奪い、人間に手と目を駆使してあらゆる個人生活の必要条件を脅かす危険に留意せざるをえなくし、中立と孤立には救いの可能性がないことを納得させた

〔……〕

戦争がなかったら、ぼくは主として文学に関心をもつ一知識人にとどまり、政治的な類の議論はするとしても、とくにひとりの人間の物語のうちに深い関心の理由を探り、そしてだれか女の子との出会いや月並みな妄想への衝動などがどんな党や主義よりも価値あるものになっていただろう。政治事情により敏感に応じるほかの友人たちは、何年もまえから反ファシズム闘争に身を投じてきた。ぼくはつねにますます彼らに近いと感じてはいるが、その道に全面的に打ち込もうと決心したのかどうかはわからない。ぼくの心の奥には、あまりに強い個人的嗜好や無関心、批判精神があって、そのすべてを集団の信念のために犠牲にすることはできなかったのだ。戦争だけがそんな状況に決着をつけ、いくつかの邪魔物をなぎたおし、地上から多くの快適な避難所を一掃して、ぼくを妥協を許さない世

界に手荒く接触させた。
〔……〕近代社会は明細化された、大いなる多様性の上に成り立っているが、ある時点で、唯一の革命的必要性にすべてを犠牲にするために、それらを廃棄する可能性を保持することによってのみ存続できる。これが徴用の、技術面でない、精神面の意味だが、自分を《自由に使える者》として保持できない若者、種々の方途に全面的におのれを見失ってしまう若者は危険だ。ある時点で知識人は自分の経験を共通の有効性という土壌に移植する能力をもたなければならず、闘争組織のなかで各自が自分のポストを占める力をもたなくてはならない」

死の予感に憑かれて、ジャーイメ・ピントールは彼の戦いの任務に出発する前夜、弟のルイージにこう書く。敵の防衛線の先の南ラーツィオのパルチザンに合流しなければならないイタリア人志願兵の小グループ——出発したのはわずか五名だ——の指揮を任せられたのだ。闘士たちがわたる準備をしていたヴォルトゥルノ川はまさに、ジャーイメがその手紙を書いていたころ、連合軍の陣地の最先端だった。その先はドイツ軍の陣地だ。死者たちの地へとつづく間道には地雷が埋められていた。だがそこに入ろうとしていた者たちはそれを知らなかった。ジャーイメは、歩きだす前日に、ナーポリのモンテ・ディ・ディーオの丘、クラショーネ大通り三七番地から手紙を書いた。

一九四三年九月、ナーポリ発世界大戦の最前線。

過去四年間に街は百回もの爆撃をうけ、一万人もの市民の犠牲者を出していた。八月末にB17機がポンペーイの遺跡にその積み荷を投下した。紀元前七九年の火山の噴火後の軽石の層に埋もれ、一九世紀後にふたたび日の目を見た古代ローマの大広場はアメリカ軍の爆弾によってふたたび灰燼と帰した。決定的な廃墟となった。

それから、九月の休戦協定ののち、アメリカ軍がサレルノに上陸して、街は希望にわいた。だがドイツ軍の反撃が解放者たちを沿岸にとどめ、イタリア国家は崩壊し、軍の高官たちは私服に着替え、部下の兵士たちは四散した。街はナチスに手わたされた。ヒトラーは、火山をおぼえていて、街を「泥と灰にしろ」と命じる。第三帝国の優秀な兵士たちは集会に集まる群衆に発砲する権限をもち、略奪や強盗、放火を命じられた。はやくも九月一二日、国立図書館に火を放ち、消火に駆けつけた市民に発砲した。

同日、ヴァルター・シュル大佐が夜間の外出禁止令を出し、戒厳令を発布。「公然と、もしくは偽装して反ドイツ軍活動にかかわる者は即刻銃殺。さらにその現場と犯人の隠れ家の至近一帯は破壊され廃墟となる。ドイツ兵一名の負傷もしくは殺害につき百倍の報復。戒厳令が存在する」

この文法のまちがいだらけの冷酷な命令から略奪や横暴、サボタージュが発生した。ドイツ軍の破壊工兵たちは銀行や公共建造物、燃料倉庫、発電所、食料備蓄所、水道、ガスタンク、港の突堤、鉄道のホームと資材などを爆破した。狼と化した兵士たちは店舗や民家、教会、大商店を襲った。そして厳しい隷属状態が。つまり、九月二三日、シュル大佐は沿岸一帯に住む一〇万人のナーポリ市民の立ち退きを命じ、さらにその直後に、またもや略奪者特有のまちがいだらけのイタリア語とだみ声で、一八歳から三三歳のすべての男子にドイツでの強制労働への義務的動員を布告したのだ。「出頭せず、公表された命令に違反した者はただちに巡察隊によって銃殺。ナーポリ司令官シュル」

市の戸籍簿では動員対象の男子は三万人だ。だが出頭したのは一五〇人。市民は選択をした。はやくも九月二六日に、ナチスの一斉捜索に抗して非武装の群衆が叫び声をあげた。翌日、数千人の移送者がドイツ兵によって縦隊を組まされているとき、数百人の男が戦闘の口火を切った。表門に閂がけられ、小銃の狙撃手たちが窓辺に、十字路にわずかながら機関銃が配備された。ナーポリの蜂起だ。一〇あまりの地区で同時に、武装した市民が彼らの街を破壊するドイツ軍破壊者を攻撃し、街を略奪するドイツ軍略奪者に発砲し、彼らを移送する侵略者たちの道をふさぐために、武器を手にはだしで屋根の上を走った。

ナーポリは立ち上がったが、それは蜂起と呼べるものですらない。計画も、戦略もなく、目標も定められておらず、指揮する者もおらず、おそらく闘いの勝敗の展望すらなかっただろう。それは蜂起以下であり、それ以上だ。地中海沿岸の苦渋の千年の歴史のなかで武器がみずから発砲した瞬間である。それは大火災であり、天変地異であり、真昼の歓喜だ。はだしの一二歳たちが戦車に突進し、年金暮らしの七〇歳のトロツキストの元大学教授たちが指揮をとる。四日間、海からヴォーメロの丘にむかって、決然とした果敢な戦いの途切れない波が立ちのぼった。

フォリーア街は武装グループの一連のロザリオであり、オートバイやトラック、戦車、兵士たちをつなぐ鎖帷子だった。闘士たちが路地のあらゆる角で、農事試験場の階段で、カヴール広場の公園で、ドゥオーモ通りの角の花市場に置いた機関銃のうしろで、待ち伏せた。サン・ジェンナーロ門にはバリケードまで築かれた。

ペッピーノ・フェッリエーリもまた、屋根の上にいた。そこのフォワイエで自分がチケットを切り、舞台を夢みていたパルテーノペ劇場の爆撃された屋根の上で待ち伏せていた。彼の戦闘位置から、少し下のほうに、サン・カルリーノ劇場の舗道が、マリオネットたちに息を吹き込む舞台の前部が見える。おそらく彼はまさにそれらを守るためにそこにいたのだろう。彼は、穏和でセンチメンタルで真の善人の彼は、ほぼまちがいなくドイツ人のだれひとり殺さないだろうし、おそらく一発も発砲すらしないだろう。それでも、いつもは操り人形の甲冑を動かし、手首を繰りかえし小刻みにひねって人形を歩かせる手が、銃床をしっかり握っていた。

レオーネ・ギンツブルグは生涯、自分の闘争の場を守り、生涯一度も武器を握らずにそれを守った。自由イタリア。九月八日以後、ふたたび第一線に立ち、ふたたび愛する出版社の活動もふくめた彼のすべてをささげる闘争の道具はこういう名前だ。『自由イタリア』は行動党の非合法紙である。数日まえのフィレンツェでの集会、イタリアで二〇年まえから組織されていた反ファシズムの党の最初の集会で、党幹部が彼をその共同責任者に任命した。

すでに九月八日、軍上層部が卑劣にも首都ローマを捨て去ったにもかかわらず、マリャーナ橋とサン・パーオロ門で民衆に支えられた軍の数部隊がドイツ軍との戦闘を開始し、カルロ・ポーマ街にレジスタンスの公式の開始を告げるイタリア解放委員会が生まれているあいだに、はやくも九月九日にレオーネは現に起こっていることをイタリア人に伝えることのできる新聞発行の仕事をしていた。ギンツブルグとともに共同責任者になったカルロ・ムシェッタの思い出から、そんな日々の「熱気」を知ることができる。

ナチスがローマの門口に迫っているあいだも、レオーネとカルロは印刷を引きうけてくれる印刷所を血眼になって探しまわっていた。午後二時、ある薄暗い印刷所から外に出ると、街は「苦悶の休暇状態」に宙吊りになっていた。イタリア軍兵士はファシスト指揮官たちの命令に落胆して、脱走兵のように兵舎から逃げ、近郊での戦闘から埃まみれや負傷して帰還した兵士たちは「目に怒りの涙をたたえていた。午後にはドイツ軍の爆弾がはやくもプラーティ地区にパニックを撒き散らしだす。レオーネとカルロはコーラ・ディ・リエンツォ広場のキオスクが爆破されるのを数メートルのところで免れ、パニックで人影の消えた中心街の道を「亡霊のように」さまよった。二人は夜に帰宅した。やっと印刷を引きうけさせた新聞は次のように報じる。「ドイツ軍はあらゆる戦線から撤退した。イタリア民衆の戦線からも撤退するだろう」

だが、それはいまや空文だ。ドイツ軍トラックの縦列が帰宅途上の二人の編集者の足を止めさせる。奪いとったイタリア軍の戦車を運んでいるのだ。カルロとレオーネはそんなときにも失望しない。まさにそんな「戦争のむき出しの空気」こそが彼らを活気づける。そのわずか数ページの灰色がかった紙の印刷物がその後二か月の彼らの生の動機となるだろう。彼らはドイツ軍に占領されたローマでほど自由だったことはなかった。

レオーネは偽造身分証明書を用意する。いま名前はレオニダ・ジャントゥルコ。テルモピュライの隘路でクセルクセスのペルシャ軍を迎え撃ったスパルタ軍指揮官レオニダスの名前だ。一〇月一七日、ドイツ軍に占領されたローマの中心街でさえ数千部流布した『自由イタリア』一一号の紙面から彼は民衆の戦いをたたえる。「ナチス・ドイツにたいするイタリア民衆の戦いは完全な自由を渇望する民衆の戦いだ。〔……〕そしてこれは、議定書はないが、日々生命をささげている英雄たちの血で署名された宣戦布告であり、未来をまえにして語り、歴史の秤の上で重みをもつものだ」レオーネはこれらのことばをボローニャ広場近くのアパートの一室のタイプライターで打つ。北のピエモンテではパルチザンたちが恋人に別れを告げて山に入っていく。

一〇月一六日、ゲシュタポがローマのゲットーを一斉捜索。アウシュヴィッツに送られた一〇二三人のうち生還するのは一六人だけだろう。レオーネはナタリーアに子どもたちとともに自分のもとに来るようにと手紙を書く。ピッツォリではだれもが彼らがユダヤ人であることを知っていて、危険が大きい。一〇月三〇日付の『自由イタリア』第一二号で、英米連合軍の指揮のもとにドイツと戦うイタリア人義勇軍の結成を論じつつ、ギンツブルグはドイツ人とナチストを区別し、このような惨憺たる黙示録的状況にあってさえ、戦争の息苦しさが彼の知的判断力を曇らせていないことを示している。「われわれの敵はたしかにドイツ人だが、それはナチストのドイツ人、つまりファシストのイデオロギーと政策の主唱者、あらゆる自由を否定するドイツ人である」一一月一日、ナタリーアがローマ着。一斉捜索を免れ、ギンツブルグ家の母と子どもたちはほかならぬドイツ軍のトラックに乗ってピッツォリをあとにすることができた。ヴィットーリア・ホテルの経営者のアブルッツォ女性ピーア・ファブリーツィがナタリーアをナーポリの爆撃で身分証明書を失くしたまま逃げてきた自分の従妹だと言ってくれたのだ。三人の子どもたちは元気で、レオーネとナタリーア、そして子どもたちは四月二一日大通り《ヴェントゥーノ・アプリーレ》のアパートに身を潜める。短い未来をもつ日々をともに暮らす。

一一月一三日、ギンツブルグは首尾よく『自由イタリア』第一三号を発行した。数万部だ。そこで彼は、アメリカ、イギリス、ソヴィエトの外相たちが未来のヨーロッパを議論したモスクワ会談をうけて世界情勢を論じている。ヒトラーの戦争は敗北だ、いまやそれは確実だ。ローマは解放を待ってひと息をついている。だがドイツ軍はヴォルトゥルノ川の防衛線を放棄して、ガリリャーノ川一帯に第二の防衛線を敷設した。ヒトラーは首都の保持を決断したのだ。アメリカ軍の前進は阻止されている。戦闘はまだつづいている。

一一月二〇日朝、レオーネは出社当番ではなかった。その上、いまやすべての印刷所が警察に監視されているという噂だった。前日、寄稿者の一人が検挙された。にもかかわらずレオーネは隠れ家を出てそこへ行く。家にいれば苦労して作りあげたレジスタンスの情報網をたった一日で失う危険があった。すでに選択したから、選択の余地はない。極限状態のなかで彼は恐ろしいほど自由だった、ゆえにいま彼にはトルローニア館を横切って、それからアルノ街をのぼってゆくか、それともヴィッリーニ街に入ってそれからサラーリア街道に抜けるかを決断する道は残っていない。非合法の印刷所はローマのもっとも裕福な地区のひとつであるバゼント街の五五番地にあり、松とバラ園に取りかこまれている。最後の石段を降りたところで、彼は捕まった。

ミラーノはクリスマス・イヴだ。数日まえに、ファシスト党ミラーノ支部の長で、傷痍軍人で軍功叙勲五回のよき父親、要するに穏健派の男のアルド・レゼーガが路上で殺された。ナチスに占領された街にひそんで、サボタージュや裁判なしの処刑を実行する小規模抵抗組織である愛国行動グループが彼を殺した。レゼーガは習慣に忠実で、家と職場である党支部を日に四回、定時に往復していた。市電に乗り、警護もなく、非武装だった。行動グループは家の戸口で彼を襲い、その後彼の葬式の参列者にも発砲した。

ミラーノは一九四三年のクリスマス・イヴをこんなふうに生きていた、第一SS装甲師団ライプシュタンダーテ・アドルフ・ヒトラーに占領された街、〔幽閉されていたムッソリーニがドイツ軍に救出されて〕このイタリアの一端をドイツ軍の指揮下に置こうとした傀儡政権であるイタリア社会共和国の真の首都は。

クザーノ・ミラニーノのルイージ・スクラーティは学校へ行くところだ。いまや彼も一一歳で、一人で登校する。ブレッソとニグァルダを通ってクザーノからミラーノへとつながる市電の走っている大通りで二度、小さな爆発音がした。朝八時、霧がかかっている。一九四三年の少年たちは爆発に慣れっこだ。ルイジーノはそのまま進んだ。

だが、なにかようすが変だ。子どもたちがムッソリーニの悪口を言うとまだ叱るグレッピ先生が苛立っている。一時間ほどして、親たちが学校に来はじめる。子どもたちを迎え、つれて帰る。教室は空っぽになる。ルイージは居残り組だ。母親は店番に出ており、父親はその日は文房具店のクリスマス商品を仕入れに自転車でミラーノに行っていた。学校にほとんど人影がなくなり、廊下を走る黒シャツの民兵たちの靴音が廊下にひびきだしたとき、一人の男が彼の姿に目をとめた。

「親は迎えに来ないのか?」、背の高い男前で、赤毛、赤毛に特有の白い肌。ルイージ少年は彼を知っている。級友の女の子の父親で、協同組合住宅から少しはなれた脇道にある家に住んでいる。共産主義者で――母親がいつもそう言うのを聞いていた。だがそのあとでいつも「でもりっぱな人よ」とつけ加えた――アベーレ・メルリという名前だ。

「コートを着なさい、家につれていってやる」共産主義者がささやいた。

学校を出るとすぐにアベーレ・メルリは大通りから脇道にすべり込んだ。片手を娘の肩に、もう一方をルイージの肩において。ひとことも言わずに、大人の、そして父親の手に軽く力をこめて、子どもたちを歩かせる。フィリッポ・コッリドーニ街に人が集まっていた。ベレー帽に、膝までのズボン、軽機関銃をかまえたエットレ・ムーティ行動隊員が道路を捜索していた。泣く子も黙るファシスト集団で、子どもでもそれを知っている。壁にむかっている男たちがいた。両手をあげている。大勢だ。

無言だ。

ルイージは肩におかれていたアベーレ・メルリの手を振りほどく。壁にむかっている男たちが磁石のように彼を引きつける。ルイージは父のアントーニオを認めた。

まるで建物が崩れるのを止めようとでもするように両手をひらいて壁にむいているので、息子が見たのは父の後姿だけだ。だが男の子は壁にむかっている父を、彼の父を、そしてすこしはなれた場所に包みを乗せたまま地面に投げ出されたビアンキ社の自転車を認めた。

「こっちに来い」アベーレ・メルリが彼をまたつかまえた。そっと彼を反対側につれていく。「家につれていってやる」彼の頭をなでて、もう一度そう言った。

彼らは近道の畑にはいった。ルイージは午後にいつも友だちと会う、草が高く生えた小道をなんなく抜け出る。

母のアンジェラの店に着いたとき、男の子は悩んだ。父が壁にむかわせられていたと母に告げたらいいのかどうか。どうすべきかわかっているらしいその親切な男にまかせることにした。母は彼にお礼を言っている、共産主義者だけれど。彼もまちがいなく父を見たはずだ、何年もの知り合いだし、家も近い。だが、アベーレ・メルリはアンジョリーナ・レカルカーティに彼女の夫のアントーニオ・スクラーティがムーティ行動隊に背中に軽機関銃を突きつけられていたことを話さない。アベーレ・メルリは彼女に挨拶し、娘の手をとってきびすを返した。ルイージは店の奥の部屋へ遊びにいく。そのあとが大騒ぎだった。

「逃がしてくれ、スクラーティの奥さん、逃がしてくれ」ルイジーノは店で叫んでいる声を聞いた。

すぐに母が一人の男を通してやると、彼は階段下の小部屋にはいり、畑に出るドアから出ていった。ルイジーノは彼を知っている、ペドレッティという男で、角を曲がったところの茨の中庭《クール・デイ・スピン》に住んでいる。だが彼は家へ行く道には行かない。

ルイジーノはそれから間もなく彼が二人のムーティ行動隊員に腕をとられているのを見た。捕まえた男の前を歩いていた行動隊の一人が母にむかって言った。

「奥さん、どうですか、この男はペドレッティですか？」隊長はおそらく二〇歳ぐらいで、他の隊員もそんなところだろう。

「いいえ、知らない人よ。この人はペドレッティさんじゃないわ」ルイージは、母の嘘をまえに、目を伏せた、母を裏切らないために。

「やれ！　やれ！　おまえら、ここは大片づけだ！」

隊員たちがぱっと散る。商品を蹴散らし、なにかもひっくり返して店になだれ込む。隣の店で銃声がした、子どもたちをドイツ軍の司令部につれて行った床屋の店だ。アンジェラは恐怖のあまり気絶した床屋に駆け寄る。ベレー帽の少年が「あそこで政治の話をしていやがった！」と憎々しげに叫ぶ。そのために鏡を粉々に撃ち砕いたのだろう。そのときルイージは母が銃をかまえた少年に、恥を知りなさいと叫ぶのを見た。床屋さんはあんたのお父さんみたいなものよ、と怒った女が少年に言った。それから、銃をしまって、玩具を片づけるのを手伝いなさいと命じた。

昼下がり、ルイージは中庭の端のほうに、見まちがいようのない父親の姿が浮かびあがるのを見た。アントーニオ・スクラーティは自転車を置いて、回収できたわずかな商品の目録を作りはじめた。人形がいくつかと、吹き矢筒がいくつか。なにも言わない、いつものように。

夕食のとき、アントーニオは沈黙をやぶって、妻に報告した。その日の朝、愛国行動グループがミラニーノの家畜計量所の裏の家に住んでいたブレーダ技師を襲撃したのだ。技師はファシストで、工員たちを告発したのだった。アントーニオが釈放されたのは、彼は反ファシストだが、九月八日の休戦協定公表のあと、前日までファシストだと公言していた多くの人間がしたように、急いで身分証明書からファシズムのマークの束桿《ファスケス》を消さなかったからだ。あまりにも芝居めいた話だが。彼のまじめさが彼を救った。ムーティ行動隊はペドレッティとアベーレ・メルリを捕まえた。彼らを学校の中庭につれていった。

翌朝、ルイジーノが友だちと学校に着くと、風景ががらりと変わっていた。冬だ、草が伸びたまま、ふたつの死体の痕跡は春まで地面に残るだろう。

レジーナ・チェーリ刑務所の第三棟は「陽気な牢獄」だ。監房のドアは――カルロ・ムシェッタの記憶によると――休戦協定発表後の騒動で蝶番がはずれたまま、修理されていない。囚人たちは自由に監房を行き来し、そこには世界が丸ごとおさまっている。イタリア人に外国人、ある一家族全員、反体制派、聖職者、闇屋、女、売春婦、子ども、軍人と民間人、あらゆる党派の闘士たち、すでに先の戦争で戦い、いままたドイツ軍の捕虜になっているサビーナ地方の小作人たち、床屋のふりをしてパジャマ姿でうろついて、未来の共和国大統領などに手口を教示する裁判待ちのすりなど。そのころ、反ファシストで埋まっていた第三棟に、まさにそのすりが二人いた。終戦が近いことを察して、囚人を夜も監房から監房へと自由に出入りさせている看守たちの一人があるとき、戸外での休憩時に囚人たちに同行して、言った、「あんたたちは未来の大臣だね」彼の目に狂いはなかった。

人は、どこの刑務所でもそうだが、グループで集まる。三階に自由主義者、二階にはほかの者たちとポーカーをしたくない行動党員や共産党員が集まっていた。多様な科目の授業が組まれ、知識人が民衆に教育した。レオーネはロシア文学とマンゾーニ、リソルジメントのコースをうけもった。便器を空にしてひっくり返してその上にすわる。こうして、排泄に使っていたバケツを教壇にしたのだ。三人部屋に五人押し込まれたが、居心地は悪くはない。アメリカ第五軍の前衛部隊がドイツ軍の冬の防衛線である山岳部の砲座に立ちむかっている。もう、春は遠くないはずだ。

だが、一二月初旬のある午後、イタリア人看守たちがにわかに緊張しだした。囚人を全員監房に追い込み、出ることも、監視穴からのぞくこともかたく禁じた。

ドイツ兵がなだれこんだ。頭に洗面器型の鉄ヘルメット、胸まわりにピカピカの銅の機関銃弾丸帯、ベルトに手榴弾を下げ、機関銃をかまえて。看守長が一人の名前を叫ぶ。一人だけだ。すこししてレオーネ・ギンツブルグが引きわたされる。彼は、重々しい薄緑色の軍服のあいだで目立つよれよれの青い服を着て、新しい獄吏にはさまれ、力なく歩いていった。

だれかが監房からピアーヴェ川讃歌〔第一次世界大戦でイタリア軍がオーストリア軍の南進をこの川岸で止めた〕を口笛で吹きだす。透きとおった、しっかりした口笛だ。イタリア人はことばを失う。だれかの声が叫んだ、「がんばれ！」ドイツ兵は無視する。レオーネはつれ去られた。

第六棟は日当たりが悪く、照明もすくなく、汚い。シーツはなく、水もわずか、風通しが悪く、藁の寝袋は虱だらけだ。中庭に出るのは週に二回だけ。

九年まえにさかのぼる入獄時の人物特徴カードとレオニダ・ジャントゥルコの書類を照合しているうちにレオーネ・ギンツブルグの身元が発覚したのだ。ドイツ軍は彼を執拗に尋問攻めにした。おまえが首謀者だ、名前を言え、密告しろと攻める。血まみれになるほど殴る。その繰りかえしだ。彼は最後の「ノー」で抵抗する。

そのころ彼に会った友人の一人が、彼は心臓が弱まり、肉体はぼろぼろだったと証言する。レオーネは彼に死ななければならない恐怖、終わりだという確実な、嘘いつわりのない、恐怖を打ち明けた。最後のころ、ナチスの看守たちが彼の顎を砕いたあとに彼の腕をかかえて引きずっていくのを見た別の友人は、彼が「ぼくらが将来、ドイツ国民全体を憎まずにすまなければ、問題だ」とつぶやいたのを聞いたと証言する。信じがたい、ほとんど超人的なことばだが、ぼくらはそれを信じなければならない、その証人はサンドロ・ペルティーニ〔社会党書記長。一九七五―九〇、イタリア大統領〕だから。

一月初め、レオーネはまた移送される。どこかさらに陰気な場所へ。そこでユダヤ人は容赦なく責められる。

二月初め、仲間が首尾よく彼を医務室に入れる。そこから、彼を逃がせたらと。アメリカ軍がローマ沿岸のアンツィオに上陸していたが、レオーネのいる場所までその気配はとどかない。

二月四日、彼は一日じゅう具合が悪かった。夕方、看護師がカンフルを注射する。レオーネは元気を取りもどしたように見えた。紙とペンをもらって書いた。ナタリーアに、彼の妻に書いた。その夜のうちに彼は死んだ。

愛するナタリーア、ぼくの妻よ

きみに手紙を書くたびに、ぼくはこれが最後でないようにと願う、出発のまえでも、ふだんでも。そして今日もそうだ。ほぼ丸一日たったのに、ぼくのなかで続いているのだ、きみの消息と、きみがこれほどぼくを愛してくれていることの確かなしるしにかきたてられた喜ばしい興奮が。〔……〕ところで、見通しは喜ばしくない、しかたがないが。いずれにせよ、もしもぼくが移されることになっても、きみはどんな場合でも後を追ってきてはならない。きみはぼくよりも子どもたちにとってはるかに必要なのだ、とくに小さな娘にとって。それに、きみがいつ終わるともしれない危険にさらされていると知ったら、ぼくはいっときも心の平安を得られないだろう。そんな危険はきみにとってはやく終わるべきで、過剰に増大してはならないのだ。そうなることでぼくがどんな慰めを自分に断つことになるのかはわかっている。慰めといっても、きみの身にたいする危惧と、子どもたちへの痛恨の苦渋に満ちたものだろうが。要は、最後にはまた会えると希望をもちつづけることだ。そうすれば、多くの感情が整理され、思い出となって鎮静し、そこから、耐えうる、堅固になったひとつの感情が形成されるだろうから。

だが、ほかのことを話そう。ぼくをもっとも苦しめることのひとつは、周囲の人たち（ときにはぼく自身）が個人的な危険に直面すると、容易に全体的な問題意識を失ってしまうことだ。だからぼくは自分のことではなく、きみのことを話すことにしよう。ぼくが心から願うのは、それができるようになったらすぐに、きみの生活を立て直して仕事をし、書き、他の人たちの役に立ってもらいたいということだ。こんな忠告はきみにはさぞかし空疎で、苛立たしく思われるだろうが、これがぼくの愛情と責任感の最良の果実なのだよ。創作にうちこむことによって、あまりに胸をふさぐ涙を解き放ち、なんでもよい、社会的な活動に参加することによって、他の人たちの世界、ぼくがあんなにしばしばそれへの唯一の懸け橋だった世界の近くにいてもらいたい。いずれにせよ、子どもがいることがきみにとって、自由に使える大きな力の蓄えがあるという意味になるだろう。アンドレーアもぼくを思い出してくれるとよいのだが、二度とぼくに会えなくなっても。子どもたちのことをたえず考えるけれど、決してあの子たちのことをぐずぐず思いつづけないようにしている、力が抜け、気が滅入るから。だがきみのことは頭から払いのけずに想っている、ほとんどいつも、気付け薬のように力づけてくれるから。数日のうちに懐かしい顔に会えるということに、初めはすっかり興奮した、わかってくれるだろうが。いまはまた元にもどりつつある、さらに急激に変わるのを待って。

もうやめないとね。ぼくの電球の明かりを当てにしてあまりに遅く書きはじめたら、今夜にかぎって光が頼りない、あまりに高すぎるうえに。見えず、読みかえすことも望めないまま、きみに書いてゆこう。手元にあるトンマゼーオ〔一八〇二―七四。ダルマチア生まれの文学者。『イタリア語辞典』、「イタリア語同義語辞典」を残した〕の全集の、盲目になってゆく彼の日記のあのページが自然に浮かびあがって、比べてしまう。ぼくのほうは、幸い、明日の朝まで見えないだけだが。チャオ、ぼくの愛するひとよ、ぼくの恋人よ。もうすぐぼくらの六回目の結婚記念日だね。その日、ぼくはどこにどうしているのだろう？　きみはそのときどんな気持ちでいるのだろう？

ぼくは最近ふたりの生活を思いかえしてみた。ぼくらの唯一の敵はぼくの恐怖だった（ぼくの結論だ）。何度か、なにかの理由でぼくは恐怖に襲われ、そのつど、それを克服し、自分の義務をないがしろにするまいとあらん限りの力を尽くしたが、その結果、もはやなにをする活力も残っていないということがあった。そうではないかい？　もしもぼくらがいつかまた会えるなら、ぼくは恐怖から解き放たれて、こんな暗い部分もぼくらの生活に二度と存在しないだろう。なんときみを愛していることか、愛するひとよ。もしもきみがいなければ、ぼくは喜んで死ねるのだが（これも最近到達した結論だ）。

しかしぼくはきみを失いたくない。そしてきみは決していなくなってはならない、たとえなにかの理由で、ぼくがいなくなっても。きみに親身に愛情をかけてくれるすべての人たちに、ぼくからの挨拶とお礼を。たくさんいるはずだ。きみのお母さんはじめ家族の人たちにはお詫びを。ぼくらのこの大家族がご迷惑をかけているのだから。ぼくの代わりに子どもたちに口づけを。きみたち四人全員の幸運を祈り、きみたちがこの世にいてくれることに感謝する。愛しているよ。きみに口づけを、いとしいきみに。ぼくは生命をかけてきみを愛している。ぼくのことで心を砕きすぎないように。ぼくは戦争の捕虜なのだと考えるといい。捕虜は多い、とくにこの戦争では。そして驚くほど多くの者が返される。その数にはいれるように祈ろう。わかったね、ナタリーア？

きみにもう一度口づけを。もう一度。そしてもう一度。元気を出すんだよ。

レオーネ

「チャオ、愛するひとよ、ぼくの恋人よ。数日でぼくらの六回目の結婚記念日だね。その日、ぼくはどこでどうしているのだろう？　そのときさみはどんな気持ちでいるのだろう？」

いまではぼくらは知っている、レオーネ・ギンツブルグがついにその日を迎えなかったことを。彼はナタリーア・レーヴィと一九三八年二月一二日に結婚したが、レジーナ・チェーリ刑務所の医務室で一九四四年二月四日夜、妻宛てのあの手紙を書いて数時間後に死んだようだ。一人で死んだようだ。

この胸を刺す、心の奥底からの別れのことばをぼくが想起する理由を述べなくてはなるまい。それは、こういうことになると思う。彼の死の高貴な悲劇性が、レオーネ・ギンツブルグがたんに、決定的に死んだということになるのを阻止するのだと。レオーネ・ギンツブルグは、あれらのことばを書いていたとき、ぼくらにとってもうずっと死んでいたのだろう、と同時にまさに死ぬところだったのだろう。つまり、彼は生者の世界と死者の世界の中間地の永遠の旅人であり、まさに彼の息子のカルロがのちに教えてくれるように、あらゆる民衆にとって、あらゆる時代における、ことばのもっとも高貴な意味における、「語る者」の聖香油〔承認〕なのだ。「物語るとは、（文字どおりに、あるいは比喩として）あちらに、あのときいたことがあることから発する権威をもって、ここで、いま、話すということだ」生者たちの草地と死者たちの森の中間の地、可視の領域と不可視の領域に住むことができること、それこそがぼくらを人間的にするのだ。レオーネ・ギンツブルグが最後の手紙に託したような証言のおかげでぼくらはそれになれる。たがいに自分の物語を語り、また他者の物語も語ることができるということ。あちらからまだここにいる者へ。逝ってしまった者からとどまるだろう者へ。

この別れのことばが遺したものは感動を越えてゆく。運命に強要された不本意な、だがこの上もなく自由で、あくまでも堂々としたこの遺書で、ギンツブルグは自分が死ぬことの深い理由をぼくらに教え、ぼくらにぼくらの死との折り合いをつけさせる。これらはいまわの際に書かれた最後のことばであり、これらのことばのおかげで、彼の最期は消滅ではなく、完成となる。それらは最後のことばであり、そのなかでひとつの存在、ひとつの政治闘争の第一義が、立ち去る一瞬まえに肩越しに放った、過去へ向けられた、公平ですべてを包容する視線のうちに総括されている。レオーネがナタリーアに宛てた手紙にこめたのは、妻にたいする夫の愛、子どもたちにたいする父親の愛だけでなく、そのために彼が生きた価値、そのために彼が闘った基本的権利、よく生きた生にたいする満足感の確認もこめられているのだ。

こんな極限状態で、奈落への斜面に直面しつつなお、ギンツブルグは、もしもそれが自分自身への退避、悲劇の圧力のもとでの生の私物化と解されるなら、内面主義《アンチミスム》〔二十世紀初頭、フランスに起こった芸術運動。文学では内面の心情を描く〕に身をゆだねることを拒否する。死の予感に導かれて書き出し（「愛するナタリーア、きみに手紙を書くたびに、これが最後でないようにと願う、出発のまえでも、ふだんでも」）、自分の状況と苦しみを数行のわずかなことばで述べたあとで、レオーネはすぐに向きを変え、そこからはなれる。「だがほかのことを話そう。ぼくをもっとも苦しめることのひとつは、周囲の人たち（ときにはぼく自身も）が個人的な危険に直面すると、容易に全体的な問題意識を失ってしまうことだ」これらのわずかなことばで、その躍動する勢いで、レオーネは、獄中にあるにもかかわらず、自己を解放する。ここからほとばしり出るのは「ぼく」、最小限の「ぼく」であり、そこへ押し寄せるのが「きみ」の大きさであり（「だからぼくはきみのことを話すことにする」）、そしてさらに大きい「きみたち」（「子どもがいることが、きみにとって、自分のなかに自由に使える大きな力の蓄えがあるという意味になるだろう。アンドレーアもぼくを思い出してくれるとよいのだが、たとえ二度と会えなくなっても」）であり、最後に「ぼくら」であり、それが帰結点である。（「もしもぼくらがいつかまた会えるなら、ぼくは恐怖から解放されて、こんな暗い領域もぼくらの生活に二度と存在しないだろう」）

こうしてふたたび沖に出て、自分の務めをはたしたことを自覚し、死にゆく男は残る者に務めを委ねることができ（「ぼくが心から願うのは、それができるようになったらすぐに、きみの生活を立て直して仕事をし、書いて、他の人たちの役に立ってもらいたいということだ」）、死の直前に未来に思いを馳せて、残るいとしい者たちの幸せを願うことができるのだ。（「ぼくに代わって子どもたちに口づけを。きみたち四人全員の幸運を祈り、きみたちがこの世にいてくれることに感謝する」）最後にレオーネは、さらに自由になって――自由は檻のなかにある、その外にではない――間にいてくれた人たちへ別れを告げ、感謝し、許しを乞うことまでする(「きみに親身に愛情をかけてくれるすべての人たちに、ぼくからの挨拶とお礼を。たくさんいるはずだ。きみのお母さんはじめ家族の人たちにはお詫びを。ぼくらのこの大家族がご迷惑をかけているのだから」)これらのわずかなことばの力で愛する者たちを抱きしめながら、レオーネ・ギンツブルグはじつに淡々と、そしてじつにラディカルに、この世に別れを告げ、別れを告げながらこの世と和解しようとする。その行為には「先祖伝来の儀式の荘重さと簡潔さ」がある。これ以上に高潔で、強烈な文学的営為は想像できない。事実、ここで、ことばはその最大の力の高みにたっしているのだ。その力は、かつて父親像についてよく言われたことがふさわしい。無防備な生と、死のあいだにそびえている、と。

「レオーネは最後のことばを残さずに死んだ、だれにも別れを告げず、彼の仕事を終えずに、ぼくらになんのメッセージも残さずに死んだ。それゆえぼくらは諦めきれず、許せない」何年もあとにこう書いたのは、レオーネの幼なじみで、いまや高名な哲学者にして精神的な権威であるノルベルト・ボッビオだ。だがちがう。哲学者はまちがっている。精神世界の権威者もここではまちがっている。レオーネ・ギンツブルグの最後の手紙が、死んだ彼が生きているぼくらにたえず送りつづけている別れのことばなのだ。彼の妻への、そして彼女をかいして彼の子どもたちへの最後の、崇高な、最後の力をふりしぼった、熱烈な手紙こそ、レオーネの作品なのだ。それ以外のメッセージはない。

容易で幸福な未来

ナタリーア・ギンツブルグ

「戦後のあの時代、わたしたちはみな自分が詩人だと思っていた」

ナタリーアは助かった。子どものカルロとアンドレーア、アレッサンドラも助かった。彼らの手を引いて、ナタリーアは戦後にはいる。「茫漠とした、はかりしれない、境界のない」と思われた世界にはいる。「喜んでそこで暮らし」、「過去の崩壊に涙を流さずに見ること」が義務となる。しかし彼女は活字になった最初の詩を過去の崩壊にささげる。レオーネの思い出だ。「人びとが都会の道を行き交っている。／食べものや新聞を買い、それぞれ仕事で動いている〔……〕／まばゆい都会はあなたのものではない、まばゆい都会は他の人びとのもの、／行き交い、食べものや新聞を買う人びとのもの。〔……〕／けれども暗くなっても開いていたあの門は永遠に閉ざされるだろう、／そしてあなたの青春はみすてられ、火は消えて、家は空っぽ」この詩はまた、いまや人種法ゆえに偽名で隠さなくてもよくなった本名で発表する最初の作品でもある。彼女はレオーネの姓を選び、ナタリーア・ギンツブルグと名乗って、その後の長い作家活動もずっとそれで通すだろう。

この茫漠とした戦後のなか、レオーネの最期に愕然としたのはナタリーアだけではない。「賢者たるレオーネ・ギンツブルグがつねに死を考えていたあの穏やかさで彼の死を考えることはわたしには不可能だ」多くのなかで、こう書くのは、ピエートロ・パンクラーツィ〔文芸評論家。一八九三―一九五二〕である。だが生者たちの収穫祭は陽気で、その初期のころは、生者がそれに参加するのが一般的であり、義務であった。とくにより若い者たちは、敗者として戦争を生きたが、――イータロ・カルヴィーノが書くだろう――踏みつぶされた者ではなく、勝利者と感じ、「終わったばかりの戦いの推進力に押されている、その戦いの遺産の特権的受託者と感じている」老いも若きも、勝者も敗者も、すべての者にとって、生活が、熱心に語るべき唯一のことになる。ふたたび動きだして、小麦粉やオリーヴオイルの缶でいっぱいの列車のなかで、「乗客はみな見知らぬ者にわが身に起こった出来事を話す、《人民食堂》の常連しかり、店の列の最後尾の女しかり」すべての上に「あつかましい陽気さ」が降りかかる。灰色の日々の生活は「ほかの時代のこと」のように見える。「ゼロから再出発しうるなにかのような生活の意味」これが戦争が茫漠とした戦後に残した遺産なのだ。

短いローマ滞在のあと、はやくも一九四五年のうちにナタリーアは部屋をいくつか使わせてくれるトリーノの両親の家に移る。ジューリオ・エイナウディが出版社の仕事を提供し、彼女はレオーネが一〇年ほどそうしたように、出版すべき本を選び、校正刷りを見直し、著者と接触して、イタリア人読者のために翻訳をしはじめる。「猛烈に、目がまわるほどに、完全な孤独に沈んで」働き、「自分が、死ぬために姿を消す象のような」気がした。だが周囲には彼女の夫を知り、愛していた友人たちがいる。隣の机にはいつも髪の毛をいじっている、編集長になったチェーザレ・パヴェーゼがいる。彼はときどき、息抜きのために、いまも、まさにレオーネが隣にすわっていたころのように、大きな声で『イーリアス』を朗読する。

ナタリーアは、静寂がつづくかぎり自分の短篇や小説にも専念できるように、夜明けまえに起きる。どれも苦しみに疲れはて、愛ゆえに自殺する女や、愛人ゆえに道をあやまり、愛なき夫を殺す若い女の物語だ。エイナウディはマルセル・プルーストの『失われた時を求めて』の彼女の翻訳も刊行する。子どもたちが、彼女に多くの時間をとらせているやたらに長いその本にはなにが書いてあるのかと訊き、ナタリーアは答える。「ママがおやすみのキスをしに来てくれないと眠れない小さな坊やのことが書いてあるの」

出版社の窓のむこうのイタリアは限界状態だ。戦争を生きのびたイタリア人一人あたりの年間の牛肉消費量はわずか四キロ、農業生産高は六〇パーセントも落ち、戦前のイタリア人の栄養源だった動物の四頭に三頭が爆撃で死んだ。だがポンテデーラのピアッジョ社が「機械部分を完全に覆うフェンダーとボンネットを組み合わせたフレーム付きの機能的な構造をもつオートバイ」の特許をとる。ヴェスパ誕生である。

一九四六年六月二日、二五年ぶりの自由選挙。共和制か王制かを問う国民投票と制憲議会選挙だ。驚くべき投票率だった。史上はじめて女性も投票した。共和派が勝った。

あのすばらしい数か月、キリスト教民主党、共産党、社会党がともに国政を司った。それから、はやくも、風向きが変わる。多くのファシスト犯罪者が、重罪人も、大赦で釈放され、共産党を排除した第一次キリスト教民主党単独政権が生まれ、一九四八年の総選挙は革命を夢みてファシズムと戦ったイタリア人といまその悪夢のうちに生きているイタリア人の反目の空気のうちに展開する。

ナタリーアは、他の多くの作家や知識人と同じように、共産党員となり、内気ながら、公に支持表明をする。だが選挙で民主人民戦線は敗れ、キリスト教民主党が以後四〇年間の為政を開始し、アメリカは西ヨーロッパの反共諸国への財政と食料支援計画を発表して同党を支え、教皇庁は共産党員を破門、イタリアはNATOに加盟し、自由主義者の経済学者ルイージ・エイナウディ――ジューリオの父親――が共和国大統領に選出される。イタリア炭化水素公社（ENI）がピアチェンツァ県コルテマッジョーレで膨大なメタンガス層を発見し、一九四九年八月一日、パスタとパンの配給が終了する。革命は、結局、もう起こらないのだろう。

一九四九年九月、ヴェネツィアのペンクラブ大会でナタリーアは、すでに一九四四年にローマで知っていた英文学者で熱烈な映画とオペラ通のガブリエーレ・バルディーニに再会した。翌年春にトリーノで彼と結婚する。しかし姓は最初の夫のそれを名乗ることにする。

二か月後の一九五〇年初夏、チェーザレ・パヴェーゼが小説『美しい夏』でストレーガ賞を受賞した。ストレーガ賞は権謀術数や裏取引、イタリア文学界の諸党派間の票のやりとりなどをへて決定するが、すでにわが国を代表するもっとも重要な公認の評価となっていた。ジューリオ・エイナウディが口をすべらせて、発表まえにパヴェーゼに彼の勝利を告げると、彼は「五年まえからわかっていた」とだけ言った。
授賞式の夜は、何回目かの失恋のあとだったにもかかわらず、パヴェーゼは笑顔をふりまいていた。その二か月後の八月二七日夜、まだ閑散としていたトリーノのカルロ・フェリーチェ広場のホテル・ローマの一室で睡眠薬を十包み飲み、チェーザレ・パヴェーゼはみずから命を絶つことに屈した。自殺者となって彼は友人のレオーネに追いつき、人間のように死ねないことを嘆く不死の神々の煩悶に声をあたえた本『異神との対話』の一冊の該当箇所に鉛筆でメモを入れて、短い別れの挨拶としていた。

一九五二年、ナタリーアはガブリエーレ・バルディーニが英文学教授のポストをえたローマに子どもたちともに移住する。パリオーリ街の、レオーネが地下活動者としての晩年の生活を家族とともに送った家から遠くない住宅に居をかまえる。ナタリーアはローマ支社からエイナウディ社に協力をつづける。その年のうちに『わたしたちのすべての昨日』という、ここでも、苦しみ、途方にくれたひとりぼっちの少女の目をとおして、ファシズム期のイタリア、戦争、迫害、レジスタンスという一家のサーガをなにひとつ黙止することなく語る新しい小説を刊行する。逆に黙止が好きなのがジューリオ・アンドレオッティで、彼はつねに不作為と黙止をモットーに、以後四〇年、イタリアの最強最長命の政治家として君臨するだろう。そのころ大統領府の若き次官だったアンドレオッティは、『イル・ポーポロ』紙に載った記事で、ネオリアリズムの映画は貧しさばかり語ってイタリアを侮辱すると批判した。四月八日、イタリアじゅうの映画館で『カラーのトトー』が上演される。モノクロ映画の時代は斜陽になりだしていた。ファウスト・コッピがトゥール・ド・フランスで優勝。

ギンツブルグ・バルディーニ一家はテーヴェレ川右岸《トラステーヴェレ》に引っ越す。上の息子たちはいまや高校生だ。九月四日、ナタリーアは重度の障害をもつ女の子スザンナを出産。夫妻は手術をさせるために彼女をデンマークまでつれていった。彼女はその後も生きのびるだろう。その少しあとにナタリーアはフランス語でアンネ・フランクの『日記』を読み、ヨーロッパのユダヤ人がこうむった迫害を知らせる必要を痛感して、エイナウディに出版をすすめる。ギンツブルグによる肖像では、アンネは「どうにかして死の準備をしようとするひとりの女の子、死を考えながら、なにかたんなる恐怖や苦悩だけではないものを探すひとりの女の子」だ。その数か月後、ロシアでスターリンが死去、イタリアではジューリオ・アンドレオッティのキリスト教民主党がまたもや選挙で勝ち、イタリア放送協会（ＲＡＩ）が一般向けテレビ放送を開始し、ローマで最初の地下鉄が開通し、ジュネーブで最初の低価格車フィーアット６００が紹介され、ミラーノに最初のジューク・ボックスが到着した。その一年のうちにそれは五百台になるだろう。

一九五七年、ナタリーアは新しい中篇小説『射手座』を刊行する。いつものように若い女性の視点で、退屈しのぎに画廊をひらこうと町に引っ越した寡婦である母親が女詐欺師の罠にかかる物語だ。この本でヴィアレッジョ賞を獲得する。一〇月にナタリーアの母親のリーディア・レーヴィが六九歳で亡くなる。娘は、悲しみを昇華させるためでもあったのだろう、チェーザレ・パヴェーゼ論『ある友人の肖像』を、おそらくサント・ステーファノ生まれの大作家の思い出を語る最高の作品を発表した。ＲＡＩが最初のテレビ・コマーシャル番組《カロゼッロ》を開始し、ロサンゼルスでフェッリーニが『道』でオスカーを獲得、ミラーノのレジーナ・ジョヴァンナ街にイタリア初のスーパーマーケットが誕生した。その年のうちに、企業従業員がはじめて農業分野の労働者数を上まわる。レナート・カロゾーネが『アメリカかぶれ』を歌う。

一九五九年一月、ナタリーアとガブリエーレ・バルディーニの二人目の子どもが生まれ、アントーニオと名づける。残念ながらこの子も重度の障害児で、彼は生きのびられなかった。一方、国の発展は爆発的局面に突入する。ロンドンの日刊紙『デイリー・メール』がわが国の未曽有の経済発展を「イタリアの奇跡」と表現する。七月には太陽道路の最初のルートが開通し、同じ七月に文化観光省が設置され、九月にマーリオ・モニチェッリの『戦争、はだかの兵隊』がヴェネツィア映画祭で金獅子賞をとって、活気あるイタリア喜劇が公認され、一二月にはストックホルムで、ファシズムの人種法ゆえにアメリカに亡命したエンリーコ・フェルミの教え子のエミーリオ・セグレーがノーベル物理賞を、詩人サルヴァトーレ・クァジーモドが文学賞を獲得する。一九六〇年はリラ――世界最強の通貨のひとつとされた――の金融界のオスカー賞受賞とともにはじまった。同年の興行成績チャンピオンの映画はフェデリーコ・フェッリーニの『甘い生活』、次がルキーノ・ヴィスコンティの『若者のすべて』だった。数百万のイタリア人が『ヴォラーレ』を口ずさむ。宇宙飛行を歌う、ドメーニコ・モドゥーニョの前代未聞の大ヒット曲だ。「こんな夢は二度とみられないだろう／手や顔に青い色を塗ってたら／ふいに風にはこばれて／ぼくは無限の宇宙に飛びだしていた……」

その間に、ナタリーアはイタリア文化会館館長に就任した夫バルディーニとともにロンドンに行く。

そこで、イタリアを遠くはなれ、長い沈黙をへて、書きたいという欲求が再燃する。彼女の内部に、場所や人物をかいして子ども時代が喚起される。もはや抑制もフィルターもなく記憶に身を委ねることに、透明なガラスのような喜び、「気ちがいじみた喜び」が生まれた。そこから小説『夜の声』が、家族の物語を編む才能の新たな証明が生まれ出た。自分の幼年時代に身をかがめ、大人になった女がそれを書くことによってそれを保管する。彼女は自分の保管の作品をつづける、ローマにもどり、母親としての家が空っぽになっていても。

一九六二年二月、ナタリーアは祖母になった。レオーネの刑務所仲間で彼の死のようすを伝えてくれたマンリオ・ロッシ・ドーリアの娘アンナと結婚したカルロに最初の娘シルヴィアが生まれたのだ。レオーネとナタリーアの次男のアンドレーアもしばらくまえから家を出ており、彼ものちにマンリオの娘で、兄嫁にあたるアンナの妹マリーナと結婚する。一〇月に結婚し、その後、ギンツブルグ家の三番目の子アレッサンドラも結婚し、ローマのカンポ・マルツィオの家にはナタリーアとガブリエーレ・バルディーニだけになった。

娘の結婚式の翌日の一〇月一六日、ナタリーアは自分の幼年時代を家族が共有する語彙や言いまわしをとおして想起しようとする作品を書きはじめる。短いエッセイにするつもりだったが、本自体が彼女の手を導き、「山ほどのものが」飛び出して、「デーモンに取りつかれたような」感じがし、なにか書くのをやめざるをえなくなるような事態が生じてはと、昼も夜もそれに没頭した。クリスマスまえに本は完成した。自分の家族の物語の本だ。

父母、兄や姉たち、親戚、知人などがみな実名で登場する。ファシズム期イタリアの悲劇、戦争、レジスタンスがまさに「それらを語らない慎重さ」という忘れがたい手法で表現されている。「つまり、集合写真のように人がひしめくユニークな本」イータロ・カルヴィーノは本の折り返しにそう書いた。レオーネもまさに集合写真の群衆の一人のように描かれる――この徹底した慎重さがこの本の全体をつらぬくスタイルだ。

それともおそらく、レオーネは――ある文芸評論家が言ったように――死者たちに語らせるこの小説の真の声なのだろう、彼の消失で穿たれた空っぽの中心から跳ねかえって出て、家族という宇宙ぜんたいにひろがる真の声なのだろう。

『レッシコ・ファミリアーレ』〔邦訳『ある家族の会話』〕と題されたこの本は大成功をおさめる。一〇年間で一〇〇万部も売れ、ナタリーア・ギンツブルグを無数の読者に知らしめ、二世代にわたるイタリア人が学校でそれを読んだ。一九六三年六月、ストレーガ賞も獲得した。七月四日にヴィッラ・ジューリアのニンフェーオ館で行われ、いまやにわか景気のイタリアで派手な社交行事となった授賞式の写真が、映画スターたちのとなりでつきない悲しみのうちにも微笑みを忘れないナタリーアを伝えている。

時は過ぎる。一九六四年、ナタリーアはピエル・パーオロ・パゾリーニの『奇跡の丘』にマグダラのマリーア役で出演し、翌年、戯曲を書きはじめ、その年に父ジュゼッペ・レーヴィ教授が、病院に見舞いにきた教え子で、のちのノーベル医学賞受賞のリータ・レーヴィ・モンタルチーニに自分の死期を正確に予言して（「わたしは二週間以内に死ぬ」）、九一歳で死に、息子たちにまた子どもが生まれ、一九六七年にその一人で、アンドレーアのアメリカ生まれの息子シモーネに会いに夫とアメリカに行く。

一九六八年、ナタリーア・ギンツブルグはアニェッリ家〔フィーアット社の創業者一族〕の経営するトリーノの日刊紙『ラ・スタンパ』に寄稿を始める。最初のエッセイは「私たちと私たちの子どもたち」である。それを書いたころナタリーアは五二歳で、老年にはいったと感じていた。そのなかで彼女は歴史以上に生き方の総括をする。「いま私たちは決してなりたくなかったもの、つまり老人になりつつある。〔……〕私たちの周囲でまわり、変化している世界にはかつての私たちの世界のなにやら青ざめた形跡しか残っていない。〔……〕私たちの目の前にあり、私たちには住めないと思われる世界はしかし、私たちが愛する人たちのだれかによって住まれ、たぶん愛されもするのだろう。〔……〕そしてまだ私たちを驚かせること、いまやますますすばらしいことに驚かなくなった私たちが驚くこと、それは私たちの子どもたちがいかにうまく現在に住み、それを読み解いているかを見ることだ」

その間にも歳月はイタリアにとっても過ぎてゆく。国もまた老いはじめる。一九六四年にすでにブームは悲鳴をあげだしていた。その後数年のうちに、フェッレーロ社がヌテッラ〔チョコレート・スプレッド〕を市場に出し、スターリンと「きみ」で呼びあっていた共産党党首パルミーロ・トリアッティが死に、本がはじめてキオスクで売られ、三万人の熱狂的ファンがミラーノでビートルズを迎え、ローマ大学で若き社会主義者の闘士パーオロ・ロッシがネオファシストたちに叩き殺され、アドリアーノ・チェレンターノが『グルック通りの若者』を、フランチェスコ・グッチーニが『神は死んだ』を歌い、イタリア全土で学生たちが大学を占拠し、イタリア共産党はソヴィエト戦車隊のチェコスロヴァキア侵攻を批判し、ミラーノで、最初のボディビル教室「いつまでもナイスボディ・クラブ」がオープンした。

百人あまりの負傷者を出したローマ大学建築学部周辺のヴァッレ・ジューリアでの学生蜂起のニュースを息子のカルロと論じて、ナタリーアは疑問を口にする、「みな金持ちの子たちよ、あなたもおかしいと思わない?」カルロは一六世紀と一七世紀のあいだにフリウーリの農民のあいだにひろまった異教＝シャーマン的信仰の研究である『ベナンダンティ』を刊行したばかりだった。細やかな事実や、人里はなれ、「大事件」に一度も巻き込まれたことのない小さな共同体で生まれ育ち、死んでいく素朴な人たちの日々の体験を調べつくして、人間の歴史の深部に入りえたこの上もなく独創的な研究である。この本の刊行とともに、カルロ・ギンツブルグは、四〇年まえに多くの人たちが、彼の父親のレオーネがいつか必ずなるだろうと言った卓越した歴史家の道を歩みはじめた。

ルイージ・スクラーティ

「おまえ、こんどの月曜日から仕事だ」いきなりそう言って、父親が彼に「メッサッジェリーエ・イタリアーネ、ブロレット街22、ミラーノ」と書かれたメモを手わたした。

「学校は？　まだ一年残っているよ」少年は答える。だがいやだというのでもない。

「学校は夜でも通えるそうだ。夜学に行けばいい」男は大きな手についた自転車の油をぬぐいながら立ちあがる。話はそれだけだ。

父親のアントーニオが、ミラーノからもどって、「話がある」と彼を呼びよせたのは、一九五〇年八月末のことだ。ルイージ・スクラーティは一七歳、そのとき、彼の戦後が終わった。その瞬間から、一九四三年一二月に学校裏の中庭の荒れ放題の草地にメルリとペドレッティの血まみれの死体が残したあの跡も消えだした。それとともに、一九四五年四月、パルチザンたちにその中庭に引きずられていき、彼の父親を即決処刑で殺したファシストを、震える手にもった銃で、同じ即決処刑の最初の一発を撃てと言われたアベーレ・メルリの一二歳のひとり息子のことも。

仕事だと言われた瞬間、パンの配給の列や、前年、チルコリーノの映画館で観たヴィットーリオ・デ・シーカの映画『自転車泥棒』の印象とともに、一七歳のルイージの額から分泌物が蒸発してゆくように、戦後が消え去った。別のことが始まった、それがなにか彼はまだ名づけられなかったけれども。

メッサッジェリーエ・イタリアーネは書籍の取次会社だ。使い走りを探していた。息子にその話をする数時間まえ、その会社から自分の文房具屋のために何冊か大衆的な本を仕入れていたアントーニオ・スクラーティに、ブロレット街のトネッリ支社長がだしぬけに訊いたのだ、「きみには息子さんがいなかったかね?」いると知って、彼は、言った、「月曜日にここによこしてくれ」こうしてルイージは最初の仕事についた。一九五〇年代のミラーノでは面接試験など必要ない。仕事があれば、父親のまじめさだけで息子のまじめさの保証になったのだ。

こうして、週明けの月曜日から、ルイージは梱包をほどき、本を棚に並べたり店員に手わたしたりしはじめる。手際よく働き、書名と出版社名を記憶し、競争相手とたたかいながら書店に本を納入しなくてはならない。人びとがわずかながらお金を使えるようになって、読み書きを学ぶ人間の数が増えだしていた。メッサッジェリーエ社はボンピアーニや、とくにエイナウディなどの当時のいくつかの出版社と独占契約を結んでいた。一九五〇年九月はじめにルイージが仕事をおぼえだしたころ、故郷ピエモンテのターナロ川とボルミダ川の渓谷にある貧しい、農民とパルチザンのランゲ地方の物語を書く作家チェーザレ・パヴェーゼの本が評判になっていた。その年、エイナウディ社は『月と篝火』を出し、六月に前年の『美しい夏』がストレーガ賞をとり、その後八月にパヴェーゼは自殺した。注文が殺到した。

ルイージは呑み込みがはやく、もとより商売が好きだった。数か月後には、注文をとり、繁華街の書店をまわるようになる。エイナウディ社から社員になって働かないかと誘われたが断った。一方で、父親の文房具店のための本をいくつか助言しだす。いつものソンゾーニョ社の恋愛小説でないアメリカの新しい小説――スタインベック、クローニン、フォークナー――を。父親は首をかしげたが、のちにはそれらを仕入れ、よく売れた。

朝七時には、ルイージは低地《バッサ》ブリアンツァからミラーノに降りてゆく市電に乗っている。夕方六時に一日の仕事が終わると、ゴーイト街のパピーニ高校の建物のなかにある商業専門学校に行く。一一時帰宅。勉強する時間はほとんどないが、それでも卒業し、首席だったので、兵役延期が認められて、大学にはいる。だが大学には一年もおらず、その後兵役につく決心をする。もうかなりまえから働いているし、兵役を延期しても意味がないと思われたのだ。アヴェッリーノの訓練センターに送られ、その後ナーポリ県のヴェズーヴィオ火山の麓の町サン・ジョルジョ・ア・クレマーノの無線通信士コースにまわされた。そうして、ここでも容易に首席をおさめる。一族のなかでポー川以南に下った最初の人間だ。

息子が家を出るとき、母親のアンジェラは感きわまって泣いた。レカルカーティ家にとってもスクラーティ家にとっても、何世紀も低地ブリアンツァの土地にへばりついて生きてきた農民にとっては、ナーポリは、考えただけで、アフリカへの国境を超えるようなところだった。それにまだいかなる蔑視も人種差別もなかった。唯一の問題は、それまでの生活習慣だ。彼らの多くは、つまり二〇世紀半ばのこの世代のレカルカーティ家とスクラーティ家の多くの者は、たまたま戦争に出ていった者は別として、大平原のただなかで生まれ育ち、いちども海を見ないで死ぬのだから。

ルイージの出発の日、父親のアントーニオは工場の出勤日で、駅に見送りに行けなかった。一九五三年かたぶん一九五四年の一一月のある朝のことだ。ルイージは霧のミラーノを発ち、うとうとしていたが、フォンディで、はやくもオレンジのにおいに驚かされた。ナーポリ駅の仮設舞台での女装した男優《フェンミニエッリ》たちの演技に、北から来た若者たちは度肝を抜かれた。ここ、ヴェズーヴィオ火山の麓では、戦後はまだ終わっていなかったのだ。断じて終わることはありえないと言う人もいるだろう。

ルイージの南イタリアとの出会いは短かった。無線通信士コースのあと、フリウーリのパルマノーヴァ駐屯のジェーノヴァ騎兵隊に送られた。除隊してミラーノにもどり、「懸命に走りまわって」仕事を探して、見つけた。すぐに。イタリア保険会社の災害算定部門にはいる。それからある日新聞で、元アイススケート場で行われた最初のロックンロール選手権大会にかんする警告記事を読んだ。機動警察の二大隊が入口に殺到した群衆を分散させざるをえなかったという。解説者たちは「33回転の麻薬」の悪影響を憂慮した。ルイージもみなと同じようにジーンズにチェックのシャツ姿でピラネージ街にいたのだ。次ページの巨大広告に目を奪われた。リナシェンテが「未来の幹部八〇名」を募集していた。

ルイージは他の何百人もの若者とともに、まさにアイススケート場の前に並んだように並んだ。リナシェンテは八〇名募集していたが九〇名採用した。全員が三〇歳以下だ。彼もその一人になった。

一九五七年かたぶん一九五八年に、広告どおりに、ミラーノで二五歳で幹部になった。一方、ローマでは枢機卿会議が「善良教皇」アンジェロ・ロンカッリを選出し、南部の農民が工場にパンの糧を見つけるために大挙北部に移住し、若い娘のカルラ〔エーリオ・パリアラーニの同名の詩の主人公〕はすべての日曜日も祝祭日も年じゅう同じ仕事の疲れを癒すために寝てばかりいた。そしてドメーニコ・モドゥーニョはすべての者に、それでも飛べると語りかけるレコードを二二〇〇万枚売った。

リナシェンテはイタリア最大の壮麗なデパートだ。一九一九年に大作家ガブリエーレ・ダンヌンツィオが名付け親となって誕生し、一九五八年の現在、衣類や家電、化粧品、玩具などがところ狭しと並ぶその棚は経済ブームの中心だ。大平原のど真ん中に建設された街の幾何学上の中心であるドゥオーモ広場のアーケードから、商品が手榴弾さながらに発射する。

ルイージは毎朝、いまや新興大都市の勢力圏に呑み込まれたクザーノ・ミラニーノから市電でミラーノに通う。南イタリアから、貧しいヴェーネト地方から、過疎地の山間地や丘陵地から移住して、わずか数か月で都会化した新住民の群れが彼といっしょに動く。みなそろってドゥオーモ前の広場めざして動く、磁石に集まる鉄屑のように。何世紀もへて、旧来の従属から、耐えがたい隷属関係から解放されて、北の郊外に夜中に自分たちの家を建て、そして朝には労働者部隊の列にはいる。ルイージは毎朝、爆撃で破壊された場所にそびえて、相貌を変えた街の異化作用をやわらげて、街を未来から守るトッレ・ヴェラスカ〔一九五八年竣工の二六階建て茸型ビル〕の大きな傘へとむかう市電に乗り、セヴェーゾ川の急流が暗渠に集められてミラーノの地下を流れるところで、自分の周囲に、一団となって行進する民衆の連帯を感じる。

若い幹部の見習い仕事は、紡績業全般を知ること、すなわちビスコース工場の繊維の生産工程、管理部での見習い、クリスマス直前のスポーツ用品部門での顧客への直接販売などだ。ルイージはすぐに売り場の見習い主任になった。

そしてある日、コミュニケーション部門の責任者が話があると彼を呼んだ。大学卒《ドットル》のボルドリは大物で、社主の騎士勲章者《カヴァリエーレ》ボルレッティとともにインドで捕虜になっていたことがある。それから間もなく、ドットル・ロンゴデンテがスクラーティに彼を支店の副店長に任命したと告げた。月給二二万リラ。一九五九年か一九六〇年のことだ。ルイージは二六歳か二七歳。南イタリアで最初にして唯一のナーポリ支店に赴任する。そこでは、じつは、メーレ兄弟がフランスをまねて、すでに一九世紀末にイタリアの史上初のデパートをオープンさせたことがあった。その壮麗ぶりは語り草になっている。なんと、象が引く馬車で宣伝をしたという。だがいまや、戦争が終わって、そんな話の名残りはあとかたもないようだ。農民が大挙して北イタリアの工場めざして半島を北上するなか、ルイージはふたたび南へむかう列車に乗った。だが今回は、鉄道は太陽道路の工事現場に沿って走っている。やがてアスファルトで固められたその両脇にモーテルや駐車場、レストランをもつ八〇〇キロのユニークな街が伸びるだろう。

六月、カンヌ映画祭で、審査委員長のジョルジュ・シムノンがフェデリーコ・フェッリーニの『甘い生活』にパルム・ドールを授与。九月、ヴェネツィアで、ルキーノ・ヴィスコンティの『若者のすべて』の映写が騒ぎを起こしてスキャンダルとなる。最後のシーンで、青い繋ぎ服の工員たちがポルテッロのアルファ・ロメーオ社の門に走っていくところだ。その工場で、いまや定年まぎわだが、ルイージの父親のアントーニオが三〇年間働いた。

六〇年代初期のナーポリ、その思い出をルイージは生涯たいせつにしている。彼は熱狂の季節を生きた。リナシェンテの店舗はトレード街にあり、彼が最初に住んだのは、サン・マルティーノ方向にのぼってゆくスパニョーリ地区の、人のひしめく暗い路地の家だ。それから丘の上のミケランジェロ広場に移って、そこから毎朝、カッチョットリの坂道やペダメンターナの急坂を通ってトレード街のほうへ降りていく。その辺はまだ一部が農地で、厩舎や農家がちらほら見えるけれど、日に日に、すさまじい建設ブームに食いつぶされている。毎朝ルイージは、変わりつつある街が、苦悩と希望、暴力と甘さの入り混じった風景のなか、身震いするほど美しい渦に吹き上げられたように、はるかな海からたちのぼるのを眺める。何日かすると、彼の姿を見慣れたカッチョットリの貧しい住民があばら家から出てきて、コーヒーを出してくれた。

ルイージはリナシェンテで六年間働いた。その間に店長が三人変わった。店長たちは彼に「調教師」と綽名をつけた、店長が変わるたびにこのすばらしく、かつ破滅的な街に彼らを慣れさせなくてはならなかったから。

会社は幹部と部下の交際にうるさかったが、ルイージは若い、独身のよそ者だ。レコード部門の美しい娘スージーとこっそり会っていた、ある日、売り場責任者のポストがひとつ空席になるまで。二人の志願者が試験をうけたがどちらも不合格だった。辞めてゆく売り場責任者のフェッラーリ夫人が有能な若い女性を推薦した。痩せて黒い肌、ショートヘア、男仕立てのスーツを着ていた。メーク法を発明し、マルレーネ・ディートリッヒのメークをしたマックス・ファクター社の社員だ。彼女は採用されて、ミラーノに研修に送られた。新入社員がもどってきて、ルイージが副支店長室からエスカレーターで一階の玄関ロビーのほうにおりると、そのたびに、彼女は彼の背中にじっと目を注いだ。

ファンデーションの販売促進期間のとき、一枚のチラシがマックス・ファクター娘のカウンターから床に落ちた。副支店長はそれを拾って彼女に差し出した。ところが彼女は、奇妙なことに、それを彼にもどしてよこした。そこにはアイ・ペンシルで電話番号が書いてあった。

ロザーリア・フェッリエーリ

ロザーリア・フェッリエーリは一九四二年一〇月、アメリカ軍の爆撃のもと、水道も暖房も窓もない大部屋バッソで生まれた。数か月後には、胴体に鉤十字を描いたユンカース機の爆弾にもみまわれた。彼女は、作家のクルツィオ・マラパルテがナーポリの「ペスト」の日々と定義したあの日々、三年つづいた飢えと伝染病と残虐な爆撃のあと、ヨーロッパのすべての国民のなかで真っ先に「解放された」ナーポリ市民が「負けた民衆の役を演じ、彼らの家の廃墟のあいだで歌い、両手を叩いて、喜びで跳びあがる」ことを引きうけた日々に、世界への第一歩を踏みだした。とはいえ、ロザーリア・フェッリエーリの戦後は楽しい思い出になっている。彼女まで、マラパルテのナーポリ人のように、自分が負けた民衆だと感じる権利を要求したりはしなかった。

ロザーリアは、一九四六年のナーポリでは、従姉たちの家で夜にダンスをしていたことをおぼえている。美しい従姉のアンナ・クレシェンティの家ではアメリカ兵とも踊った。陽気な雰囲気のなか、だれも、カンサスやミズーリから来たその「若者たち」がすこしまえまで急降下爆撃をしてきて、いま彼らをスパゲッティでもてなしている女たちを路上で機銃掃射したことを思い出したくないようだった。彼らアメリカ兵は、「気前がよかった」子どもたちにはチョコレート、主婦たちにはラードのかたまり、従姉たちにはナイロンのストッキングを配り、みなが彼らをもてなした、みな若く、みな楽しみたかったから。娘たちはひそひそ話をし、口紅を塗るようになった。小さな女の子たちまで、幼いながら、知ってはならないことまで知るようになった。

ところがその後、一九四七年のある日、母親のイーダが小さなロザーリアを呼びよせて、彼女が名前も聞いたことのない土地に行くことになったと告げた。おばがシチーリアから迎えに来て、彼女をつれてゆくという。ずっとじゃないの、少しのあいだだけ、家の状態がよくなったら、もどってこられるわ。少女は父親のペッピーノに仕事がなく、上の兄のフランコがサッカーの試合中にチームメートに肩を七か所も刺されて病院のベッドで瀕死の状態、次兄のサルヴァトーレもアメリカ軍のトラックに轢かれて同じ病院に入院しており、母親が彼女を救うために自分を手放そうとしていることがわかった。ロザーリアは言った、「わかった、ママ」そして涙をこらえた。

ガリバルディ広場の駅まで母親の従弟で共産主義者のエンツォ・チヴィーレが送ってくれた。ロザーリアはこのやさしい若者が大好きだ。途中で、エンツォ・チヴィーレは唇が赤く染まるキャンディーをひと袋買ってくれた。しゃぶりつづけていると、姉たちのように口紅を塗ったと勝手に想像できるので、小さな女の子たちがとびきりそれが好きなことを彼は知っているのだ。一度ならず、ホームに着いてからもなお、エンツォは女の子の上にかがみこみ、笑いかけて訊いた、「だいじょうぶかい、おチビちゃん？　気が変わったら、ぼくに言っていいよ、家につれて帰ってあげるから」

　ロザーリアはこのやさしい青年が三年まえに裁判所通りの裏の避難所で家族全員を失ったことを知っている。エンツォにはアンジェラという婚約者がいたが、戦争のために何年も結婚を先送りにしていた。一九四四年三月、いまやすべてが終わったと思われ、彼らは日取りを決め、エンツォはアンジェラと家族を田舎から呼び寄せた。戦争に敗けた鉤十字機が、晴れ着姿で同じベンチに座っていた全員、アデーレ・ロッシ・チヴィーレ四四歳、ジョヴァンニ・チヴィーレ一九歳、エウジェーニオ・チヴィーレ一一歳、アンジェラ・チャルディエッロ二〇歳、ジュゼッペ・チヴィーレ二歳を襲った。エンツォと父親のパスクァーレは別々の病院にはこばれたが、それをたがいに知らないままに、惨事のあと何日も何日も、自分だけが家族全員のたった一人の生き残りかと恐れていた。ロザーリアはわずか五歳だったが、このことはなにもかも知っていて、キャンディーの袋をぎゅっと握りしめて、エンツォと死んだみんなを失望させないために、言った、「わかったおじちゃん、でもあたし、行く」

　シチーリアの親戚は裕福で、気を配り、あふれんばかりの愛情をかけてくれた。子犬や自転車など、ナーポリでは絶対に自分のものにできないようなものをなんでも買ってくれた。要するに、父親や母親、背中を八か所も刺されて胸膜が傷つき、病院のベッドで瀕死の状態で寝ている兄フランコから遠くはなれて、女の子がシチーリアで過ごしたその二年間は幸福な二年間であり、ロザーリアはメッシーナの海沿いのユーカリの巨木のある公園の、アフリカのような、夢のような思い出をいつまでも忘れないだろう。ただ、ときどき、母親や父親、兄たちが無性に恋しくなった。そんなときは、自分を引きとってくれた人たちを傷つけないように、洗面所にこもって少しだけ泣いた。これが彼女が一生身につけていた子ども時代の遺産である。

ロザーリアが四〇年代の終わりにもどったナーポリは、いまにも爆発しそうで、すでに爆発した街、暴行された、暴力の街、救いがたく、つねに救済される街。飢えて貪欲な街、捜査の目やもろもろの税金や配給スタンプをくらますために地下室で殺した動物の肉が路上で血まみれの紙に包んで売られる街だった。すさまじい貧困、大部屋での雑居生活の日常。ロザーリアは奔放に走りまわる。母親はしょっちゅう、不良少年たちと《アッツェッカ・ムーロ》〔コインを壁に投げて先に投げたコインに近づける遊び〕で遊んでいる彼女を貧民街からつれもどさなくてはならなかった。さらに不測の事態が起こる。少女が、いつもきびしく、劇場の不倶戴天の敵であるイーダの目を盗んではしばしばサン・カルリーノ劇場の想像力をかきたてる闇に身をひそめにいき、父親のペッピーノと同じように夢中になったオルランドとリナルドの武勲劇に見入るのを、父親が心やさしい共犯者となって、その伝説への逃走を見逃してやっていたのだ。

事実、ペッピーノ・フェッリエーリはまた人形を戦わせはじめていた。映画の普及にもかかわらず、戦争が終わると、長ったらしいフランスの騎士道物語に新たな観客がついたのだ。アメリカ兵たちが「生粋のナーポリ」らしいものならなんでも関心を示したらしい。だがそれは民間伝承という民衆文化の最後のあがきの時期だった。ペッピーノは、自分自身が人形になったのに気づかずに、毎晩、彼の小さな劇場で、年に三四〇回、ナーポリ人の異国的な風習や衣装を面白がって観るアメリカ兵のために演じて、気前よく騎士道叙事詩の命脈を保っていたのだ。オルランドとリナルドが相変わらず英雄的な武勲をはたし、相変わらず美しいアンジェーリカをめぐって争い、シャルルマーニュ――なぜか一〇一四年生まれだ――が舞台で一〇四歳まで生き、無法者たちも相変わらず悪名高いガーノ・ディ・マガンツァの人形に目と鼻の先から銃をぶっぱなす。いまはだが、本物の銃が火を噴いており、それを知ってか知らずにか、ヴェズーヴィオ山麓の住民の先祖伝来の慣習を観にくるアメリカ兵士の目の前で無法者の役を演じて見せているのだ。

しかしペッピーノはこんなことはなにひとつ知らない、あるいは、知りたくないのか。彼の望みは、これまでと同じく、ずっと劇場であり、足場から落ちて死ぬレンガ工と無垢な近親相姦の恋人たちの胸も張り裂けんばかりの詩を歌い、演じ、朗読することだ。包丁を研ぎ、牛肉の切り身を秤にかけて一生を終えるような諦め方はしない。

一九五四年、彼のなりそこないの芸人としての一生の物語が彼を穴蔵から引き出しにきた。トトーが、大スターのトトーが、ペッピーノとともに貧困のうちに育ったサニタ地区に来て、映画『ナーポリの金』の「道化師」の話の撮影をするという。家族のみながペッピーノに会いに行くようにと促した。彼はうんと言わない。トトーはいまやスターだ、国民的有名人で、おそらくイタリアでもっとも人気のある男だ。さらに実父のデ・クルティス侯爵が彼を認知し、別の侯爵が彼を養子に迎えて、アンニーナ・クレメンテの息子はプリンスになっていた。

ついにペッピーノは決心した。粗末な家からセッテンブリーニ街に出て、ヴェルジニ街をのぼってゆくともうセットだ。歩いてわずか一〇分。トトーは彼に気づくとすぐに撮影を中断させて、運転手に街をひとまわりするようにと命じた。ほぼ一時間後、二人の友人は車を降り、トトーはセットに、ペッピーノは家にもどった。

その数か月後、ペッピーノは貧困ゆえに降伏して、肉屋に身を入れることにするだろう。サン・カルリーノ劇場での夜の上演はつづけるだろう、役を提供してくれる郊外のどんな舞台にも相変わらず駆けつけるだろう、洗礼式や結婚式の宴会で椅子に跳びのり、声を震わせ、苦しげな泣き顔で、雪の聖母に絶望的な愛の誓いをささげる歌をうたいつづけるだろう、だが少しずつだが、徐々に身を入れて、自分の出身である肉屋の腕を磨くようになるだろう。ずっとフェッリエーリ家と取引していた老舗のアヴォーリオ家がまさに軍の管区のフォリーア街に新店舗をひらき、ペッピーノは五十路になろうという年で、そこで働きだす。降伏の書類には一九五八年に署名するだろう。劇場の持ち主の騎士勲章者《カヴァリエーレ》ルッジェーロが入場料を五〇リラに下げたが、それでも観客は十指に満たなくなったのだ。一九五八年九月一一日、ペッピーノ・フェッリエーリは、ナーポリの最後の人形劇場であるサン・カルリーノ劇場の鎧戸をおろした。

ちょうどその年、大劇作家のエドゥアルド・デ・フィリッポがペッピーノに、人形劇の世界で育つことになる捨て子の男の子を中心にしたメロドランマ映画で自分自身を演じてほしいと言ってきた。ペッピーノはわずか数週間まえまで舞台に立っていた人形たちがひっそりと眠っている倉庫に小道具係を案内した。彼らはイーダがナイトテーブルのガラスの鐘の下に置いていた嘆きの聖母像を使わせてもらえるかと訊いた。その聖母像はいくつかのどうでもいいシーンの背景に使われていて、いま見ても、心臓をぐさりとやられる感じがする。映画は『半ズボンの男』という題だが、おそらくナーポリの偉大な劇作家にして俳優の唯一の駄作であろう。エドゥアルド・デ・フィリッポが出ているのに、当たらなかったから。

ロザーリアの五〇年代の職歴は父親のそれと足並みをそろえている。一九五四年にペッピーノが諦めて、そろそろと肉屋業に身を入れだしたころ、彼の末娘はトレード街裏の仕立て屋に見習いとして入る。ロザーリアは一二歳で、小学校しか出ていない。

店はジェルソ路地にあり、真向いは街の最後の娼館のひとつ。朝、女経営者が部屋に風を入れるために窓をあけると、お針子たちは乱れたベッドや赤い絨毯、路地ですれちがっている女たちのはち切れそうな肉体を盗み見る。揚げ物や公衆便所、腐った魚のにおいが、潮の香りや壁龕の足元にうず高くつまれた萎れた花のにおい、太陽や性で燃えた肉体の獣脂じみたにおいに混じりあって――トレード街を歩きながらサルトルが注目したように――そこには地上の愛と食べものの汚れた因縁がかぎとれる。まだ子ども時代の浅瀬にいるロザーリアにとって、そこは人生の学校だった。そこで二、三年働いた。

一九五八年、サン・カルリーノ劇場が閉鎖されたころ、ロザーリアは楽器店に雇われ、それからスーパーマーケットのウーピム、そして最後に、実演販売員の試験にうかって、アメリカの化粧品会社マックス・ファクターに入社する。まだ二〇歳にもなっていなかったが、評価は高かった。とくに「ドラマチックな」実演が評判だった。販売員が、商品の説明をするために、お客の前で化粧し、マイクでメイキャップの全工程を強調するのだ。父親にあれほど愛され、母親にあれほど嫌われたあの劇場の影だろうか。

フェッリエーリ一家は、その間に、長男フランコの援助のおかげもあって、もはやセッテンブリーニ街の大部屋暮らしではなくなった。少し先——少し南だ——のサン・ジェンナーロ門のアーケード下の建物の路面《リアルッアート》より高い階に引っ越した。生活は少し楽になった。フランコは戦後の殺傷沙汰を生きのびて、映画のチーフカメラマンになり、次男のトニーノも同業で、すでに結婚している。三男のサルヴァトーレは幸運を求めてドイツに移住し、姉のマリーアは師範学校卒業後、法律事務所で秘書として働きだした。イーダは、相変わらず頑固にもぐりの看護師として働き、ペッピーノはポジッリポ街に自分の肉屋をひらいて独立しようと考えはじめる。まだ貧しかったが、以前ほどではなくなっていた。

家は狭いが、フェッリエーリ家は、これまでどおり、だれにもひと皿のパスタを断らない。多くの人がその恩恵にあずかった。たとえばペッピーノの風変わりな兄のチッチッロ伯父はいつも「たまたま」食事まえにそこを通りかかる。イーダとペッピーノはいやな顔ひとつしないでテーブルにもうひと皿加える。「三人で食べるところでは四人でも食べる」これがペッピーノのモットーだ。フェッリエーリ家自体がそうだったわけで、よく考えれば、最初から八人だった。つまり、心意気は変わらないのだ。日曜日にチッチッロが妻と息子をつれてきても。また、彼が馬車で来て、道路から、馭者に払う金がないと大声で弟を呼んでも。「でもどうして歩いてこないの？」ペッピーノは迷惑だというよりあきれてそう言うだけだった。

一九六三年、年上の友人のアンナ・フェッラーリがロザーリアに、近々トレード街のリナシェンテの売り場主任の仕事をやめるから応募してみたら、と言ってくれた。わくわくするような話だが、ひとつ、問題があった。上級学校の卒業資格が必要なのだ。最近一〇年間でイタリアの上級学校入学者が倍増したが、ロザーリアは小学校五年までしか行っていない。ちょうどその年に第四次ファンファーニ内閣が中学校の改革を試み、義務教育を一四歳までとし、イーダとペッピーノの末娘はいまでこそ大学生の友人たちが朗読するレオパルディやフォスコロの詩を暗記できるものの、一二歳ですでに仕立て屋の見習いになって、ジェルソ路地の娼館の女たちを道路の反対側からのぞき見していたのだ。だがナーポリでは、ありがたいことに、こんな障害もなんとかなる。ロザーリアは姉のマリーアの師範学校卒業証書を提出してリナシェンテの試験にパスした。月給一三万リラで採用されたとき、彼女はまだ二〇歳にもなっていなかった。なにはともあれ、ロザーリアは、二〇年まえにアメリカ軍の爆撃のさなかに生まれたその地区をはじめてはなれることになった。サン・ジェンナーロ門のアーケードを出て、ミラーノ行きの列車に乗った。

六〇年代のはじめにナーポリの下町界隈からぽっと出てきた若い娘にとって、ミラーノの繁華街は、当然ながら、まさに目をみはるものだった。まず目をみはったのは、鉄道の中央駅を出てすぐ、当時とその後しばらくヨーロッパ最高だった一二七メートル、三二階建てのピレッリ社の高層ビルを目の前にしたときだ。二本組になってファサード全面を走る四本のコンクリート柱が合理主義者の建築家たちの意図で通行人の目にあらわに見えるようになっていて、天にむかって細くなって伸びてゆく願望を表現している。

目をみはることは、初期のある夜、ロザーリアがデ・フィリッポの芝居がかかっていたロヴェッロ街のピッコロ・テアートロ劇場に行ったときもつづいた。はやくも終戦二年後に設立され、パーオロ・グラッシとジョルジョ・ストレーレルが運営するその劇場は、イタリア初の市営劇場だ。「私たちとあなたがたのこの劇場はイタリア初の市営劇場である。〔……〕私たちは演劇が社交界の習慣の威厳ある残存物だとも文化への抽象的な讃歌だとも信じていない。演劇は、共同体の人たちが自由に集まって見、生気をとりもどして、自分自身に立ち向かう場でありつづけるだろう」と、その創設時に責任者たちは表明した。

ロザーリアは当時エドゥアルド劇団の若手女優で兄フランコの元恋人だったイーザ・ダニエーリの客人の新しい女友だちと劇場に行った。劇場を出て、ペンションに帰るタクシーのなかで、ロザーリアは霧を体験する。見えないままに矢のごとくに走る車に怖気づいて、運転手にスピードをおとしてくれと頼んだ。

恐怖はそれだけではなかった。幼いころから家族全員が寝る大部屋で育ったロザーリアは、ペンション暮らしはできないと気づく。実際、夜の悪夢に悩まされつづけた。そこでペンションを引きはらって、没落貴族、スフォルツァ家のある老婦人が生活のために一族の広大な屋敷の部屋を貸しているコペルニコ街に住みにいった。悪夢と霧を勘定に入れても、ミラーノはサン・ジェンナーロ門から来た娘を魅了した。

新入社員はカルロ・エルバ広場のオフィスで研修コースに参加し、それからドゥオーモ広場のリナシェンテの壮麗な店で見習いとして働く。昼食はドゥリーニ街の社員食堂でとり、夜は、社員食堂が閉まっていれば、バール・コンメルチョかモッタなどのバールのパニーノでしのいだ。そこではほかにも手頃な値段でおいしいものが食べられる。熱湯に肉の固形ブイヨンを入れるだけで数秒でおいしく栄養満点のスープができるカウンターがある。スター・スープという名前で、ロザーリアは夢見心地でそれを口にはこんだ。

この奇跡のスープはどこか故郷のナーポリを思い出させた。そこではいまも街角の行商人がカップ一杯二リラの蛸スープを売っていて、さらに二リラ出すと、何時間もぐつぐつ煮立っている大鍋から足も一本取り出してくれる。モッタで即席スター・スープをすすりながら——ガラス窓越しにドゥオーモの尖塔が見える——いまや成人となった路地の少女は後ろを、前を見る。郷愁が距離の目安になる、壊れた温度計から飛び出る水銀玉のように、元にもどらない距離の。だがいまは、ロザーリアはもう洗面所に行って泣いたりしない。

ナーポリにもどって、トレード街のリナシェンテで働きだしたロザーリアは副支店長に夢中になった。たぶん彼がミラーノ出身なのと、顎に浮かぶえくぼのせいで、心を奪われたのだろう。彼はまじめできびしく、ほとんどよそよそしいくらいだし、社のお偉方が部下との交際に目を光らせていることは知っていたが、ロザーリアは、それでもミラーノの男がレコード部門のスージと出歩いていることも知った。そこで若き売り場主任は、幼いときから、貧民街の悪ガキたちと遊んだり、父親のペッピーノがあやつるオルランドとリナルドの決闘を観にいったりするために母親のイーダに逆らったときと同じ調子のちょっとした身振りで誘惑術を開始する。それからある日、決定的な一撃を放った。

ファンデーションの宣伝実演期間に、ミラーノ男が彼女のカウンターのそばを歩いていたとき、彼女はわざとチラシを落とした。彼が親切にそれを拾って彼女にもどしたとき、彼女は持ちのいいアイ・ペンシルで、サン・ジェンナーロ門のアーケード下の、リアルツァートの家の電話番号を書いたのだ。

ロザーリアとルイージ・スクラーティ

ミラーノ男はその番号に電話をかけた。

ロザーリアとルイージは職場と勤務時間から遠くはなれて会うようになった。町を抜けて、経済ブームでアスファルト舗装となった新しい道路を長距離ドライヴした。ロザーリアの姉マリーアの赤いフィーアット500ccで走り、運転はいつもロザーリアだ。行き先はほとんどいつも海、ソッレント、アマルフィ沿岸、ミゼーノ岬など。ルイージは、大平野のまっただなか、どの方角からも海岸へは百キロもある場所で生まれたにもかかわらず、泳ぎが好きで、その名手だ。幼いときにセヴェーゾの用水路で泳ぎをおぼえ、そこではまた仲間たちとファシストの戦争で大被害をうけた武器倉庫から盗んだ手榴弾を爆発させもした。ロザーリアは、地中海の大きな港で、世界でもっとも美しい湾のひとつである海辺の街で生まれたのに、泳ぎには自信がなかったが、ルイージをまねて泳ぐうちに自信がつき、腕をあげた。二人は並んで寝そべって、午後の日差しを浴びて何時間も過ごした。それは秘密にしていたが、リナシェンテの親しい女友だちは、片方だけやけに日焼けしたロザーリアの左わき腹をからかった。彼女は微笑むだけ。数か月が過ぎた。

ルイージは、親密な友情を育むタイプではなく、秘密を封印して暮らしていた。レコード部門の店員スージ・ヴァレンティーノとの関係はかなりまえにきっぱり断ったが、いつものようにだれにも打ち明けず、生硬な、孤独な生き方をつづけていた。仕事ではフェッリエーリ家の娘を他人扱いし、いつまでたっても、ドライヴから次のドライヴまでのあいだは姿を隠していた。義務感めいたもの、ましてや結婚の約束めいたものに縛られるのを望む気配はいっさいない。当然、ロザーリアは　苦しんだ。自分が熱をあげた男に不信感をもちだした。あまりにも——と女友だちに打ち明ける——わたしとちがうことばかりなの。太陽道路は少し前に完成していたが、ナーポリとミラーノはまだまだ遠すぎるように思われた。

それからある日、マイオーリ海岸で、いまは大歌手のペッピーノ・ディ・カープリや当代のスターたちが常連のナイトクラブになっている風変りなミラマーレ城の円錐形の尖頂のついた円筒型の塔の下でロザーリアが泣いているのを見て、ルイージは彼女を失うまいと思った。

彼女がインフルエンザにかかって次の約束に行けず、姉が待ち合わせの場所に行ってそれを伝えると、ルイージはマリーアに病人を見舞いたいから家に案内してくれないかと訊いた。ミラーノ出身の副支店長の突然の出現にイーダ・ママは驚いたが、落ち着きを失わなかった。「お茶はいかがです？」と彼をすわらせながら訊き、そのあいだにだれかを近くの店に走らせてその異国の飲み物を買わせた。幸いなことに、ルイージもすべてのナーポリ人のようにコーヒー党なのだが。

ロザーリアが仕事に復帰するとすぐに、ルイージはまたもや彼女を驚かせる。彼女が同僚にかこまれて市電を待っていると、副支店長が道をわたってきて、みなの目の前で、バラ色のリボンをのせたプレゼントを差し出したのだ。一九六六年のクリスマス・イヴだった。

ルイージ・スクラーティはフェッリエーリ一家を知るために、ある日曜日にサン・ジェンナーロ門の家に食事に招かれた。そのイヴェントに浮かれたペッピーノは、イーダが、最初の料理として、ナーポリでは病人や病後の者にしか出さないトマトのリゾットをつくっているのを見て、妻の耳元に身体を寄せて、そっとささやいた、「支店長は体調でも悪いのかね?」

またもや数か月が経過した。ロザーリアは自分の疑惑をあたためつづける。そして八月、友人のヴァイオリニスト、アウローラ・ラマーニャの夫がカープリの高級ホテルの二室に一夜招待されて、その一室をロザーリアとルイージにまわしてくれた。一室に女二人、もう一室に男二人のつもりだった。ところがカープリに着くと、ルイージがぶつぶつ言いだした。見知らぬ男と寝るのはいやだという。帰るとも言いだす。ロザーリアは力づくに屈した。二人で過ごした最初の夜だった。九月末に彼女は妊娠していることを知る。

生理がおくれていると告げると、ルイージは結婚の話をしだした。結婚そして退職。彼の固い頭では自分の妻が働いている会社を運営するなど考えられないのだ。ミラーノのトップたちも理解してくれないだろう。それに、子どもが生まれたら、妻は家にいて育児をするものだ。

ロザーリアは岐路に立たされた。年長の女友だちに相談したり、兄のフランコに打ち明けたり、情報をかき集めたり、自分のジレンマを一枚の郵便書簡に託したりした。彼女は仕事をつづけ、労働者と女性のために広場でデモをし、ジュリエット・グレコのような服を着る、つまり、世界を自分の脚で歩きたい。おくるみにくるまっていた自分は店長夫人になるためだけにドイツ軍やアメリカ軍の爆弾から生きのびたのではない。サン・ジェンナーロ門裏の路地の路面下の部屋から抜け出てここまできたのは、たとえ冷蔵庫があり、温水の出てくる家に住むにしても、母親や祖母と同じ運命にもどるためではない。

決断は、つねにそうだが、ぎりぎりになってなされた。ペッピーノ・フェッリエーリに残された時間が少なくなったのだ。病に伏し、すでに一度手術したが、もはや打つ手がなかった。娘は死の近い父親の最後の喜びを選んだ。

ロザーリア・フェッリエーリとルイージ・スクラーティは一九六七年一一月一〇日に結婚した。その日のためにアンジェラとアントーニオ・スクラーティ夫妻はミラーノからやってきた。アウローラ・ラマーニャとサン・カルロ交響楽団の他の友人たちが式の間じゅう教会で演奏してくれた。辞表はすでにトレード街のリナシェンテの支店長の机の上だ。

会社はロザーリアに残留を望んだ。夫の要望のために固辞するのにたいして、せめて後任者を指導し、次のシーズンの準備をするために残ってくれという。ロザーリアはすでに妊娠六か月だったが、ミラーノへの最後の出張をした。そして二月に、リナシェンテとの関係を断った。それを求めてナーポリのあちこちの広場で同世代の女や男たちとともに声をあげた出産手当も申請しなかった。

だがペッピーノは最高に幸福だった。末娘が、だれよりも虚弱だったあの娘が、夢をみてうなされる、爆弾の下で生まれたあの娘が、ミラーノ人の会社トップと結婚したのだ。彼女は特権をもつ子どもたちを産み、彼とともに裕福な家庭を築くだろう。父親に頼まれて、トニーノ・フェッリエーリは妹の結婚式の八ミリ映写機をまわした。ペッピーノは家に立ち寄る人のだれかれにそれを台所の壁に映して見せた。ついに一九六七年秋、二〇年おくれで彼にとっても戦後は終わった。

五月一六日にロザーリアとルイージの最初の子が生まれた。健康な男の子で、マルコと名づけられた。ペッピーノ・フェッリエーリは間一髪でその子に会えなかった。四週間前に病院のベッドで死んでいたから。

一九六八年一一月、同世代の若者たちが大学の教室にバリケードを張っていたとき、まだ最初の子に授乳していたロザーリアはふたたび妊娠したことを知る。いまは夫の出世にしたがってローマに住んでいる。友人や身内の支えもなく一人だ。昼間は赤ん坊の世話にふりまわされ、夜も眠れない。ルイージは経営陣のトップに昇進したとたんに、社の新しい拡張計画に忙殺されている。

幼い息子がローマの公園――おそらく五〇年まえに、子どもだった彼女の母親のイーダが、あのどうしようもない父親と一夜野宿をして過ごしたのと同じ公園だ――でよちよち歩いているとき、ロザーリアはその公園で、また中絶のことを考えた。予約をとりつけもした。それから、お腹の奥底から、息子の声、この声を聞いた。ロザーリアは予約をすっぽかし、ぼくが生まれた。

ぼく

ぼくは一九六九年六月二五日にナーポリのポジッリポの丘で、かに座の星のもとに生まれ、ふつうの幼年時代、ふつうの青春時代、ふつうの生活を送った。金髪に大きな青い目のかわいい子、両親、おじおば、祖父母にかわいがられるかわいい子どものひとりだった。だがじつは、五歳ごろから夜が怖くてたまらなくなりだした——眠りながら、「門を閉めて、ドラキュラが来る!」と悲鳴をあげ——夢遊病者のように動きまわり、母のように爆撃のもとに生まれたのでもないのに母のように暗闇が怖くて、明るくするためなら火もつけかねなかった。だがこれも事実だが、この夜驚症を説明しうるものはぼくの生活——「実生活」という意味だ——にはなにもない。七〇年代のなかごろには癲癇の兆候とみなされていたが、その後、高名な神経精神病医が良性の予後を発表した。「思春期とともになくなるだろう」と言ったのだ。そのとおり、それはなくなった。

ぼくにとって運命の車輪は幸運の枠のうちで止まっている。第二次世界大戦後の第二世代として、繁栄して平和なヨーロッパ生まれの、地球の顔を踏みつけることもないだろう、より裕福で栄養たっぷりの、長生きで健康な、保護され、ましな服を着た者に属する。それなのに、逆説的に、子どものころは、冷戦を背景にした原子爆弾のキノコ雲の画像で遊んだ。いまでも思い出すが、夜、台所で食事をし、ミネストローネにティーグレ社のチーズをふりかけながら、テレビの画面をとおしてぼくらにとどく「世界の飢え」という見出しのついた、自分と同年のアフリカの子どもたちのふくらんだお腹や、黒人や過激派のテロリストの指名手配の写真に目をむけた。それから、特権に浴した同世代の女や男といっしょに、八〇年代の大人の生活に突入した。彼らのすべてと同じように、大衆のポルノグラフィーに根ざす感情教育、バブルからバブルへと移行するだろう経済、コマーシャル化と堕した政治、現実の国とメディアの国に分断された社会、現実の危険と危険の予感に分枝した国家を体験した。この道に沿っていると、人生の見習い期間はぼくにとって非現実の実習であり、戦争は冷たいビールを飲みながらテレビの前で過ごす一夜——きみたちは第一次湾岸戦争の暗緑色の遠景の白い光を思い出すだろうか?——であり、歴史とは次の飲み物までのあいだの気のきいた科白だった。ベルリンの壁が崩壊したとき、ぼくはあるパーティにいた。友人のフランコ・ラードとともに台所でデカンタに入れたスプリッツ・カクテルをつくっていた。フランコが食洗機と超音波オーヴンにはさまれた、つけっぱなしのテレビに目を止めた。「見ろよ、あいつ、つるはしなんかもって」と一瞬ぼくの方に目を上げて言った。そしてまたすぐに食前酒ビッテルの計量をしだした。

波乱万丈の事件を渇望しつつも、ぼくの生活は、最初のころは父の転勤のためにイタリアを転々とし、その後ヴェネツィアに落ち着いたというところだ。ぼくはそこですべての学校生活を送った。その二〇年間のあいだにヴェネツィアの居住人口は半減し、映画館はほとんど閉鎖、書店や劇場は有名な旅行者の結婚式の背景となった。だがぼくはそんなことになにも気づいていなかった。その死にかけた古都でぼくは若く、幸福だった。

高校を終えて、ぼくはフェスタ・デル・ペルドーノ街のミラーノ大学哲学科に入った。長い、疲弊した一連の歴史事件の学生による最後の大学占拠に加わり、いまなおつづいている新たな、長い、疲れをしらない一連の歴史事件の最初の事件である公務員腐敗の大スキャンダルのあと、高級レストランがぞくぞくと閉店するのを見るのに間にあい、教授たちもふくめてだれひとり読まない六〇〇ページの文学論の卒業論文で卒業して、高名な哲学者がいることで有名なパリの大学の大学院に入り、それから九〇年代半ばにパリを去って、鑑別診断と急性パニック発作症候群の治療のためにサン・ラッファエーレ病院の実験プログラムのモルモット兼患者として入院し、ついに、それも治ったといえば治った。

二〇〇〇年、同世代の男や女たちとともに虚しく待った——一〇年間、待ちに待っていた——二〇〇〇年目の世界終末は訪れず、公募の博士課程奨学金を獲得して、その後公立高校の歴史哲学教師、それから国立大学の映画、写真、テレビ研究の教授職をえる。二〇〇九年六月に、ポジッリポの丘で生まれてからちょうど四〇年目に、ミラーノの中心街の病院で、ぼくらの娘の出産のため、パートナーの陣痛に立ち会う。これがぼくの人生の唯一の事件といえる事件である。それだけだ。

その六年前の二〇〇二年に、小説家になって、少年時代の夢をはたした。つまり大手出版社がぼくの第一作『戦いのにぶい音』——またまた六〇〇ページだ——を出版してくれたのだ。その後も何冊か出版し、それなりに読まれ、成功だったが、あるとき、二〇一一年一一月のある朝、わが国の首相が未成年売春蔵匿罪で取り調べられ、国が破産の瀬戸際に立たされていたころ、六冊目の小説に取り組んでいたとき、たまたま――そういう言い方になる――一九三四年一月八日にレオーネ・ギンツブルグがファシズムに「ノー」を突きつけた辞表が見つかったというニュースを知った。すぐに彼の物語を語ることにした。彼の物語を調べ、そこにぼくらの物語の解毒剤を見つけようとした。それから、いっとき彼の物語をはなれて、自分の物語を書いた（それには準備のための調査はいっさい必要なかった）。自分の家族の物語を短期間で仕上げて、ギンツブルグと彼の物語にもどった。そうやって行ったり来たりしているうちに、祖父母がいたことに気づいた。

祖父母たち

ぼくは、当然だが、レオーネ・ギンツブルグに会ったことはない。だが、じつをいえば、同姓同名の祖父アントーニオ・スクラーティについてもなにも記憶がない。それにぼくにこの名前がついているのも、心変わりのせいなのだ。心変わりのせいだし、人生とはすべからく巨大な謎だから。

父方の祖父は一九七三年三月に死に、そのときぼくはまだ四歳にもなっていなかった。一九六九年六月の、ぼくが生まれる一日まえに、母は一年まえに、ぼくの兄で、まだ名前のついていなかった長男の誕生直後に発したのと同じ質問を父にした。「ルイージ、お父さまの名前をつけたら、お父さま、喜んでくださるかしら？」兄のときは父は、じつに正直に、頑としてそれを拒み、二人とも、その大理石の男がそんな感傷的なことに感動すると思ったりしたことに大笑いしたのだ。

そこで、母は――昔ながらの因習に抵抗したのか、それとも迷信からか――息子にペッピーノという死の迫っていた自分の父親の名前をつけることを拒否し、アントーニオでもジュゼッペでもない、それまでスクラーティ家にもフェッリエーリ家にもいなかった、ただ一人のマルコという名前にした。両親のやや言い訳めいた言い方からわかるのは、祖父のアントーニオは失語症すれすれの無口なきびしい人間だったということぐらいだ。口をひらくのは、「砂糖をとってくれ」とか「家を出るときは電気を消すのを忘れるな」ぐらいだという。

いずれにせよ、一年後にぼくが生まれたとき、祖父のアントーニオもすでにもうひとりの祖父ペッピーノを墓場に送ったのと同じ病気の診断が下されていた。母が、一二か月のあいだをおいて、「ルイージ、お父さまの名前をつけたら、お父さま、喜んでくださるかしら？」と同じ質問をしたとき、父は一瞬、迷った。そして、迷いのうちに、ぼくはアントーニオと呼ばれることになった。

ぼくはアントーニオという名前になり、背が高く、白くつやつやした白髪の男がぼくの小さな手を四〇年間フライスや旋盤を扱っていた大きな手で握って、クザーノのウニオーネ街に自分で建てた一軒家の裏庭につれていき、リンゴの木と苺ブドウの生垣のあいだの人目につかない場所にいくと、ぼくの上にかがみこんで、笑顔で、もう百回もたずねている「おまえの名前は？」を発するためだけに、世紀はじめにまで遡るだんまりの包囲網を解くという奇妙な記憶がある。そしてぼくがもう百回も繰りかえした彼の姓と名前——アントーニオ・スクラーティ——をやれやれといった調子で答えると、彼は大喜びで、ぼくの頭を撫で、またたずねるのだった。

だがそれも、偽りの記憶でしかないのかもしれない。両親は驚きながら面白がって、洗面所の小窓からこの情景を盗み見しては、繰りかえしぼくに話したので、いやでもそれが記憶に刻まれたのだろう。

このエピソードは別として、アントーニオ・スクラーティ――一九〇〇年生まれのほうだ――の存在はぼくの存在に他にはなにひとつ目に見える痕跡を残していない、むろん肉体的特徴は別だが。彼の思い出としてあるのは、ぼくが子どものころはまだ地下室にあった冶金工の着る青い作業着と、彼の文房具類の名残りであるノート類のはいった黒い人造革張りの箱、彼がそれから降りた日から、ずいぶんあとに何回目かの引越しで紛失した日まで、傷ひとつなく、まだ走れる状態で停めてあった、すばらしい、真っ赤なグッツィ社のオートバイだ。ほかはなにも、写真すらない。長いあいだ、ぼくにとって、彼の唯一の写真はお墓の額にはいったそれだった。

大作家は一九九一年に、つまりぼくが大学に入って二年たって亡くなったが、ぼくは一度もナタリーア・ギンツブルグにも会ったことがない。その機会がなかったし、それに、そのころぼくは哲学を勉強していて、まったく別のことを考えていた。一度も到達したことのないぼくのギンツブルグ家のだれかとの最大の実存的接近は、実現しなかった仕事の計画とさわがしい夕食会だ。

十年ほどまえ、当時頭角をあらわしていた映画製作者がカルロ・ギンツブルグの研究をもとに、一六世紀フリウーリの農村の魔術の儀式をめぐる映画製作を思いつき――いまでもぼくはいい企画だと思っている――いっしょに仕事をしてくれるかとぼくに訊いた。ぼくはその本を読んで、賞讃していた。ガブリエーレ・ムッチーノ監督のセンチメンタルなコメディで成功しただれかが映画化の資金を出してくれたらと考えて有頂天になった。こうして創造的歓喜にみちた数日が過ぎた。いまでも思い出すが、ぼくは日ごろの習慣に反して、毎日午前中、制作会社のオフィス（そのどこかの引き出しに、それも引っ越しのさいに紛失していなければ、企画書が眠っているだろう）に行って書いた。書き終えると、制作者は協力者の女性とボローニャに行った。長期のアメリカ滞在から帰国して間もないギンツブルグ教授に会いに行ったのだ。正直なところ、それは必要のない旅だった。その特異な研究の著者の権利譲渡がなくても魔法にかんする映画をつくることはできたであろうから。だがぼくらはみな、それぞれちがったやり方で、権利に忠実だった。ぼくも製作者とともにボローニャに行くべきだろうとぼくらは考えた。最後には、「ノー」へと傾いた。ぼくらは先見の明があった。カルロ・ギンツブルグが計画に懐疑的な反応をしたのだ。対談の最後に製作者はぼくの名前を出した。予想していたことだが、ぼくの名前は虚空に落ちた。ギンツブルグはそんな名前を知らなかったのだ。当然だが、彼と同世代の作家の名前をあげた。映画はつくられなかった。

息子の一人との出会いに失敗したあと、それとほぼ同じ時期に、ある晩、ぼくはレオーネとナタリーアの孫娘のそばにすわっていた。だが、先にも言ったように、レストランは混んでさわがしく、そのテーブルの同席者は多かった。たぶん彼女はご機嫌ななめで、ぼくのほうはたぶんすでに少々酔っていただろう、いつもの仏頂面は別として。結局、ぼくはいまも、まさに彼女となにかことばを交わしたのではないかと恐れているのだ。

ぼくの祖母たち、イーダとアンジェラについては、祖父たちとはちがって、いくつか思い出がある。育ちざかりの子ども時代の思い出をたどるとたいがいそうだが、ほぼ食べ物にかんする思い出だ。

ぼくらがクザーノ・ミラニーノへ行くと、アンジェラ祖母はきまって家と庭のあいだを行き来した。その庭に、豆やじゃがいもなど、香草入りの彼女のミネストローネを作るのに必要なすべてが植えてあるのだ。野菜を一本一本必要な分だけ抜いて、二〇世紀初頭にまでさかのぼる銅やアルミニウムの鍋に入れて火にかける。たいがいはミネストローネが嫌いな子どもでも忘れがたいいい匂いがした。アンジェラ・レカルカーティの野菜畑は、戦後三〇年以上たってもまだ、そしていつも、戦時の畑だった。祖父母の家の庭には飾るための植物はなにひとつ、食べものとして実をむすばないものはなにひとつ、植えられなかった。

ときどき、ぼくらにおやつを作るために、祖母はジャガイモの皮を剝き、さいの目に切って揚げた。バターで揚げた、ダイエットなどという発想はまったくなかった。彼女のように、イタリアが貧しい国だったときに生涯の大半をイタリアで過ごした女たちにとって、食べものとの関係は純粋な生存の糧と純粋な快楽の両極端のあいだを動いていた。祖母はきみがなにかの料理をパンをひと口食べないで飲みこむのを見ると、情けなさそうに咎めた、「むだに食べるんじゃない!」だが一方で、アンジェラ祖母にとってこの世の最大の楽しみはひと口のゴルゴンゾーラだった。年をとって病気になり、ぼくらの家で暮らすようになってからも、あのうじ虫のわくチーズを思い出させないようにすることはできなかった。いちど母は、真夜中に、八〇歳をゆうにこえていた祖母が冷蔵庫に頭を突っ込んでいるのに出くわした。当然の非難に――老人はとくにこの点では子どもと同じで、叱られるのだ――祖母はラテン語の格言さながら、忘れがたい反論をした、「ヌンク・アンデム、エル・ゾーラ・レスタ(わたしたちは死ぬ、ゴルゴンゾーラは残る)」

祖母にとってゴルゴンゾーラがこの世の最大の楽しみだとぼくが言うのは、スクラーティ家に嫁いだアンジェラ・レカルカーティが神を信じていたからだ。そう、彼女はなんの疑いもなく神を信じていた。なにか曖昧な霊的な教義や偶然の神を信じていたのではない。そうではない、アンジェラ祖母はカトリック教会の神の存在、ローマの教皇とアンブロージョ司教〔四世紀の教会博士。ミラーノの守護聖人〕の神の存在を積極的に信じていた。揺れることなく、道徳主義もなく、教会のあれこれの社会的教義もなく。少しばかり、笑いながら、風紀の乱れをとがめた――テレビで踊り手たちが両脚を大きくひろげるのを見て、最大の軽蔑をこめて「わたしのほうがきれいだった《エーリ・ピュ・ベーラ・ミ》」と言って、彼女たちを追い払った――が、それで信仰心が減少するわけではなかった。彼女はまごうかたなき形而上主義者なのだ。まさにゴルゴンゾーラにたいする熱情がまごうかたなき肉体的快楽であるのと同じように。だれか啓蒙的な進歩主義に憑かれた信奉者が聖職者たちの大ペテンだと宗教をお払い箱にするなら、ぼくは口ひげのかげでにやりと笑って、祖母の信仰を思い出すことにしよう。

　アンジェラ・レカルカーティは幼いときも老人になってからも目が青かった。髪はふさふさしていた。背中までとどく長い毛をまとめてうなじからてっぺんまでの髷にしていた。母は、祖母がすでにほとんど寝たきりになったころ、浴槽で身体を洗ったあとに、その髪の毛を骨の櫛でけずってやっていた。毛はごっそり抜けたが、それでも頭にはまだもじゃもじゃのかたまりが残った。最後のころ、病院に入るまえに、夜にクザーノ・ミラニーノの家の彼女に会いにいったとき、動脈硬化症の霧のなかで、彼女はぼくを若いころの父ととりちがえた。ぼくの妻、ぼくの母のロザーリアのことをたずね、子どものぼくのことをたずねた。そのたそがれ時の一瞬一瞬のうちに、すべてがまじりあい、すべてが保たれているのだった。まさに衝撃だった。

　いまアンジェラ・レカルカーティは三〇年まえからクザーノの墓地に夫と並んで眠っている。そしてもう何年もまえからもはやだれも彼女の墓に花を供えない。こうしていまこの本で彼女のことを思い出しているぼくですら。

イーダ祖母はちがうタイプの女性だった。アンジェラに比べてまじめできびしく、より気弱かった。もう一人の祖母と同じころに死んだのに、ぼくが思い出すのは、もはや棺桶に片足突っ込んだ、毒にも薬にもならない老女どころか、そのしっかりした精神力とパパやママのそれをもしのぐ善悪の判断力をもつ女性だ。そんなイーダ祖母もぼくに食事をつくってくれた。そして彼女も、ぼくのために料理をするまえに、その材料を用意する必要があった。だが彼女は庭に降りてゆくのではなく、通りに出た。いまやどこにもないあの、幾何学模様の綿プリントの服を着て、オートバイで走ってくるひったくりから守るために（一度、一〇メートルも引きずられて腰の骨を折ったことがあった）黒の合成革のショルダーバッグを首からかけ、ぼくの手を引いて、ヴェルジニ街のジャングルにはいった。

ぼくが子どもだったころ、祖母は独身のままだった伯母のマリーアと、マリーア・ロンゴ街の病院連合のケア・マンションに住んでいた。戦争の廃墟の上に建設されたその三階建の立派な近代建築のアパートは、戦争中に彼女が五人の子どもを育てたセッテンブリーニ街一一〇番地の、水道も台所も窓もない路面と同じ高さのあの大部屋から二〇〇メートルもはなれていない。フェッリエーリ家に嫁いだイーダ・イッツォは生涯をとおして、いちどもその界隈から動かなかったのだ。

そこからぼくらはいっしょに出発した。インクラービリ病院の腐食した凝灰岩を左手に見て通りすぎ、サン・ジェンナーロ門の下のアーケードにはいり、右左をよく見ながらフォリーア街を横切ると、ヴェルジニ街のにぎやかな市場に着く。歩いて一〇分もかからないが、まぎれもないひと旅だった。

ヴェルジニ街の市場を描写するのは不可能だ。カオスを、天地創造の最初の瞬間を描こうとするような、子ども時代を、世界のもうひとつの時代を生き直すようなものだろう。それゆえそれをしてみようとは思わない。ぼくが好きで、驚嘆の的だったのはうなぎが身をくねらせているプラスチックの水槽——売り手が鉈をふりおろすときは顔をそむけたが、魚は切断されてもまだ動いていた——と桑の葉に包んだ桑の実売りの老女、そしてテントの留め金から一〇枚ほど、死体のようにぶら下がっている干し鱈だったと言うにとどめておこう。

ぼくと祖母が行商人の屋台や解体されたスペイン風の建物、地中海の夏の暑さのなか、その市場の中心のほうへと進んでゆくにつれて、いつも用心深く、いつもあたりに目を光らせている女は、ますます強くぼくの手を握りしめる。そのナーポリのごった返しのなかで迷子になることは、ヴェネツィアに住むブルジョワ一家の金髪坊やには、森で、いやジャングルで、迷子になるようなものだったから。

あたりで悪ガキたちがばかにするような、感嘆するような調子で「シュネリンジェール！ シュネリンジェール！」と、イタリア語風にアクセントを強めて、ミランの粘り強いドイツ人ディフェンス選手シュネリンガーの名前を叫ぶのが聞こえた。彼らにとっては、彼らと同じ年齢だったぼくの母にとってと同じように、北イタリアとはミラーノなのだ。ぼくと祖母は悪ガキたちの騒々しい叫び声を無視して、最初から彼女のきびしいおめがねにかなっていた売り手たちのほうへと足をはこんだ。右手に、祖父のペッピーノが子どものころ住んでいたスッポルティコ・ロペス街を見て通りすぎ、トトーが生まれたサニタ地区にはいった。

そんな生活の濃密さ、その魅力を、大人になってぼくが再発見したのは、東のはてのメコン川沿いの、人でごった返すいくつかの市場でだけだ。祖母といっしょにぼくは世界を発見しにいったのだ、その地域から一生、外に出たことのない彼女といっしょに、ぼくは旅をしたのだ。旅から帰ると、祖母はグリーン・オリーヴとじゃがいものはいった干し鱈料理をつくってくれた。

ぼくはできればそんな祖母を、まだかくしゃくとしている祖母を思い出にしたかった。だが死の床の彼女を見せられた。それは、たしかに、まちがいだった、いまだに悲劇の、そして演劇の感覚を保持している文化の残酷さに供えられた血の捧げものだった。

事のしだいはこうだ。ぼくは一七歳のときアメリカへ行った。裕福なヨーロッパが兄弟国という一九世紀的幻想をあおるあの文化交流計画のおかげで、丸一年間滞在の予定だった。一九八六年八月にラヴェッロ――アマルフィ沿岸の海に面した、丘の中腹のすばらしい町で、ぼくは夏の休暇をずっとここで過ごした――から出発した。

石段を降りると、イーダ祖母がバルコニーに出てきた。幾何学模様のプリント地のいつもの服を着て、左手を振ってぼくに挨拶し、右手は手すりにつかまるというより、嵐の海で船の甲板の手すりにしがみついているようだった。彼女がぼくのほうに――冒険のはじまりに興奮し、不安に駆られていたあの若者に――視線を下げたあと、それを海の方へ、水平線のほうへ上げたのをぼくはおぼえている。このとき彼女はすでに手の施しようがなかったのだ、ぼくには秘められていたが。

医学的には、ぼくはイーダ祖母に二度と会えないはずだった。それゆえぼくは、孫に挨拶し、手すりにしがみついて海を眺め、死にたいして、生の最後の誇りを対峙させる老女の姿を記憶にとどめておけるはずだった。

それが、すくなくとも、母の計画だった。ところがイーダ祖母はその後丸一年も生きた。ぼくは最初の冒険から帰ったとき、最後のあがきに苦しむ彼女を見出し、それに立ち会うことになった。

それは祖母がついに、そしてそれを最後に、自分の界隈から出て、マリーア伯母のもとへ移り住んでいたサンタ・テレーザ・デッリ・スカルツィ街の家でのことだった。地中海で暮らす庶民の習慣で死を待つ家には人があふれていた。友人や五親等さらには六親等の親戚、近所の人たち、知人など。みな食べ物を持参して、みなで食べた。三途の川を渡るまえに通夜がはじまるのだ。

到着したとき、ぼくは仰天した。ぼくが「北」の孫であるだけでなく、伝説の中心になっていたのだ。土地の、生死の神秘の信奉者たちがそろって、祖母はただただアメリカから帰るぼくに会いたいがために、医師たちの予想に挑み、彼女を蝕んでいた癌に抵抗したのだと主張した。「あの子を待っていたのだ」と、秘教主義者たちはぼくを見て、うなずきながら宣言した。みながぼくにコーヒーやババロアを差し出した。

母はちがう考えだから、それを行為で示すべきだった。だが親戚の圧力、文化的影響力などなどが強すぎた。もっとも、ずっとそうなのだが。

そこで、母はぼくに祖母を見せにつれていった。いや、彼女にぼくを会わせに。

イーダ祖母はもはや話すことも、動くこともしなかった。その瞳がまだこの世の光を映していたのかどうかわからないが、目をあけていた、それはたしかだ。たしかに目はあいていた……それは、彼女の家、とはいえもはや自分のものでない家の、彼女のベッド、とはいえもはや自分のものでないベッドに横たわって驚愕している目、うるさい人たち、三〇分まえまでは彼女の子どもたち、身近な人たち、孫たちで、彼女には無のなかに消えてゆくことしか残されていないが彼らはまだ生きているからというごく単純な理由で、食べたり、おしゃべりをしたり、飲んだりする男や女たちに驚いている者の目だった。つまり、意識のある死体の目だった。

話がここまできたところで、ぼくは嘘をつきたいという強い衝動に駆られている。物語をつくりあげ、省いたり、黙したりしたいという衝動。まさに母が、当然ながら、祖母の病気について、そして、その最後の苦しみについて、ぼくがそうするのを望んだであろうように。だがぼくらは人の最期に立ち会っていたのだ、最期のことについて嘘はつけない。

ぼくが祖母の顔の上に見たものは、どうしてもそれが回避できない場合でないかぎり、決して見せるべきものではない。その不快感と恐怖の仮面には教訓や人生の学校などなにもない。この世にいる助けになどならず、そこから去る準備もしてくれない。ぼくがそのことを書くのは、彼女に、イーダ祖母にたいしてそうすべきだと考えるからにすぎない。そう、あなたはまさにこんなふうに死んだのですよ、おばあちゃん、こんなふうにあなたが死ぬのをぼくは見ましたよ。それと同じ理由で、ぼくが夜のベッドで名づけようのない恐怖に襲われるたびに、ぼくはあなたのことを思う。あなたはぼくの死の思考だ。そんなときあなたはぼくといっしょにいてくれる。そして、おそらく、ぼくもあなたといっしょにいる。

おそらくそれもあって、イーダ祖母は、ぼくの死者たちのなかでただ一人ぼくの夢に出てくるのだろう。ときどき幾何学模様の綿プリントのあの服で夢にあらわれる。あちらの岸辺からぼくに話しかける。

ペッピーノ祖父には、先に話したように、ぼくはいちども会ったことがない。彼が歌うのを聞いたり、詩を朗読するのを聞いたり、彼と一杯やったりできたらどんなに楽しかっただろう。だがぼくはいちども彼に会ったことはない。

「ずっと会ってなかったんだ、いまだよ」こんな言い方でみなが彼を行かせようとした。ペッピーノ・フェッリエーリはいうなりにならない。ひょいと身をかわす。

一九五四年、なり損ないの芸人としての彼の人生の物語が彼を発掘しにきた。トトー、大スターのトトーが、ペッピーノとともに貧困のうちに育ったサニタ地区にもどってきたのだ。いままた、ここに、百メートルほど先の、フォリーア街とヴェルジニ街の先にいて、『ナーポリの金』という映画の道化師のエピソードを撮影している。

家族のみながペッピーノの背中を押して挨拶に行かせようとした。彼はそうしない。彼は身をかわす。トトーはいまやスターだ、国民的有名人だ、たぶんイタリア一の人気者だ。ペッピーノは映画のスクリーンの巨大な、カラー映画でも巨大な彼の姿に見慣れている。それどころか、彼の実父のデ・クルティス侯爵が彼を認知し、別の侯爵が彼と養子縁組をして、アンニーナ・クレメンテの息子はプリンスに、「笑いのプリンス」になった。

ついにペッピーノは決心した。彼にそうさせたのは礼を逸することを恐れたからだ、古巣にもどった旧友はせめて歓迎の挨拶くらい求めているんじゃないか。そこでペッピーノはタンスから上等の服を引っぱりだし、靴を磨き、胸のポケットにハンカチを入れた。セッテンブリーニ街の大部屋を出て、サン・ジェンナーロ門のアーケードの下を通り、フォリーア街を横切って、ヴェルジニ街をのぼってゆくと、セットだ。三〇年間の人生を歩く一〇分の道。

セットの周囲には安全ロープがめぐらされ、日曜日の群衆がひしめいている。ペッピーノが来訪を告げると、トトーはメーク中だという。製作助手がとまどう。「昔の友人で」とペッピーノが遠慮がちにつけ加える。「ああ、そうですね、あなたがたはみな昔の友人ですよね」と相手は言う。

大俳優は彼の訪問を告げられるとすぐにメークを中断させて、彼を呼びにやらせた。ペッピーノは窓がスモークガラスの大型エンジン車に案内される。プリンス・デ・クルティスは後の座席で彼を待っていた。友人がなかにはいると、彼を一瞬、見つめた。二人が最後に会ってから二〇年が過ぎていた。それからアントーニオ・クレメンテは愛情をこめてペッピーノを抱きしめ、運転手に街をひとまわりするように命じる。

「プリンス、どちらへ向かえばよろしいので?」運転手が訊く。

「海だ、海のほうへ行ってくれ、ガエターノ」

トトーはペッピーノの手を両手でつつむ。明らかに感動している。それは二人とも同じだ。ペッピーノは、感動のあまり、まだひと言も発せない。

「おい、ペッピーノ、話してくれよ、元気なのかい?」トトーが励ます。

「元気だよ、プリンス、元気さ」ペッピーノはやっとこう言う。

「ペッピ、どこのプリンスだ！　まさかおれを喜ばせたいとでも？」トトーはお得意のギャグでペッピーノを朗らかにからかう。旧友ははじめてペッピーノにそんな称号で呼ばないでくれと言った。それが最後ではない。

車がダンテ広場を横切って、トレード街から海のほうへおりてゆくあいだに、二人の男は過ぎ去った時代を思い出す。なによりも貧困を。第一次世界大戦のあと、トトーがボロ靴をバタバタいわせながら街を通り抜け、郊外の小さな劇場で『ベル・チッチッロ』の道化役を演じ、まだほんの子どもだったペッピーノがそのあとを遅れまいとついていった。懐具合がいいときは、カフォーネパン〔ナーポリ名物の丸い田舎パン〕に、行商人が柳細工の水切り籠に入れて、スプーンですくって売るリコッタチーズをはさんで食べた。

「楽しかったね、プリンス、楽しかった」相手はまたもやその称号を撤回させなくてはならない。

運転手はカラッチョロ街にはいり、市営公園の周辺をまわる。トトーは窓をあけさせる。目もくらむ湾の青さが彼らをひっぱたく。目前の巨大なノルマン風のオーヴォ城が、それがなければ果てしもない、とらえどころのない水平線を閉ざしている。背後のポジッリポの丘の上に、丘を壊しているクレーンがかいま見える。

「おまえ、結婚したのか、子どもはいるのか？」トトーは運転手に速度を落とすようにと合図して、ペッピーノに彼の生活ぶりを話してくれと言う。ペッピーノは海岸通りを走るあいだにかいつまんでそれを話す。イーダとの出会い、結婚、実家から追い出されたこと、新しい家族と子どものこと、戦争、貧困、爆撃、屋根に配置された武装した男たち、背後からの刺殺、アメリカのトラックなどのことを話した。

「それで、芝居は、ペッピ、芝居はどうした?」トトーがたずねる。

「芝居はぼくの大きな夢だったよ、プリンス」

海岸通りは終わり、車はふたたび港から繁華街の路地のほうへ向かう。ペッピーノは一瞬身体が熱くなり、マリオネットの真似でも有名な友人に、人形を動かすしぐさをして見せる。トトーが、笑いのプリンスが微笑む。

一時間もたたないうちに車はもとの場所にもどった。

トトーは一瞬、無言のまま、ためらう。一瞬の聖なる宙吊り状態、守護聖人の行列がふたたび歩き出すまえに止まるときのような。それから彼は友人の手をとって言う、「セットにもどらないと。言ってくれ、ペッピ、おまえに役だてることがあるかい?」

ペッピーノははっとした。驚いてはっとした、怒ったのではない。ペッピーノはトトーが自分が育った地区の貧者に気前よく援助の手を差し伸べていることを知っているし、自分もその貧者の一人であることも知っている。それでも、いかに貧しくても、金銭を求めて旧友に会いにいくなどということは彼の頭をかすめたことなどない。彼はそれを友人に説明する、遠慮がちに。

「それはまちがったことだよ、プリンス……」

そしてここで、一家の伝説では、友人の控えめな誇りの表明を聞いて、天才トトーは楽しい結末に、舞台から遠いこの場面でも、喜劇の希望の場面におさめようとしたかったらしい。トトーはこれを最後にとペッピーノ・フェッリエーリの手をとって、言ったと。

「だがどこのプリンスだ、プリンスは……ペッピ、ここじゃ本物のプリンスはおまえだ！」

運転手がドアをあける。男が一人降りる。車は映画館の巨大スクリーンでなければペッピーノ・フェッリエーリが二度と出会うことのないプリンス・デ・クルティスを乗せたまま立ち去る。

フォリーア街とサン・ジェンナーロ門の角で、一人、この永遠の戦後の破壊された建物の瓦礫のあいだに立ったとき、ペッピーノ・フェッリエーリはある予感に襲われた。もうひとつの時代とともにさらに広がりのある時代が響きあう。いま彼は自分に遺産があることを、残る者たちに語るべきなにかがあることがわかったのだ。トトーとのそのエピソードを彼の子どもたちに話し、その子どもたちが彼らの子どもたちに話すというプレゼントだ。だれかがある日、おそらく、きちんと本のなかに書いてくれるだろう。

それからペッピーノはポケットから二リラ出して、行商人から蛸スープを一杯買った。足も一本入れてくれと頼んだ。めまいは消えた。時がまたぶつぶつ泡立ちだす。そろそろ昼食の時間だ。再建すべきひとつの街とひとつの国の晩春のありふれた正午。ペッピーノは肉屋の店舗にむかって歩く。まだ生きるべき人生が彼を待っている。

本は終わる。

ぼくはあの流れのどこにいるのか？

ここでこんな疑問が生じる。単純で根本的な、暴力的な疑問だ。ぼくらはこう自分に問いかけるのだ――ほんとうになにかを自分に問いかけるとしたらだが――ぼくらの平和で、うんざりする生活の底から歴史の偉大で悲劇的な叙事詩を考えるたびに。ぼくが彼らだったらどうしただろうか？　ジレンマだ。遠い、未知の人びと、異国の人生と愛の手紙を交わしているとき、ヨーロッパが炎に焼かれ、数百万の人たちが絶滅収容所に送られ、孤独な人間たちがその世紀に「ノー」と言わなくてはならなかった、そう言うことができた時代に共鳴してそこにはいるとき、他のすべては意味がなくなる。

ある種の横柄さ、尊大さ――それはわかっている――が、ぼくらがそれを手段として他者の悲劇や叙事詩を利用して自分たちの生活に意味づけをしようとするこれらの問いかけにつねに伴う。それでも、それらのほかには、破滅も救済もない。横柄さ、尊大さのより悪しきものがあるだけだ。アカデミーだけだ。

一九四四年、レオーネの悲劇的な死の数週間後に、ナタリーア・ギンツブルグは「アブルッツォの冬」という短篇を書いた。そのなかで彼女は――抑制した文体で、自分の意志とはかかわりなく、歯切れのいい宣伝文句が高らかにひびきわたり、熱狂的な誇張を特徴とした時代に生きた者の、一見して、地味な調子で――夫と子どもたちといっしょに過ごしたピッツォリの山村での亡命生活を想起している。この短篇は次のようなことばで終わる。「夫はローマのレジーナ・チェーリ刑務所で、わたしたちが村を離れて数か月後に死んだ。彼の孤独な死の恐怖を前にして、死に至るまでの彼のあれこれ交錯した苦悩を前にして、それがわたしたちに起こったことなのか、ジローの店でオレンジを買い、雪のなかを散歩していたわたしたちに起こったことなのか、と自分に問いかける。あのころわたしは容易で幸福で、願いがかなえられ、共通の仕事にみちた未来を信じていた。だからあのころがわたしの生涯の最良の時だったのだが、それが永遠にわたしから逃げ去ったいまになってはじめて、ようやくそれがわかるのだ」レオーネの凄惨な死のあと、ナタリーアはこのすばらしい短篇で、彼と過ごした時を、亡命と抑圧、たえざる迫害、終わりのない剝奪の日々、だが闘いの、誇りの、未来に向けた、人間としての連帯と家族の愛情の日々でもあった時を嘆きつつ回想する。彼女のことばは恐ろしい死の悲嘆に愛情のこもった封印をし、哀惜は愛する人が眠っている墓の灯明のように、燃えている。

だが、こんにち「アブルッツォの冬」を冒頭から読む者にとって、この最後のことばは、悲しみのめまいのように届く危険性がある。読者が、自分がいちども生きなかったしこれからも生きないだろうこと、幸いにして、そのように生きることがありえず、義務でもないだろうことについて誤ったノスタルジアにとらわれる可能性があるのだ。

ぼくらは――白状するが――これと同じ見当ちがいの懊悩に襲われるのだ、レジスタンスのことを考えるときに。第二次世界大戦が終わって数十年後の、西ヨーロッパがかつてない平和で繁栄した時期に生まれて育ったぼくらが、もっとも保護され、裕福で、地球がいまだかつて経験したことのない長寿となった人類の一部の子どもであるぼくらが、まさにぼくらがあの悲劇の季節に、あの、ぼくらが生きなかったすばらしいけれど恐ろしい闘いにノスタルジアをおぼえるようになっているのだ。疑いもなくそれは浅薄な思考で、ずばり、他者の苦しみにたいする配慮の欠如であろうが、それが怠惰な生活をしてきた者の思考であり、それがぼくらを象徴する過ちであり、そのなかにぼくらの裏切りの、いわゆる幸せが映し出されているのであり、ぼくらはそれにけりをつけなくてはならない。ぼくらの物悲しい夜のパーティ、玉虫色のモーニングを着て、死んだ運河の上の居間のテレビの前のソファーにだらしなくすわり、寝に行くまえにはっと身震いする。嘆き悲しむ犠牲者などだれもおらず、戦争の経験がなにひとつないぼくら、ぼくらはあの時代――迫害と蜂起と、数百万の死者と不倶戴天の敵との戦いのあの時代――がぼくらの人生の最良の時でありえたかもしれないという思いちがいを犯す。

それは平和しか経験したことのない者のおろかさだ。歴史となった時代を愛惜する、それが報道記事《クロニクル》の時代に生きているがゆえに運命をもたない者のふざけた運命なのだ。事実、クロニクルがぼくらの時代感覚の一般的基準になっている。ぼくらはそれに準じて、もっぱらそれに準じて、ぼくらの存在を測る。しかもその物差しは短い。ここから同じように弁明できないあの抑圧感、他のすべての側面では特権に浴している人間に下される特別宣告である腹立たしい、より悪くなっているという感覚が生じる。人の生は、クロニクルという狭い水平線のなかで生きられると、進行が長引く不治の慢性病《クロニク》となる。そうやって他者の闘いの悲劇的な意味は裏切られ、おのれの闘いの意味はことごとく見失われる。クロニクルの時代にナチスはいない、どこにでもいる犯罪者と連続殺人犯だけだ。

それでも、いまこの時代に生きているぼくらが、まさにぼくらが、ナタリーア・ギンツブルグが信頼し、苦くも幻滅した、容易で幸福な未来なのだ。いかに幻滅させ、それに値しなかろうが、ぼくらがその未来なのだ。

そこでだ、冒頭の単純な問いにたいするぼくの個人的な答えは、明白かつ当惑させるものになる。つまり、ぼくと同じ名前をもつ祖父があの流れのなかにいたから、ぼくもその流れにいたということだ。大きな歴史を前にして、ありふれた、無名の、とるに足らない男としての祖父の生涯は、おそらくレオーネ・ギンツブルグのあの栄えある生涯と並んで語られてもいい、いやおそらく語られるべきものだ。なぜならば、そのふたつの生涯はたがいに、もう一人の男の平凡さのうちの一人の男の偉大さを、そしてその逆を照らしあうから。そしてまた、記憶される事実ととるに足らない事実の差異はさほどではないから。彼らすべて、かがやかしい人間にとってもかがやかしくない人間にとっても、物語のなかに保存された記憶が唯一の生存のかたちなのだ。それゆえ、一種の世俗の共観福音書〔ヨハネを除く三福音書のこと。記述、表現が共通するところが多い〕として、英雄知識人とその一族やその子孫の悲劇的なできごとと、ぼくの一族のような、ありふれた一族のことが並んで語られてもらいたい、まさにそのつながりがぼくを、いまこうして書いているぼくを生んだ点まで語られてもらいたいのだ。だれよりもとるに足らないこのぼくまで。

たしかに、それらの生涯は出会うことはなく、永遠に並行して流れてゆく、歴史記述と歴史が実際に出会うことがなく、「戦争の世界」と「平和の世界」が出会うことがないのと同じように。そして、たしかに、断絶は多いし、断層は巨大だ、価値の相違は甚大で、実際にあった交差よりなかったそれのほうが多く、系統図は途切れている。ぼくらと「彼ら」の、ふつうの人（ぼくの親戚のような）とレジスタンスの英雄たちの、ぼくらの世代と戦争の世代の断絶。

それを考えれば、きみはきみがきみの祖父たちに似ている以上にきみの祖父たちがレオーネ・ギンツブルグに似ていることを発見するだろう。彼らの子孫なのに、ぼくらクロニクルの人間は、ぼくらの伝記の不在によって、運命のないぼくらの生によって、断たれた鎖のうちにいる。彼らの世代は、ピントールが書いたように、完璧に構築された外的ドラマを見つけたがゆえに内的ドラマを構築する時間がなかったが、ぼくらの世代はそれしかないので毎日毎日をせっせと内的ドラマを構築するのについやしている。彼らは「ほとんどいやいやながら、時代の義務として」政治に到達したが、ぼくらは時代の劣化のためにいちども政治に到達したことがない。そしてこれが、ぼくらの、絶えざる、生まれついての、いやいやながらの、長いことぼくらが名づけられずにいるものを部分的ながら説明するのだ。とくに、彼らにはまずは証言をするために呼ばれる時間——クライマックス——が、そのあとにゼロから再開できるなにかとしての人生観があった。ぼくらにはそのどちらもない。

越えがたい差異のリストはまだ続けられるだろうが、ここでぼくはまた——ぼくらの生活の空虚さから生まれる——レジスタンスの悲劇のうちに生きていたかったと願うようにそそのかす怠惰でいかがわしい想念、「最良の時」にたいする懊悩にとらわれる。それは罠だ、わかっている、なぜならば

本は終わる。

叙事詩が好ましいのはそれに参加しないというかぎりにのみおいてだからだ。

ぼくらが語る過去はまさしくぼくらの過去であり、まさにそれゆえにそれはぼくらのうちで繰りかえされることはない。それを想起してもなんの贖いにもならず、悪霊も、現実の苦悩もよみがえらせない。とんでもない、埋葬されなかった父親の亡霊がぼくらを追いかけにくることなどない。栄えある先祖はぼくらの先祖ではない、かがやかしい祖父はつねにだれか他人の祖父だ。それらの時代から相続すべき世界はなにもない、乗るべき、あるいは不朽のものとすべき列車もない。祈りを唱えてそこにむかって旅立ち、祈りがかなえられてなにかが、おそらく非道な出来事であろうとも、なにかが起こるシベリアはどこにもない。ぼくらは歴史のデッド・ポイントにいる、そこでは日替わりの「イヴェント」が企画されるだけでなにひとつ起こらない。これはみな真実だ、真実の真実だ、ぼくらはみなそれを知っているが、結局、そのほうがいいのだ。そしてぼくらはそのことも知っている。

それに、物ごとを別の局面から見れば、きみは根は共通だということを発見するだろう。ぼくが語り終えたばかりのレオーネ・ギンツブルグの物語は、その驚嘆すべき徳性だけで、ある意味では、他のすべての人間を救いうるほどの一人の並外れた男の物語だ。それでも彼の驚嘆すべき偉大さは、徹底的に、あれらのすべての他者たちの日常生活によって耕されたのと同じ土壌で、測ってもらいたい。轟音とどろき、揺れ動く戦場ではなく、家の裏の野菜畑で。そこでこそ、彼らが出会うのだ。

レオーネ・ギンツブルグの偉大な徳性は歴史記録の上では彼だけの一ページをもって報いられたが、生涯の記録の上では彼の名前は無数のささいな人たちのリストの「G」の項にあらわれる。物語のジャンルは大いに異なるように見えるが、ギンツブルグ家の人びとにとってもぼくの祖父たちにとっても、つねに日常的な不安、仕事と日々の不安があった。ナチスの巨大な力に、第一線で、もしくは後衛で、彼らはみな、働いて子どもを育てる者の小さな徳性を、執拗な編集作業を、金属のねじ切りを、牛肉を、操り人形を対置させた。それらはいずれにせよ、みなささいな術、産業技術だ、ぼくらの術は。そして、ぼくらに残された唯一の叙事詩は、私生活がまだかかわりのある原初の叙事詩なのだ。そして、真に価値ある唯一の物語は、ぼくらにとっても彼らにとっても、真にトラウマとなる物語は、ぼくらが自分の誕生を負っている物語なのだ。そしてさらに、すべての者にとってつねにたいせつなことは、ぼくらは亡き友人とともに生きるということであり、ぼくらとともにある亡き友人とは、レオーネであり、ナタリーア、アントーニオ、イーダ、アンジェラ、もしくはペッピーノであるということだ。

ナチスがモスクワを包囲していたころ、ピッツォリの流刑地で書いた『戦争と平和』の有名な序文のなかで、ギンツブルグは――すでに述べたように――トルストイの登場人物を歴史的人物と人間的人物に分けている。前者はつねに、どんな時代でも、戦時に生き、後者はつねに平和時に生きる。たしかに、平和にもリスクがあり――これについても先に述べた――幸福もその罠を張る。「幸福は正しい人間の視線を不当に殺された人間から逸らせることすらできる」にもかかわらず、ギンツブルグによれば、トルストイは若きころ記念すべきセバストポリ包囲戦で戦い、戦争を伝説風に物語り、人間的世界への、平和への自分の共感を保持した。トルストイは彼の「疑いなく、地上的な幸福」を選んだ。疑いなく、レオーネ・ギンツブルグと同じ選択である。

それゆえぼくらは、ぼくらの容易で幸福な未来をしっかり握りしめておこう。それをたいせつに守ろう。不当に殺された人間から目を逸らさないようにしよう。

これですべてだ。登場人物たちの幸福が、それが大きくても小さくても、達成されたとき、本は終わる。

謝辞

実在した人物と実際に起こった出来事を物語っているが、これは歴史書ではなく文学作品である。とはいえ、登場人物たちが文章や証言で表明していることが証明されている場合以外は、彼らの感情や感覚、思考などの再構成にあたって、可能なかぎり、勝手な発想は自制した。

レオーネ・ギンツブルグについては、歴史上の偉人にたいする距離、尊敬の距離をとる選択をした。つまりもっぱら、自分が入手しえた文献、資料に依拠して、彼の類まれな生涯を語ったのだ。それらの多くは生前の彼を知っていた人たちの回想記の類だが、いずれにせよぼくは、いまも生きていて、個人的な思い出を保持している男性女性には接近しない選択をした。時代においても価値においても、この物語の主人公の大きさと自分を隔てる距離を縮めたくなかったのだ。ぼくの先祖のスクラーティ家とフェッリエーリ家の日常生活の再構成のほうは、逆に、もっぱら記憶に残っていることに依拠した。つまり口頭による情報と、個人的な報告。それだけである。さらに、これらの《生きた記憶》の歴史的検証はしないことにした。それゆえ、生存者の場合によくあるように、思いちがいも多いかもしれない。

参考にしたギンツブルグ夫妻の著書——とくにレオーネについては『流刑地からの作品と手紙』、ナタリーアについては『レッシコ・ファミリアーレ』、エッセイ集『小さな美徳』と『決してわたしに問うな』——はすべてエイナウディ版で、ジャーイメ・ピントールの著作も同様である（残念ながら現在絶版）。エイナウディ社とエルネスト・フランコ氏ご本人に、レオーネ・ギンツブルグとジャーイメ・ピントールの最後の手紙の再録を許可してくださったことに感謝し、エイナウディ社を通して、ご遺族に感謝申し上げる。イータロ・カルヴィーノのことばは彼の『蜘蛛の巣の小道』（モンダドーリ社）の一九五六年版に彼が書いた序文に、クルツィオ・マラパルテのことばは『皮膚』（現在はアデルフィ版）に、物語るという行為についてのカルロ・ギンツブルグのことばは『闇の歴史』（エイナウディ社）の「結び」に出ている。ぼくが解説しているノルベルト・ボッビオの思い出は現在はレオーネ・ギンツブルグの『著作集』序文にあり、カルロ・ムシェッタの思い出はセッレーリオ社刊の彼の『待つこと』の二章を占めている。当然ながら、他の様々な著者による膨大なテキストを参考にし、ときには引用符を用いて引用したが、ここにそれらを枚挙するのは無意味な衒学主義と思われる。

ほかにも多くの方々に調査やその結果の信憑性についてご援助いただき、ここでお礼申しあげる。なかでもミラーノの国立イタリア解放運動史古文書館《フェッルッチョ・パッリ》のアンドレーア・トッツレ、アンドレーア・ヴィィーア両氏に感謝申し上げる。お二人の貴重な援助とこの実に貴重な機関なくしては、本書は存在しなかったばかりか、それ以上にはるかに重大なことだが、ぼくらの市民生活、知的、道徳的生活も、時代のなかにおけるぼくらの存在そのものも重大な損害をこうむったことだろう。またいろいろな面でぼくを導き、調査に協力してくれたマウリーツィオ・アッサルト、マヌエーラ・チェレッタ、アレッサンドラ・コッポラ、シルヴァーノ・ニーグロ、ドメーニコ・スカルパの諸氏にもお礼を。いつものように原稿を読み、修正し、よき助言をしてくれたマルコ・ヴィジェーヴァニにも感謝を。その該博な歴史に関する学識にもとづいて原稿を忍耐づよく点検し不正確や間違いを指摘してくれた（それでも間違いがあれば、全責任は筆者にある）ダーヴィド・ビドゥッサ、ミルコ・ドンディ、そしてジョヴァンニ・シロッコ氏に特別の感謝を。最後に、ご家族を襲った悲劇の再構成を助けてくださったデーリア・チヴィーレに、彼らの幼年時代、彼らの生活と彼らの両親の生活を思い出すことを引きうけてくれたわが父ルイージ、母ロザーリア、そして伯母のマリーアに感謝を。

訳者あとがき

本書のタイトルは原題のIl tempo migliore della nostra vitaの直訳である。同じかそれに類する表現は本文の四か所にある。まずはファシズムへの忠誠署名拒否の二か月後に逮捕されたレオーネ・ギンツブルグがのちに彼の妻となるナタリーア・レーヴィに獄中から送った手紙。「きみのおかげでえた幸福な時(momenti)をありがたく、誇らしく思い出している、ぼくの人生の最高の時だから」momento(瞬時)の複数形である。

次は流刑地から歴史家サルヴァトレッリに宛てた手紙。子育てで疲れているナタリーアも夜、彼が仕事をしているテーブルで自分の短篇や翻訳をしていると伝え、「ぼくらの最良の時間(ore)です」と結んでいる。二人の進行中の数時間。そしてレオーネ死後のナタリーアの短篇「アブルッツォの冬」(アレトゥーザ誌、一九四四年、邦訳『小さな美徳』所収。未知谷、二〇一七年)。「あのころわたしは容易で幸福な未来を信じていた。だからあのころがわたしの生涯の最良の時(tempo)だったのだ。だがそれが永遠にわたしから逃げ去ったいまになってはじめて、そのことがわかるのだ」時はtempoという広がりとまとまりをもつ語になっている。

そして作者は「戦争の経験がなにひとつないぼくらがあの悲劇の時代にノスタルジアをおぼえ、それがぼくらの生涯の最良の時でありえたかもしれないという思いちがいを犯す」と言って、レジスタンスの時代に生きたかった、それが最良の時だったかもしれないという想念の欺瞞を諌める。なぜならば壮大な悲劇の叙事詩が好ましいのは、自分がそれに参加せず、安全な場所でそれを享受しているかぎりにおいてだからと。こうして「ぼくの人生の最高の時」と「ぼくらの最良の時間」、そして「わたしの生涯の最良の時」が作者スクラーティによって「(彼自身と読者を含めた) ぼくらの―私たちの一生涯の最良の時」へとみちびかれる。このmomentiからore, tempo―いずれも時、時間をあらわす語だが、その長さのニュアンスがちがう―への流れが作者がこの物語を書いた意図を明かすであろう。つまり作者がtempoへとみちびいた時間の流れのなかに、あなたもいるということだ。エピグラムで「抵抗する人」と呼びかけられたあなたがいまこの本を読んでいることによって。作者は「ぼくもその流れにいる」とペンを置く。

レオーネ・ギンツブルグは一九〇九年にロシアのオデッサで生まれているが、父親は、兄と姉の家庭教師のイタリア女性マリーア・セグレーの兄であることが明かされる。このことはトリーノの学友たちは知っており、レオーネ自身もとくに秘密にしなかったが、彼の死後、徐々に彼が書き残したものや評伝が出版されるなかでも伏せられていた。彼の死後六〇年ちかくたって、ナタリーアが子どもたちの同意のもとに友人のヴィットーリオ・フォアーに明かすというかたちで公になったものの、周辺の事実は不明のまま、ユダヤ系イタリア人の実父が亡命したのか、生き延びたのかも私たちには知らされない。

姉のマリウッサは、二〇〇二年のクラーラ・アヴァッレ監修の対談『オデッサからトリーノへ』のなかで、レオーネのことを慈しみをこめて語りながらも、聞き手の質問をそれとなくかわしている。また一九九七年のメリディアーニ版ナタリーアの全作品集の監修者であるチェーザレ・ガルボリは序文で、ヴィアレッジョの彼の実家の庭の離れのような建物に、戦後しばらくのあいだ、ベッドをはじめすべての家具も本人も、髪の毛から服まですべてが純白の、マリーア・セグレーという老婦人が住んでいて、いつもいかにも愛おしげにレオーネのことを話し、その話しぶりから、父が「まるでレオーネと血がつながっているかのようだった」と言っていたという書き方をしている。戦争と革命のために幼くして母親から引き離され、「マリーアおばさん」のイタリアの家で、知らずして実父と過ごしていた日々を彼はのちにどう受けとめたのだろうか。

レオーネはトリーノ大学で学び、留学先のパリで反ファシズムの指導者のカルロ・ロッセッリたちに会い、一転して行動する活動家となった。卒業後一年でロシア文学教授資格をとり、プーシキンの授業を開始したが、翌年、ファシズムへの忠誠宣誓を拒否して大学を去っている。近年、学部長宛ての自筆の辞表が発見されたのを知って、作者スクラーティはすぐに彼の物語にとりかかった。

「レオーネ・ギンツブルグは一九三四年一月八日に『ノー』と言った。まだ二五歳にもなっていなかったが、『ノー』と言って、みずからの最期へむかって歩みだした」この書き出しのように、入獄、保護観察、流刑の繰り返しのすえ、一〇年後に彼は獄死した。作者はその早熟な知性、一点の曇りもない反ファシズム、カリスマ的な指導力もさることながら、この不屈の闘士が同じ名前をもつトルストイ（レフはイタリア語でレオーネ）のように、愛する人と家庭をもち、最後まで「地上的な幸福」、

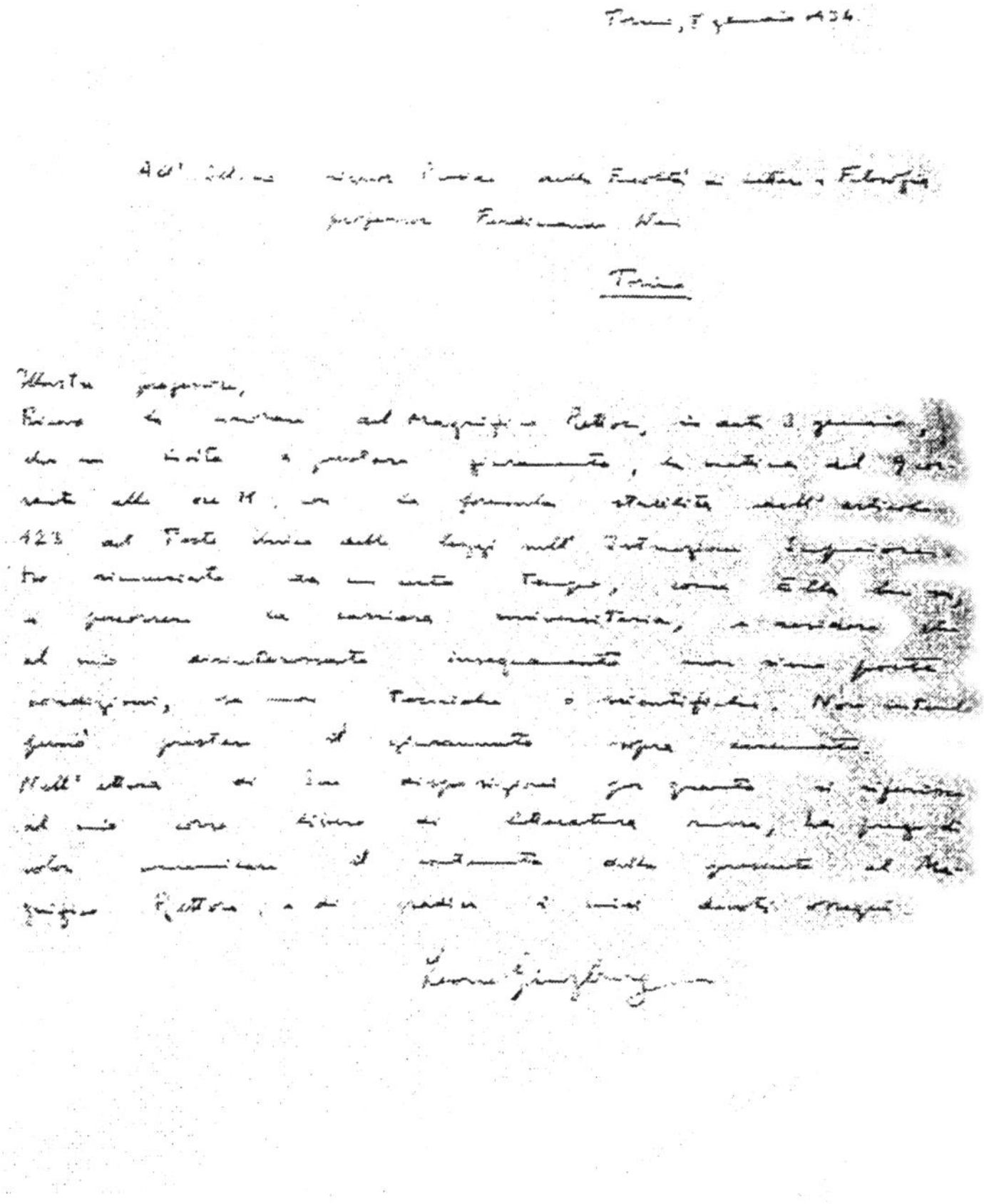

レオーネ・ギンツブルグの「ノー」の書状。
トリーノ大学歴史資料館所蔵。
©Archivio Storico Università Torino

人間的な幸福な生活を追いつづけたことを強調する。それゆえ、「一九三九年はレオーネにとって第二次世界大戦勃発の年ではなく、彼が父親になった年である」と書き、ドイツ軍がポーランドを侵略したときはその子は生後五か月、オランダ、ベルギー、フランスを侵略したときは一三か月、イタリアが参戦したときは一四か月であると書き、そのあとのヨーロッパやロシア、そして作者の父方のスクラーティ家と母方のフェッリエーリ家、そしてギンツブルグ家その他あらゆる人々を巻きこんだ「戦時」という章のクロニクル風の記述に移るのである。

ミラーノのアルファ・ロメーオ社の冶金工で作者と同名の社会主義者の祖父と、カトリックの家系の祖母、片やナーポリの人形師で旅芸人の娘と結婚して家を追い出された母方の祖父母。この無名のふたつの家族とギンツブルグというレジスタンスの英雄となった家族の物語が考え抜かれた構成で随所で交錯しあう。

一例が、占領ドイツ軍にたいするナーポリ民衆の蜂起の記述だ。操り人形しか手にしたことのなかった善良な、ムッソリーニ崇拝者も屋根に駆け上って銃を構えた。そこからすぐに「レオーネ・ギンツブルグは生涯闘いの場を守ったが、生涯武器を手にしたことはなかった」という次章につづく。レオーネは武器をとる時間がなかったという意味である。また人形師の操る金髪で青い目の木の人形はルネサンス期最大の騎士道叙事詩『狂えるオルランド』のリナルドで、ペッピーノはその長詩を暗記し、大劇場で客席案内のアルバイトをしながらそれを復唱していた。一方レオーネは監禁を解かれた一年目を、恩師サントッレ・デベネデッティに依頼したアリオストのこの叙事詩の校訂本に費やして、恋に狂った男たちの絶望を追う。同じ時代を生きながら出会うことのない二人が、そしてその他多くの有名無名の人物たちが本のなかで出会う、それがこの現代の物語作家の狙いなのだ。作家は、人形師の娘がのちにイタリア唯一のデパートに採用されてミラーノ出身の副支店長を射止めることによって、生まれた。

レオーネは刑務所の医務室からの救出が計画されていたが失敗し、一九四四年二月五日朝に死者となって発見された。数時間まえに妻に手紙を書いていた。その手紙を分析して作者は、ことばの極致にたっしたこの手紙ゆえに彼の最期は消滅ではなく完成であり、それは生きている自分たちに語りつづける別れのことばであり、彼の作品だという。ここで私たちは、ふたたび「生涯の最良の時」を思い出す。レオーネは先のナタリーアへの手紙で「ぼくの人生の最高の時」と書いたが、流刑地でともに仕事をしている時を「ぼくらの人生の最良の時間」と言った。その生涯の最良の時に、自分が立ち去る者となる覚悟があったであろう。ナタリーアへの最後の手紙は立ち去る者の手紙だ。

作者が「彼の作品だ」と言うのは、それが読者に手渡されたからである。極度に衰弱してカンフルを打たれたあとに紙とペンを求めて書いた手紙。部屋は暗く、目もよく見えず、おそらく意識もうすれかけるままに書いた手紙だ。ドイツ側の手に渡らなかっただけでも幸運と言わねばならない。だがそれが（おそらくコピーが）エイナウディ社の『イタリア抵抗運動の遺書』（邦訳一九八三年　冨山房）の編集部にわたされ、他の二百通の遺書とともに活字になって私たちにとどくのは、読む者が彼の悲惨な最期を想像しつつ、彼が愛する者たちへ、さらに来るべき未知の者たちへ自分が生きた証をつたえる、おそろしく明晰に組み立てられた作品なのである。

最後に本書の作者は、いまやイタリア・レジスタンを語る多くの文献に引用されているこの手紙に対抗するかのように、最終章の直前に、自分の祖父である人形師ペッピーノと大喜劇役者トトーの再会の物語を置く。

ともにナーポリの貧しい界隈で育ち、ペッピーノがその手引きで人形師となったトトーは貴族の私生児で、のちに父親に認知されてプリンスになった。いまや大スターだ。感動の再会の別れ際に、なにか助けはいるかと訊かれて彼は「それはまちがっているよ、プリンス」と答える。作者が言いたいのは、大スターを諫めたこと以上に、この再会のあとでペッピーノが、自分にも遺産がある、この世に残る者たちに話しておくことがあると感じたということだ。トトーとのエピソードを子どもたちに話す、その子どもたちがまた彼らの子どもたちに話す。ひょっとしたらその誰かがそれを本に書くかもしれない……

レオーネの息子の歴史学者カルロ・ギンツブルグは言う、「物語るとは（文字どおりに、あるいは比喩的に）あちらに、あのとき、いたことから発する権威をもって、ここで、いま、話すということだ」（『闇の歴史』エイナウディ社 一九九七年。邦訳 せりか書房一九九二年）たがいに自分のことを語り、また他者の物語も語ることができるということ。あちらからまだここにいる者へ。逝ってしまった者からまだとどまるだろう者へ。こうして物語られることによって、無名の、ふつうの人たちが名を呼ばれ、現代のなかに生きかえる。この二十世紀を鳥瞰する一大サーガで、ひとりの歴史上の英雄となった人物とその家族の物語とともに、同じ時代に生きたその他大勢の、だがそれぞれ価値ある人たちの物語が完成した。大きな鳥のように大空を飛行していた作者は最後に、自分はこのサーガのどこにいるのだろう、いるのか、いないのかと問いかける。いるのだ、ぼくはそのサーガのなかに、その流れのなかに、祖父母が生きた流れのなかに、自分が名前をもっているということによって。ナタリーアが信頼し、苦くも幻滅させられた「容易で幸福な未来」として。いかに幻滅させ、それに値しなかろうが、ぼくらがその未来なのだと書く。

「生涯の最良の時」の先に見えていたのは必ずしも「最悪の時」ではないのかもしれない。生涯の先にあるのが死だとしても、死が必ずしも最悪の時とはならないのかもしれない。別の言い方をすれば、生涯の最良の時をもった者は、最後の時にそれをいまいちどもつのだろう。そうやって人は自分の物語とともにあちらの岸辺へわたるのであり、それを書きとめてくれる者がいれば、そこで幸福が達成されるのだろう。

この作品は二〇一五年のヴィアレッジョ賞を受賞している。作者は多くの賞を受賞したり候補になったりしているが、二〇一九年に、ついに『M　世紀の息子』(ボンピアーニ)でストレーガ賞を獲得した。

この本はある友人が、ナタリーアの作品を翻訳している筆者に翻訳をすすめてくださった。ナタリーアはレオーネが最後の手紙に残した「それができるようになったらすぐに、生活を立て直して、書いて、他の人たちの役に立ってもらいたい」ということばを胸に執筆をつづけた。『レッシコ・ファミリアーレ』(邦訳『ある家族の会話』白水社)をはじめとして、須賀敦子さんが先駆的にすぐれた翻訳をなさった。

またわが国で未知だった作者の作品を青土社に紹介してくださったイタリア思想史研究者の上村忠

男氏、青土社編集部の西館一郎氏にここでお礼を申し上げます。

また口絵のレオーネの辞表のオリジナルはトリーノ大学の歴史資料館館長パーオラ・ノヴァリーア教授Pro.ssa Paola Novariaが私のパソコンに入れてくださったものである。昨年、トリーノ大学で、人種法発布八〇周年を記念して「Scienza e Vergogna（学問と恥）」という展示会が開催されていて、その際、責任者のノヴァリーア教授がわざわざオリジナルを見せてくださったのだ。もとより、スクラーティは言及していないが、その発見者はノヴァリーア教授である。翻訳本に使用していいかとたずねたところ、こころよく承諾してくださった。ここで改めて感謝申し上げる。茶色に変色した用紙にきれいな字体で書かれている。一〇年後のもうひとつの書状のオリジナルを想像しつつ。

望月紀子

二〇二〇年三月末日

私たちの生涯の最良の時

2020年5月10日　第1刷 印刷
2020年5月20日　第1刷 発行

著者――アントーニオ・スクラーティ

訳者――望月紀子

発行人――清水一人
発行所――青土社
東京都千代田区神田神保町1－29　市瀬ビル　〒101-0051
電話　03-3291-9831（編集）、03-3294-7829（営業）
振替　00190-7-192955

組版――フレックスアート
印刷・製本――シナノ印刷

装幀――今垣知沙子

ISBN978-4-7917-7273-5　　Printed in Japan